珍妮姑娘

［美］西奥多·德莱塞◎著

耿 雨◎译

中国民族文化出版社
北京

图书在版编目（CIP）数据

珍妮姑娘 /（美）西奥多·德莱塞著；耿雨译. -- 北京：中国民族文化出版社有限公司, 2024.3
ISBN 978-7-5122-1779-9

Ⅰ. ①珍… Ⅱ. ①西… ②耿… Ⅲ. ①长篇小说 - 美国 - 近代 Ⅳ. ① I712.44

中国国家版本馆 CIP 数据核字（2023）第 194246 号

珍妮姑娘
ZHENNI GUNIANG

作　　　者	［美］西奥多·德莱塞◎著　　耿雨◎译
责 任 编 辑	钟晓云
责 任 校 对	李文学
出 版 者	中国民族文化出版社　地址：北京市东城区和平里北街 14 号
	邮编：100013　　联系电话：010-84250639　64211754（传真）
制　　　版	北京市大观音堂鑫鑫国际图书音像有限公司
印　　　装	德富泰（唐山）印务有限公司
开　　　本	889 mm × 1194 mm　　32 开
字　　　数	255 千字
印　　　张	11.75
版　　　次	2024 年 3 月第 1 版
印　　　次	2024 年 3 月第 1 次印刷
标 准 书 号	ISBN 978-7-5122-1779-9
定　　　价	98.00 元

版权所有　侵权必究

目 录

一 1

二 14

三 18

四 30

五 40

六 50

七 60

八 68

九 73

十 82

十一 87

十二 92

十三 96

十四 102

十五 106

十六	112
十七	119
十八	122
十九	128
二十	132
二十一	136
二十二	143
二十三	150
二十四	158
二十五	162
二十六	166
二十七	173
二十八	178
二十九	185
三十	191
三十一	194
三十二	198
三十三	203
三十四	209
三十五	211

三十六	216
三十七	224
三十八	227
三十九	239
四十	246
四十一	249
四十二	253
四十三	260
四十四	264
四十五	267
四十六	274
四十七	279
四十八	283
四十九	286
五十	289
五十一	295
五十二	301
五十三	307
五十四	313
五十五	318

五十六	325
五十七	327
五十八	331
五十九	337
六十	343
六十一	351
六十二	361

一

1880年秋天，在美国俄亥俄州科伦坡市的某个大旅馆，一个带着一副坦率开朗的面庞且有些腼腆天真的中年妇女，来到账房的写字台前。在她那双柔柔的大眼睛里，似乎隐藏着穷苦人才有的数不清的心事。在她后面跟着的年轻女孩儿是她的女儿，看起来有十八岁的样子。眼神羞怯畏惧，一副不敢正视他人的样子。女孩儿的表情，让人一眼就可以看得出来，她遗传了她父母的综合特征。眼下，贫穷正威胁着他们一家。这不，她的母亲拉着她的手在问那位账房先生："这里有她可以做的事情吗？"

账房先生同情地问："她会做什么活儿？"

女孩儿怯怯地答着："我会擦地板，你们这儿一定有很多需要擦洗的活儿吧！"

在说这些话的时候，她的身体有些不适似的转动着，仿佛是有些不好意思让人看到她们落魄到如此地步。

那账房先生还算厚道，他说："请等一会儿。"

不大一会儿,从里间的办公室里走出一位女管事。

远远地,女管事指着那母女俩问:"是她们吗?"

账房先生回答:"是的,就是她们母女。"

"下午就让她们来吧,扫地的那个刚走,我想,女孩子也会帮她母亲一起做的。"女管事说。

随即,账房就回来通知那母女俩:"去见管事长吧!她会给你们安排活儿的。"

以上发生的事情,是玻璃工人威廉·格哈德一家悲剧的一幕。

威廉·格哈德夫妇共有六个孩子,眼下,格哈德先生自己正病在床上。他的长子斯蒂安在一家货车公司做学徒,最大的女儿珍妮,就是上面出现的那个女孩儿,她没有任何工作经历。其他几个孩子,十四岁的乔治,十二岁的马蒂,十岁的威廉,八岁的维多尼亚,更是年纪太小,什么都指望不上。

目前,他们唯一的祖上留下来的财产——他父亲的一所住宅,已经以六百元的价格抵押出去了。他当初借款的目的,只是需要足够的钱买下全家居住的房子。由于他的境遇每况愈下,虽然离抵押的期限还有几年,但是他却连逐年的利息也付不上了。因为他一再拖欠,老实的他已经得不到别人的信任了。欠医生的诊费,欠食品店的饼钱、肉钱,压得他都快窒息了,他的病也愈发不好了。

好在格哈德的老婆还算是一个会持家的女人。她一边替别人洗衣服赚钱,一边照顾孩子,服侍丈夫。生活的压力使得她不时地偷偷掉眼泪。没钱买东西,她就厚着脸皮去赊,这家不赊了，她就换另一家。她总是挑最便宜的玉米买，一罐玉米粥，全家就吃上整整一个礼拜。如果能在里面加点儿牛奶，那就是一顿筵席了，油炸土豆是他们最近最奢侈的食品。他们用的煤、木柴都是在附近的铁道边、木料场里捡回来的。

他们的日子真的是一天天地挨着过，穷人的生活总是祸不单行，刚巧维多尼亚又出了疹子，一连几天，全家都以为她要死掉了。

那可怜的母亲什么都不做了，只是守着女儿，不住地替她祈祷。温吉医生出于人类的同情天性，每天来给生病的孩子诊察一次，文德牧师也常过来祈祷，他们像是代表超越神力的神圣使者。

三天之后，维多尼亚的危险期过去了，但是家里的面包也吃光了，斯蒂安的薪水也已经用完了。孩子们已经有好几次在拾煤时被赶回来。可怜的格哈德的女人在绝望之余想起了这个旅馆，能得到这次机会，对于他们全家来说真是救命的奇迹。

女管事问："你对工钱有什么要求？"那女人想不到这是由她自己来决定的，她壮起胆来："一元一天，可以吗？"

"完全可以，"女管事说，"每周只有三天的活儿，你每天下午来一趟就可以做完。"

"那好，"那女人说，"今天就开始吗？"

"好的，现在你就跟我来吧，我告诉你那些洗擦的工具放在什么地方。"

母女二人就这么进了当时本地的一家颇豪华的旅馆。科伦坡是本州的首府，人口大约五万多，客流量大，旅客多。

旅馆坐落在本市最繁华的中央广场的一隅，是一座规模宏大的五层建筑，周围有许多办公场所和店铺。旅馆有个超大的接待室，刚刚装修过。白色大理石的地板和壁板，由于经常擦洗，耀眼夺目。那楼梯，也是胡桃木做的扶手，黄铜做的横条。惹眼的一个角落里，设有一个卖报纸和香烟的柜台。楼梯拐角是账房的办公室，全是硬木做的隔板，连煤气灯都是新式的。接待室一端的一个门口是理发室，放着成排的椅子和修脸用的水杯。旅馆门外，经常停有两三部公共汽车，配合着火车的发车时刻迎来送往。

这旅馆是本州上流人物出入的场所，好几任州长在任期间都把它当作固定的活动住所。还有合众国的两个参议员，每次到科伦坡来，总在这里包一个带会客室的房间。参议员白兰德差不多是个常住贵宾，他是本城人，且是单身汉。其他住客，包括众议员、各州议员，以及院外游说的人、商人、专门职业者，乃至大批行业不明的人物。

母女二人突然投入这个光怪陆离的世界，感觉有些惶恐。她们唯恐闯下什么祸，总是小心翼翼的。眼下，她们正在打扫那个铺着红色地毯的大堂，在她们看来，那简直华丽得和王宫一样，她们眼睛低垂，说话的声音很低。在擦楼梯上那些铜条的时候，她们更是大气都不敢出的样子。母亲的过分畏怯，使女儿觉得很难堪。楼梯下面就是那间高雅的接待室，里面有的人在闲坐，有的人在吸烟，大家进进出出的，全部都能看见她们母女。

"这里好漂亮哦！"珍妮低声说。

"是啊。"她的母亲回答。当时，她正跪在地上，用她那双笨拙的手在使劲地绞抹布。

"住在这种地方应该花很多的钱吧？"

"是的。"她的母亲又回答，"不要忘记那些角落里也要擦的，看你漏了没有？"

珍妮听了，很怕漏掉了什么地方，她使劲地擦着，再也不吱声了。

母女俩很辛苦，一直工作到五点左右，外面的天都黑了。这时，整个客厅开始灯火辉煌，在她们已经快要擦到楼梯脚的时候，从外面走进来一个魁梧优秀的中年绅士，他那高贵的帽子、气派的斗篷，在一群闲荡的人中立刻显得卓尔不群。他的脸属于黝黑严肃的类型，但是线条分明开朗；他闪亮的眼睛上面的眉毛浓密漆黑。他自写字台旁经过时拿起预先给他准备的钥匙，走到楼梯边拾级而上。

中年绅士看见那个在他脚下擦地板的中年妇人，不但特地拐了个弯儿从旁边绕过，并且和蔼地挥了挥手。

这时，珍妮已经站起来，她那惶恐的目光已经接触到男人的视线。

绅士向她鞠了个躬，他开始微笑。

"不必劳驾。"他说。

珍妮回敬他一个微笑。

在他走到了楼梯顶的时候，又禁不住回过头来侧眼向她看了看。他看清了她那美丽动人的面貌和白皙的额头，他又看到了她蔚蓝的眼睛、娇嫩的皮肤。他甚至要夸张地赞赏她的嘴和她那可爱的两腮，尤其是那圆浑丰满的体态，越发显出她的青春和健康。一眼之后，他就严肃地向前迈去了，可是她那魅人的倩影，已经刻在他的脑海里了。

他就是中年议员乔治·雪尔佛斯脱·白兰德阁下。

"刚才上去的那个人很漂亮，不是吗？"过了一会儿，珍妮说。

"是的，是很漂亮。"她的母亲回答。

"他还拿了根金手杖。"

"你别瞪着眼睛看人家，"她的母亲警告女儿，"那是很不礼貌的事情。"

"不，妈妈，不是我先看他的，"珍妮天真地回答，"是他先向我鞠躬的。"

"好吧，好吧，总之你给我记住了，我的孩子，你不要总去关注人家，那样会惹别人讥笑的。"母亲说。

珍妮又开始继续工作，但是这个花花世界的魅力，已经对她起了微妙的作用了。周围的喧闹和谈笑，对于她来说，无法不入耳。听那盘碟优美的撞击声，分明是一区的餐厅正在准备晚餐。在接待室里，此刻，有人正在弹奏钢琴。晚餐之前那种轻松悠闲的气氛正弥漫在这里的每个角落。

旅馆里所有的这一切，都使这单纯天真的女孩儿内心涌起一种特别的希望。她正值豆蔻年华，贫穷和忧虑还不能完全充斥她那年轻的心。她卖力地擦洗着，有时，她会忘记身边还有母亲在，忘记母亲愁苦密布的脸。她只是在想着，周围的一切多么魅惑，她想象着有朝一日自己也成为其中的一员。

大约过了有一个小时的光景，那女管事走过来，看着母女二人擦洗过的一切，告诉她们她对她们的工作还比较满意，她们可以离开了。母女二人这才松了一口气，把擦洗的工具放好后，就准备回家了。

尤其是那位母亲，她想起了自己和女儿好歹有活儿做了，全家不至于挨饿了，心里十分高兴。

至于珍妮，她真的还是个孩子，在经过几座漂亮的建筑时，又不免涌起那种无限向往的朦胧情绪。

"有钱真的是一件很舒服的事情哦！"她对母亲说。

"那当然了。"母亲回答她。此刻她正想着家里病着的小女儿维多尼亚。

"妈妈，你看见旅馆里的饭厅有多大了吗？"

"是的，是很大。我的珍妮。"

"我巴不得咱们也那么有钱。"珍妮喃喃地对母亲说。

"要怎么办才好呢？"那母亲长叹了一口气说，"我们的家里真的是一点儿吃的东西都没有了！"

"我们去看看卡门先生吧。"珍妮大声说。

"孩子，你想，人家还会相信我们吗？"

"我们去对他说，我们已经找到一份不错的工作了，好吗？"

"好吧。"母亲无奈地回答。

在距离她们家两段路的地方有个不起眼儿的小杂货店，她们小心翼翼地走进去，还没等母亲开口，珍妮抢着说了："亲爱的卡门先生，今晚您能借给我们一点儿面包和咸肉吗？我们已经在科伦坡大旅馆找到工作了。这个周末，我们一定把钱还给您，好吗？"

"现在吗？"卡门不情愿地问。

"是的。"那母亲赶紧补充说，"我们现在有钱赚了。"

卡门已经认识他们很久了，那时，他们家还没有穷到这个份上，人还算诚实。

"你们在那工作很久了吗？"他问。

"下午刚刚过去。"

"你们总该知道的，"他说，"我的景况也不是很好，并不是我不愿意借给你们，而是我自己也很难，日子也不好过，也要养活我的全家呢。"

"是的，先生，我确实知道。"那母亲无力地说。她用那条发旧的围巾掩饰着她那双颤抖的双手。珍妮也低着头一声不吭。

"好吧，就这一次了，"卡门先生说，"我想，周末你们无论如何一定要还钱给我。"

卡门把面包和咸肉一并交给珍妮，又不满地说道：

"你们可要讲良心，不要一有钱，就光顾别家的生意去！"

"哪里会呢，"那母亲回答说，"您可真的把我们看坏了，先生。"

说完，她们就走出卡门的小店，沿着那旧街道，向自己家低矮的草房走去。

在快到家门口的时候，那母亲疲倦地说："不知道他们有没有把煤拿回来。"

"您就别再操心了,"珍妮懂事地对母亲说,"没关系,一会儿我去拿。"

"今天,有一个人赶我们了,"当看到母亲和珍妮回来,乔治不高兴地说,"可是我也取回来一点儿,我是从一辆车子上偷偷扔下来的。"

那母亲只是微微地笑了一笑,珍妮却忍不住大笑起来。

"维多尼亚怎么样了?"母亲问。

"她好像睡着了,"格哈德说,"我五点钟时给她吃的药。"

吃晚饭的时候,大儿子斯蒂安建议母亲和珍妮:"你们为什么不把旅馆里客人的衣服拿回来洗洗?"

斯蒂安,魁梧,英俊,一直和一些上流社会的人混在一起,是一个典型的都市青年。他的人生哲学是:一个人必须要有事情做,必须要交往一些体面的上流社会的人物。

最近,他总是喜欢到科伦坡旅馆一带去转悠转悠,他认为那旅馆是社会上有身份、有地位的人物聚集的场所。他买了一套体面的衣服,每天晚上同他的几个朋友在旅馆门前站着,悠闲地衔着雪茄烟,不时地摆弄一下身上的时髦衣服,看着过往的漂亮女人。和他一起的,都是城里的花花公子、纨绔子弟,以及一些无所事事的年轻人。他们这些人,穿得都很光鲜,他们要学有钱人的穿戴讲究,那么他们的行为才是正当合法的,他们看起来才更像上流社会的人。

"你们为什么不向旅馆里的客人要些衣服带回来洗洗?"待珍妮说了下午的经历后,他就直接问她,"那会比擦楼梯还好的。"

"可是，怎么要呢？"那姑娘问。

"怎么要，当然是去找账房了！"

珍妮觉得他的想法不错。

"如果，你在那旅馆里看见我，可千万别跟我搭话，"一会儿，他又背着家人告诫珍妮，"你别让人家看出你认识我。"

"有什么不好吗？"珍妮不理解地问。

"哦，你应该知道为什么。"他回答说。因为他真的不好意思让外人看到她们那么一副穷酸样，他羞于认她们是自己的家人。"你只管装作没看见我好了，听懂了吗？"

"好吧。"珍妮柔顺地回答，因为斯蒂安毕竟是她的哥哥，她认为自己应该听他的话。

第二天，在去旅馆的路上，珍妮把斯蒂安叮嘱自己的话告诉了母亲。

"妈妈，斯蒂安说我们可以向旅馆里的人要些衣服回家洗的。"

妈妈实在想不到更好的贴补家用的赚钱方式，所以，她在听了女儿的话后，很快就赞成了她的主意。

"一定可以的，"她说，"我去和那账房先生说说看。"

她们到了旅馆以后，一直忙到很晚都没有碰上那账房先生，后来，碰巧女管事叫她们去擦账房写字台背后的地板。

那账房对母女俩很是同情，他不讨厌那母亲愁容满面的脸，更喜欢看那姑娘美丽的容颜。因此，当那母亲怯生生地问："这儿的先生哪位会给我们提供一些衣服来洗呢？我们真的是感激不尽的。"

那账房看着她贫困已极的神情，认真地说："让我想想看。"

"哦，参议员白兰德和马西顿·杜普金先生，他们两位都是好心人，你们去问问他们看。"账房先生接着说，"白兰德先生在22号，拿着这个，上去吧，就说是我叫你们去的。"

那母亲感激得不停地颤抖着，她接过卡片，眼睛不停地看着那几个字。

"好了，去吧，"账房先生说，"马上就去，这会儿可以在房间里找到他的。"

那母亲怀着忐忑不安的心情去敲22号房间的门，女儿珍妮默默地站在一边。

一会儿，门开了，里面正站着那位年轻的议员先生。他今天的打扮，比她们初次见到他的时候更显得年轻。

"你们好！"他说，他已经认出了她们，特别是那个女孩儿，"你们找我有事情？"

那母亲很不好意思，嗫嚅着回答："先生，我们来问问，您有什么衣服需要洗的吗？可以交给我们做。"

"要洗的衣服？" 参汉员先生用一种特别响亮的声音重述着那母亲的问话，"请先进来吧！"

他很客气地把门打开，请母女二人进去，并随手把门关上。"让我瞧瞧。"他重述着，随后把室内大衣橱的抽屉一个个地打开。珍妮好奇而紧张地打量着那个房间。壁炉台和梳妆台上陈列着许多的小玩意儿和好看的物件，都是她从来没有见过的。那舒适的安乐椅、漂亮的绿罩灯、华丽的厚地毯，所有的一切，都显得那么奢华！

"坐吧，别客气，请坐吧！"参议员先生和蔼地说。

母女二人仍然不安，觉得出于礼貌还是不坐为好。一会儿，参议员先生已经找到了要洗的东西，重新又请她们坐下，她们这才局促不安地坐了下来。

"这是您的女儿吗？"他微笑地看着珍妮，问她的母亲说。

"是的，先生。她是我的女儿。"

"您的丈夫是做什么的，叫什么名字，你们住在哪儿？"

对于参议员的问题，那母亲都谦卑地一一答复了。

"您有几个孩子？"参议员继续问。

"六个。"

"不错啊，"他说，"那是一个大家庭，您的确是一位了不起的母亲。"

"是的，先生。"格哈德夫人回答。

"这是您的大女儿？"

"是的，先生。"

"您的丈夫是什么行业的？"

"他是个玻璃工匠，但是他目前卧病在家。"

在这期间，珍妮的蔚蓝的大眼睛一直都在目不转睛地看着参议员。他每回看她一眼，她就报以一种坦率天真妩媚好看的微笑，因此，他的双眼也就很难再向别处转移了。

"哦，"他同情地接着说，"那有点儿糟糕呢！现在，我这儿需要洗的衣服不是很多，不过下礼拜一定还有。"

说着，他就把衣服装进一个有花边的蓝布袋子里。

"参议员先生，您这些衣服急着要吗？"那母亲问。

"不，下礼拜就可以。"

在母女二人要告辞的时候，参议员补充道："您就下周一送回来，好吗？"他一边说，一边为她们打开了房间的门。

"好的，一定会的，先生。"格哈德夫人回答。

送那母女二人出了门，参议员先生开始重新看他的书，可是不知为什么，他却有些心绪不宁了。

"真糟糕。"他合上书说。原来，珍妮姑娘那惊奇欣赏的眼神已经蔓延进他的脑海。

母女二人离开旅馆，走上回家的那条路。经过这一番幸运的经历，她们的心里都感觉有些兴奋。

"他的房间真的很漂亮啊！"珍妮压低声对母亲说。

"当然，"母亲回答，"人家是个有钱人。"

"他是个参议员吗？"女儿接着问。

"应该是的。"

"做个有地位的人真的不错呢！"女儿又缓缓地说。

二

说到珍妮的美丽,怎么又是语言能够描写的呢?

这个贫家的年轻女孩儿,天生具有一种温柔的性情,用语言是难以形容的。其实,有一些人的性格,不是一两句话就可以表述尽的。

然而,在封闭的物质世界里,她这样的性格算是有点儿反常。在那个骄傲和贪婪的物欲世界,现实世界的手永远向这种人伸着——仿佛永远要贪婪地擒住这种人。世界上,卖身的奴隶往往就是这样一种情况。

在现实的世界里,珍妮就是这样的一种类型的人。自她的青年时期起,她的每一种行为的动机都是由善良和慈悲塑造的。如果斯蒂安摔伤了,她会很着急地拼命地把他平安送到母亲身边。如果乔治喊着肚子饿,她会把她自己的一点儿面包都给他。一天之中,她会花很多时间哄弟弟妹妹们睡觉,该玩耍的时候,她就尽情地玩耍,她还会做一些缥缈的梦。

自从会走路开始,她就是母亲的好帮手。擦地板,烤面包,帮大人跑腿，喂小孩儿，什么家务她都会做。虽然，她也常常感觉很辛苦，却从来没有抱怨过一句。她也知道别人家的女孩子比她自由，比她幸福，但她从没有嫉妒过她们；偶尔她也会感觉寂寞无聊，但嘴里却哼着歌。天气好的日子，她就站在厨房的窗户边，看着外面的一切，渴望去逛逛牧场，接触一下大自然。有时，她也跟乔治他们去玩，他们会到一片胡桃树生长的地方，那里有开阔的田野，天空中飘浮着美丽的白云，地上是潺潺的小溪。她虽然不是一个多才的艺术家，但她的灵魂会对这一切有真实的感应，对于每一个声音、每一声叹息，她都会认为它们是无比美丽，那是它们在欢迎她。

夏天，每当斑鸠从远处发出柔婉啼叫的时候，她总是侧着脑袋仔细倾听，那声音的全部精华就如同银色的水泡一般落进她那颗单纯的心。

在太阳和暖的日子里，树荫中点缀着耀眼的光辉，她喜欢站在那欣赏美丽的自然景观，喜欢到金色最浓密的地方去散步，用她那与生俱来的鉴赏力在群树环绕间的神圣走廊逡巡。

傍晚时分，日落时那种奇异的光彩，时常会对她敏感的心产生影响，她总是感动着，放松着。

"我真不知道，"有一次，她带着那种小女孩儿常有的傻气说，"如果，和飘浮的云彩一起流浪该是什么样的感觉。"

当时，她正同马蒂和乔治两人坐在一株野葡萄藤形成的天然圈子里。

"哈哈，如果有一只小船可以把你带到那里去，那该多有趣啊！"乔治说。

她看着远处的一朵云彩说:"如果能够住在一个海岛上,在那里过着平静的生活,也是很不错的呢。"

此刻,她的灵魂早已飞到那里了,她轻盈的脚步已迈入那块土地。

"那有一只蜜蜂飞走了。"乔治说。

"是的,"她像做梦似的回答说,"它是飞回家去了。"

"谁都有自己的家吗?"马蒂问。

"那当然了。"她回答。

"小鸟有家吗?"乔治问。

"有哦,"她说,她也深深地陷入这对话中的诗意里面了,"小鸟是要回家的。"

"那蜜蜂也要回家吗?"马蒂问。

"是的,蜜蜂也要回家。"

"小狗要回家吗?"乔治看见附近路边一只流浪狗问道。

"那是,当然啰!"她说。

"牛蝇呢?"乔治看见那一群小昆虫正在努力地飞着,又继续问。

"是的。"她虽这么回答,可也有些不相信自己的话。

"真的吗,是真的吗?"乔治显出有些怀疑的样子嚷道,"我想不出它们的家在哪里!"

"仔细听着!"她又说道,一边摆手示意叫弟弟们不要出声。

这时,垂暮的天空中一片静谧,祈祷的钟声如同祝福一般落在远处,各种音调柔和地响着。一切似乎都已停止了活动。

在她面前的草地上,一只猩红的知更鸟正小步跳跃着,一只美丽的蜜蜂嗡嗡地飞来飞去,还有一种似乎是蟋蟀发出的声音。她把她的双手继续伸向空中,侧着耳朵仔细聆听,一直听到那些美丽的音符逐渐消散,这才不情愿地站了起来。

"哦!"她感觉到一种诗意般的伤感,握着双手发出一声叹息。随即,一滴晶莹的泪水从她的眼睛里溢出来。在她的心里,浪漫的河水已经决堤了。

三

中年参议员乔治·雪尔佛斯脱·白兰德是一个性格特殊的男子。在他身上,混合着社会主义者的智慧和一颗同情大众的心。他出生于俄亥俄州,抛开在哥伦比亚大学为期两年的法律教育,他一直都是在本州长大并接受教育的。他虽然熟悉法律,在这方面不服任何人,但是他在律师界却没有令人羡慕的成绩,因为他从来就没有在这方面下过功夫。他从不肯昧着良心做事,所以他只赚过一点儿钱。不过,对于友情,他也不是总能坚持原则,他曾支持一个朋友当选州长,而他明明知道,在良心上他是不应该支持他的。

有几次任命,他都很卑鄙地参与其中。每当受到良心的刺激和谴责时,他就用"我一生中只不过有这点儿劣迹"来安慰自己。有时坐在安乐椅上,他就会把这些事情过滤一番,不断念着上面的话,然后,露出一种自感惭愧的表情。其实,他的良心并没有消失,相反,是和他的同情心一起,一天比一天强烈了。

科伦坡是他的选举区的一个,他在这个区里曾经三次当选为众议员,两次当选为参议员。可是至今,他还是个单身汉。在他年轻时,曾经有过一场热恋,却没有结果。那并不是他的不是,而是由于女子不再等他,她想要一个相对稳定的生活境地,而他把时间拖得太久了。

他胖瘦适中,挺拔魁梧,仪表堂堂。他受过很多打击,吃过很多亏,所以外貌上带着一种可以唤起富于想象的人同情的气质。人们都评价他很和蔼可亲,他的同僚们也觉得他才气虽然不大,但是外貌却还算是漂亮的。

这次,他到科伦坡来,为的是他的政治生涯的转机。一次普通选举,已经把他所在党派在州议会里的势力削弱了。他想要重新当选,需要极高明谨慎的政治手腕把选票拉来。任何人都有野心,候选议员有半数之多想要把他取而代之。他心里想,他们是打不倒他的;即使打倒了,他也一定可以活动一下,让总统给他一个驻外的使节当当。总之,参议员白兰德已经算是一个成功人物了。

如今,他已经五十二岁了,虽然体面优秀、纯洁无瑕,却依然是个单身汉。有时他不禁要环顾四周,有时他感觉异常空虚,因为没有一个真正关心自己的人。

"五十了!"他常常喃喃自语,"孤独——可怕的孤独。"

那个礼拜六的下午,他正在房间里坐着,听见敲门声时他正在沉思着人生和名誉的变化无常。

"为了维持自己,要费多么大的力气去不断奋斗啊!"他对自己说,"若干年后,这奋斗对我又有什么用处呢?"

站起身，他把门打开，一眼看到的是珍妮姑娘。她没有等到下个礼拜一，因为她母亲说过，要给参议员一个好印象，她们要尽早交工。

"请进来吧，姑娘。"参议员说。

进门后，珍妮心里期待着一句称赞的话。可是参议员却没那样说。

"哦，我的姑娘，"她把洗好的衣服放下的时候，他说，"你今晚好吗？"

"不错，我很好，"珍妮回答，"妈妈让我把您的衣服早点儿送来，所以我就来了。"

"哦，没关系，"白兰德说，"放在那儿吧。"珍妮没有等到拿到工钱，就要出去。

"你的母亲，她好吗？"参议员问。

"她很好，先生。"珍妮淡淡地说。

"你生病的妹妹，她好一点儿了吗？"

"医生说，她已经好多了，谢谢您。"她回答。

"先坐会儿，"他接着说，"我要和你谈谈。"

珍妮走到旁边的一张椅子上坐了下来。

"哦，"他清了清喉咙说，"你妹妹得的是什么病？"

"出疹子，"珍妮回答，"我们前些天都以为她要死掉了。"

趁她说话时，白兰德仔细地端详着她的脸，觉得那真是一副令人非常伤感的画面。那女孩儿的衣服破旧不堪，对比自己周围的一切舒适和奢侈，他感觉真的是可耻的。

"你妹妹的病好了，这令我很高兴，"他感兴趣地问，"你的父亲多大年纪？"

"五十七岁。"

"他的病也快也好了吧？"

"哦，是的，先生，他有些好转了，可是目前还不能走动。"

"我记得，你的母亲说他是个玻璃工匠？"

"当然，先生。"

科伦坡的工业不景气，是他所了解的。那么，他们的景况真是不好呢。

"你家里的孩子都在上学吗？"他问。

"什么？是——是的，先生。"珍妮有些口吃似的回答道。她家里本来有一个孩子没能够去上学，是因为没鞋子穿，可是她觉得难为情，所以没说出来。说了一句谎言，让她心里很不好受。

过了一会儿，参议员觉得再也没有理由可以把她留住，就走到她身旁。从口袋里掏出一沓钞票，抽出一张给了她。

"拿去吧，"他说，"告诉你母亲，说是我给的。"

珍妮带着复杂的心情接过去，她竟忘记去看那是多少钱，这个大人物这么贴近她的身体，她竟不知道自己该做什么了。

"谢谢您，先生，"她说，"您下次什么时间要我们来取衣服呢？"

"哦，礼拜——礼拜—的晚上吧。"

珍妮走出门，他有些魂不守舍地把房门关上。对于贫穷和美丽在珍妮姑娘身上的结合，他有些动心了。他坐在安乐椅上，专心于她给他带来的愉快，他在想，他为什么不去帮帮她呢？

"我一定要知道她家在哪儿！"最后，他下决心似的对自己说。

此后，珍妮常常一个人过来取衣服，白兰德觉得她对自己的吸引力一天比一天大。一段时间之后，她同他见面时，已经不再那么羞怯和恐惧了。有一件事情可以证明，就是他可以叫她的名字了。那是她第三次来他这里的时候，以后不知不觉地他就那么叫她了。

他叫她的名字，完全是把她当个女儿看待的，他跟她交谈的时候，总是觉得自己还很年轻，又常常猜测，她也许会欣赏他年轻的一面。

珍妮姑娘呢，她是被他周围的舒适和奢侈给迷惑住了，并且下意识地被这个男人的自身迷惑了，因为她认为，这个男人是她所见过的最有魅力的人了。他处处都好，他所做的事情样样都是高尚、出色的。也许，从她的日耳曼祖先身上，她继承了一种对于这些东西的理解力和鉴赏力。生活，就是该像他那样的，她最欣赏的就是他的慷慨。

造成她这种态度的原因，一部分是由于她的母亲，因为她母亲的思想，同情总是大于理性。例如，她把那十元钱交给她的时候，那母亲竟乐得半天说不出话来。

"哦，"珍妮说，"我出了门才知道居然有这么多呢！他说交给您。"

那母亲接过去，把它轻轻置于两只合叠的手掌中，仿佛透过钞票，已经看见那参议员的漂亮样子了。

"他是多么漂亮的人啊！"她说，"他的心真是太好了。"

当天晚上，以及接下来的一天，那母亲都在忍不住地赞美着，一遍又一遍地说参议员有多么好，心肠有多么善良。再给他洗衣服时，她更卖力了，好像觉得自己无论怎样用力，也是无法报答他的。这事儿她可不敢让她丈夫知道，因为那老头儿很固执，一定不会让她收下那钱，她一定要有麻烦的，因此，她用那钱来买面包和肉，仍旧非常勤俭地过日子，使他没有一丝的觉察。

以后，珍妮就把她母亲的那种心情反映到参议员那里，既然那么感激，他们的关系比以前就更近了一些。有一次，他竟然把一个皮革做的相框送给她，因为他看出她很喜欢。她每次来的时候，他总借故多留她待一会儿。不久，他发现她那温柔的内心里深深埋藏着一种厌恶贫穷的意识，以及一种不肯向人诉苦的羞惭。他很喜欢她这一点，又见她衣服褴褛，鞋子破烂，想着能够找到一种办法来帮助她。

他常常想：一定要找个机会跟她回家去，去看看她家里的情况。不过因为自己是一个参议员，一想到他们住的那种地方一定很贫穷，他就有些慎重了，所以探访的计划终于没能实现。

十二月初，白兰德回到华盛顿住了三个礼拜，珍妮和她的母亲知道他走了，都很吃惊。他每次给她们的洗衣钱，从没有少过两元，有几次还给了五元。他这一走，将会对她们的经济有很大的影响。于是，她们只得熬着日子过。格哈德的病好些了，曾经去找过工作，结果是一无所获。后来弄到一个锯木架和一柄锯子，挨门逐户去揽锯木头的活儿。那活儿并不多，可是他拼命地干，一个礼拜也可以弄到两三元的收入。这些收入加上老婆和斯蒂安挣来的钱，已经够他们全家买面包吃的了，也仅仅是够买面包。

到了圣诞节临近的日子，他们才深深感觉到穷苦的悲哀。人们最喜欢在圣诞节狂欢了。那是一年之中最快乐的日子。格哈德老头儿在圣诞节前的一个礼拜，手里锯着木头，心里就常常想着圣诞节该怎么过。小维多尼亚病了那么久，该买点儿什么礼物给她呢？他希望给所有的孩子都买上一双结实的鞋子，男孩子每人一顶帽子，女孩子每人一块美丽的头巾。想起即将来临的圣诞节，家中桌子上空荡荡的，没有堆满使孩子们高兴的礼物，他就有些痛心。至于那母亲的心中感受，还是不形容更好。她更是感觉十分痛苦，她不敢去跟格哈德谈起那个可怕的节日。她曾经存了三元钱，希望去买一吨煤，免得可怜的乔治天天去偷，但是圣诞节临近，她就决定要用来买礼物了。格哈德也私下攒了两元钱，没让任何人知道，心想到了紧要关头，圣诞夜一定要拿出来。

圣诞节那天，整个城市都充满着节日气氛。杂货店和肉食店都扎着圣诞树，玩具店和糖果店也摆设得琳琅满目，每个体面人家的圣诞老公公都要选几样带回去的。格哈德家的大人和孩子也都看见了，前者却感觉到了焦急和无奈，后者萌起了无尽的幻想和希望。

格哈德曾经当着孩子们的面屡次说："今年圣诞老公公穷得很。他没有多少东西可以送给我们了。"

但是，天真的孩子们却没有一个肯相信他。他们的希望虽然受到了警告，眼睛里冒出来的幻想却并没有减少。

圣诞节是礼拜二，礼拜一孩子们就放假了。格哈德夫人动身到旅馆之前，吩咐乔治要多捡些煤回来，全家好过圣诞日。乔治立刻带着两个妹妹去了，可是却没法多捡，直到夜里回来，他们才捡了一点点。

"今天去捡煤没有？"晚上从旅馆回来，那母亲进门就问。

"去过了。"乔治说。

"捡回很多吗？够明天用了吗？"

"是的，"乔治回答，"足够了。"

"好吧，我去看看。"她说，他们一起到放煤的棚子里去。

"哦，天啊！"她惊讶地嚷道，"还差得远呢，你得马上去再捡些回来。"

"哦，"乔治撅着嘴说，"我不想去了，干脆叫斯蒂安去好了。"

斯蒂安下午六点多就回来了，当时正在洗脸穿衣，准备要出去。

"不行，"那母亲说，"他忙了一天了，还得你去。"

"我不去。"乔治撅着嘴说。

"好吧，明天全家没有火生，看你怎么办？"

回到屋子里，乔治想着这件事，觉得不能就此僵下去。

"斯蒂安，你过来。"他叫他的哥哥。

"干吗？"斯蒂安问。

"去拿点儿煤来。"

"不行，"他的哥哥说，"绝对不行，我没有时间！"

"好吧，那么我也不去了。"乔治把头扭向一边说。

"今天下午你没去吗？"他的哥哥厉声问，"难道你一整天都在家里闲着？"

"我是去过了，"乔治说，"我们没找到多少，没有煤！"

"我想你没有用心找吧。"哥哥说。

"怎么了？"珍妮看见乔治噘嘴，不禁问道。

"哦，斯蒂安不肯捡煤去！"

"你下午没去吗？"

"是去过了，"乔治说，"但是妈妈说还不够。"

"我和你去，"珍妮说，"斯蒂安，你难道不愿意去吗？"

"不，"那小子毫不在意地说，"我真的不去。"他正在打他的领带，有些不耐烦地回答。

"根本就没有煤捡了，"乔治说，"除非我们到煤车里去取，但是我们去的那个地方连一辆煤车都没有。"

"那个地方有煤车的！"斯蒂安吼道。

"我说过，就是没有。"乔治反驳。

"哦，别吵了，"珍妮说，"来，我们一起去看看，别等太晚了。"其他的孩子都喜欢他们的大姐，大家就把要用的东西拿出来——维多尼亚拿出一只小篮子，马蒂和威廉拿个小桶，乔治拿的是家里洗衣服的大篮子，打算同珍妮捡满后一起抬回家来。斯蒂安看见珍妮他们这样，有些过意不去了，他开始替他们出主意。

"我告诉你们，珍妮，"他说，"你带弟妹们到八条街，在那些车子旁边等着。一会儿我也去，看见我的时候，你们都当不认识我。你们就说：'先生，您肯替我们扔一点儿煤下来吗？'那时我就会爬上煤车，把煤扔下来让你们装满篮子，懂了吗？"

"那太好了。"珍妮高兴地说。

孩子们走出了家门，开始向铁轨前进。在街道和宽阔的铁路站场交叉的地方，有许多辆装满煤的车子刚停在那里。格哈德家所有的孩子都聚在一辆煤车后，他们在那里等待哥哥的到来。不一会儿，华盛顿特别快车开到了。那是一串美丽的长列车，里面有几节新式的客座，大玻璃窗亮晶晶的，旅客们躺在舒适的椅子上向窗外看着。列车隆隆地驶过，孩子们都本能地向后退却。

"哦，这太长了！"乔治说。

"我可不喜欢做司机。"威廉说。

只有珍妮一个人默不作声，但是对于她，旅行和舒适的暗示特别有力量。有钱人的生活真的是太美好了！

这时，斯蒂安在路边出现了，他神气地大踏步向这边走着，显得很了不起的样子。他是很固执的一个人，假如，那时弟妹们没有按照他的计划行事，他一定会装作不认识一样地走过去，不给他们帮忙。

马蒂很机灵，他当即大声嚷道："先生，您肯替我们扔一点儿煤下来吗？"

斯蒂安突然停住脚步，细细打量孩子们，像真的不认识他们的样子，喊道："可以，当然可以。"随即，他爬上了那辆煤车，从上面极迅速地扔下许多煤块，一会儿，就够装满孩子们的篮子了。然后，他又装作不愿意耽搁很久的样子，急忙下来，穿过那密密的轨道，一转眼就不见了。

回家的路上，孩子们又遇到一个绅士，他戴着大高帽子，穿着很讲究的大衣，珍妮立刻就认出他是谁了。原来他不是别人，正是那体面的参议员先生，他刚从华盛顿回来，准备要过一个很无聊的圣诞节。他就是从刚才惹孩子们注意的那辆快车里下来的，此刻，他提着手提箱，悠闲地步行往旅馆那边去。当他走过去的时候，好像也没认出珍妮。

"是你吗，珍妮？"他说着，"就停在那里。"

珍妮却比他反应得快，兴奋地嚷道："哦，果真是白兰德先生！"她把自己的篮子扔给弟妹们，示意孩子们先回家，自己却向另一个方向跑去。

参议员跟着她，喊了几声："珍妮！珍妮！"她总是不回答。参议员后来觉得无法追上她，并且突然明白了，要顾及那女孩子的羞耻，他就开始停住脚步，转回身，决定跟孩子们一道回去。忽然，他又产生要同珍妮接近的一种感觉。他看见孩子们捡煤，才觉得做参议员是有些意思的。明天那快乐的节日，对孩子们还有什么意义呢？他同情地走上前去，步履轻盈，一会儿，他看见孩子们进入到一个矮屋中了。他跨过街心，到一些树的阴影里去站着。屋后，一个窗子里透出一些微弱的灯光，四周都是白皑皑的雪。他能听见那屋子里的孩子们的声音，有一会儿，他又仿佛看见那可怜的母亲的身影了。过了一会儿，他依稀看见一个人影穿过一个旁门。他认识那人是谁，心里不由得怦怦地跳起来，他咬紧了嘴唇，压住过分暴露的情绪，然后转过身子，离开了那里。

城里最大的杂货店,是个名叫曼宁的人开的,他是白兰德的忠实信徒。当天晚上,白兰德来到这人正在忙碌的柜台边。

"曼宁,"他说,"今晚你肯为我做一件小事吗?"

"什么事?议员先生,您只管说好了!"那掌柜的说,"您什么时候回来的?为您效劳!那还用客气!"

"我要你把一家八口人过圣诞节用的东西配备齐全,丰盛些,那家人是父亲、母亲和六个可爱的孩子——圣诞树、杂货和圣诞礼物——你能明白我的意思吗?"

"一定,一定,参议员先生。"

"你不要管多少钱,每样都要全,要很多,我给你个地址。"说着,他掏出一个本子开始写地址。

"怎么?我非常乐意,参议员先生,"曼宁说,他自己也被感动了,"我乐意得很,您真慷慨。"

"你听我说,曼宁,"白兰德为了维持参议员的尊严,十分严肃地说,"把所有的东西立刻就送过去,账单给我。"

"好的,好的。"那受宠若惊的杂货店老板急忙应承着。

参议员走出店门,才记起了那可怜的一家还有两位老人,他就又去找找衣店和鞋店,因为不知道具体的尺寸,所以和人家讲明一定要可以退换。所有一切做完了,他才回到自己的房间里。

"好苦的命哦,在捡煤呢,"他自言自语地说,"我真是太过分了,不应该忘记他们的。"

四

　　看见参议员时，珍妮之所以要跑掉，那是她觉得自己的处境很可耻。她想他很看得起她，却发现她做这种丢脸面的事情，就觉得很难为情，她到底还是个孩子。

　　到家的时候，她的妈妈已经听其他的孩子说起姐姐逃跑的事儿了。

　　"你到底是怎么了？"乔治问她。

　　"哦，没有什么事，"她对母亲说，"白兰德先生路上看见我们了。"

　　"哦，是吗？"母亲轻轻地问，"那么他刚回来。你为什么要跑呢？你好傻哦！"

　　"是，我不想他看见我。"

　　"也许他还没有认出你呢？"母亲对女儿表示同情。

　　"他已经认出我了，"珍妮低声说，"他还喊我的名字了呢。"

　　那母亲摇了摇头，不再说话了。

　　"怎么了？"在里面的格哈德走出来问道。

"没有什么，"那母亲说，她不愿意提及参议员先生，"他们捡煤的时候，有个人吓唬他们了。"

午夜，圣诞礼物送来了，引起全家人一阵兴奋的喧哗。当装满礼物的送货车停在他们的屋门前，一个伙计开始搬运时，老夫妻俩都以为自己眼睛出了问题。他们对伙计说送错了，伙计可不理他们，于是那么多礼物被他们全家一一过目了。

"放心好了，"那伙计一本正经地说着，"我没有弄错，格哈德先生，不是吗？这些都是给你们的。"

那女人兴奋得只会搓手了，偶尔发出一声："好了，现在终于好了。"

老父亲看见这些礼物，也被不知名的施主如此慷慨给软化了。他认为一定是本地某大工厂的主人送的，因为他同他本来相识，并且他待他们很好。他的女人感激涕零，对于男人的猜测有些怀疑，但是她不想说什么；至于珍妮呢，她很明白这究竟是谁做的。

圣诞节第二天的下午，白兰德在旅馆里遇见珍妮的母亲，那天珍妮没来。

"你好啊，"他伸着手喊道，"圣诞节过得快乐吗？"可怜的女人颤抖着迎接了他的手，眼睛里立刻溢满泪水。

"哦，不要，不要，"他拍着她的肩膀说，"不要哭啊，你是来取衣服的吗？"

"哦，是的，先生。"她回答。她本来想要和他谈几句的，可是参议员走开了。

此后，格哈德就常常听见母女二人谈起旅馆里漂亮的参议员，为人如何和气，给她们的洗衣钱如何多。劳动者的脑袋总是简单的，他很容易就相信那位白兰德先生一定是个美好的人。

对于参议员先生，珍妮的好感开始有了偏心。

那时她正在发育，模样身段儿日趋丰满，任何男子都不能不受她的吸引。本来她的体格就非常结实，身材很高挑，不像一般的女孩子。倘使叫她穿上时髦女人的长裙，她就是那参议员合适的伴侣了。她的眼睛清澈得出奇，她的皮肤更是娇嫩，她的牙齿洁白匀整。她还很聪明、机敏，而且具有观察力。她所欠缺的只是训练和自信心。

近段时间，她两三天一次到旅馆里去送衣服，白兰德总是和颜悦色地对待她，她也总以和颜悦色的表情回应。他常常把小东西送给她的弟妹们，而且极其随便地同她谈话，终于使她心中那种畏惧的意识完全消除，进而把他当作一个慷慨的朋友，不当作一个威严的议员看待了。

有一次，他问她愿不愿意去学校里读书，因为他在想，她受过教育后，一定是个非常出色的人物。

有一天晚上，他叫她："到这儿来，珍妮，站在我的身边。"

珍妮走到他身边，他就用一种突发的冲动捏住了她的手。

"我说，珍妮，"他用一种叫人猜谜似的神情盯着她的脸蛋说，"你到底觉得我这个人怎么样？"

"哦，"她不好意思地转过脸去回答说，"我不知道，您干吗要问我这个？"

"哦，你是知道的，"他回答说，"你对我总会有个看法的，现在你要告诉我，你是怎么看我的？"

"不，我不知道。"她天真地回答。

"哦，你知道，"他继续问，"你对我总想过些什么的，快告诉我，你是怎么想我的？"

"您问我是否喜欢您吗？"她一面直率地问，一面目不转睛地看着他那颇有点儿花白的头发，那些头发披散在参议员的前额上。

"哦，是的。"他有点儿失望似的说。他觉得她有些缺乏魅人的艺术。

"怎么，我当然喜欢你。"她娇嗔地说。

"你对我想过别的吗？"他继续问。

"我想你很和气。"她更觉羞愧地回答，这时她才觉得他仍旧在捏着她的手。

"仅仅只是这样吗？"他问。

"哦，"她眼皮一眨不眨地说，"难道这样还不够吗？"

他看着她，她那好玩而可亲的坦率神情使他浑身战栗了。他默默地端详着她的脸，她很是扭捏不安，觉得他的端详里含有深意，却又不是很明白那到底是什么。

"我说，"他最后说，"我想你是一个漂亮的女孩子，难道你觉得我是个很好的男人吗？"

"是的，当然是那么想的。"珍妮毫不迟疑地说。

他向椅背上一仰，觉得她的回答有些天真和滑稽，不觉大笑起来。

她好奇地看了看他。"你笑什么？"她问。

"我笑你说的话很有意思，"他说，"我本来不想笑的。

我看你一点儿也不欣赏我，我不相信你会喜欢我。"

"可是我真的是喜欢您的，"她恳切地说，"我想你真是太好了。"她的眼睛在表达她说的话都是真的。

"好吧。"他一边说，一边把她轻轻拉到自己身上来，在她的面颊上吻了一下。

"哦！"她大声嚷着，好像受了惊吓。

这的确是一个崭新的开始，她在他身上看出了一种她从来没有感觉到的东西，她感觉他似乎比从前年轻了。此刻，她在他的眼睛里是一个女人，而他则扮演着她的情人的角色。她迟疑了一会儿，不知道该如何是好，索性就不再动了。

"哦，"他说，"我吓到你了吗？"

她看了看他，心里仍旧十分尊敬他，微笑着说："是的，您真的吓到我了。"

"这是因为我实在太喜欢你了。"

她默默地想了一会儿，说道："我想，我该走了。"

"那么，"他恳求似的说，"你是为了刚才的事情要逃掉吗？"

"不，不是的，"她说，"可是，我真的应该走了，家里要惦记我的。"

"你真的没有生我的气吗？"

"我真的没有生您的气，先生。"她回答说。这时，她才显出作为女性的态度来，她处在这样的境地，实在是一种新鲜的经验。显然他们两个都有些迷乱了。

"无论如何，你会是我的女人，"他站起来说，"将来我会好好照顾你的。"

珍妮听见他说这话,心里很高兴。她心里想,他真的很配,他简直就是一个魔术家。她朝四处看看,想到进入这样的生活,真像上天堂一样。但是她并没有充分了解他的想法。她只知道他人好,知道他慷慨,知道他给她很多的好东西。她拿起本来要取的一包衣服,并没有感觉不自然,他倒是觉得这是对他的一种当面谴责了。

"她是不应该做那样的事情的,"他想着,一阵同情的巨浪冲击着他。他双手捧住了她的面颊,说:"不,姑娘,你用不着老做这种事,我会替你想法子的。"

下一次,她再来的时候,他就毫不犹豫地叫她坐在自己椅子的扶手上,并且亲切地询问她家里的情形,以及她本人的想法。有好几次,他觉察到她回避他的问话,特别是关于她父亲近来做什么事的问题。她不好意思承认他在替人家锯木头。他唯恐她家里的景况更加窘迫,就决计要亲自去看看。

那是一天早晨,刚好那天他没有要紧事。那是在议会里的大斗争开始的前三天。那场斗争他是失败的,但在那胜败未决的几天内,他没有事情可做。因此,他拿了手杖,漫步出门,约半个小时的时间就走到她家的矮屋,他大胆地去敲门。

格哈德夫人把门打开了。

"早安,"他说,可是他见那女人有些踌躇,就又说,"我可以进来吗?"

那女人见他突如其来地上门造访,吓得呆住了,慌忙把双手在千缝万补的围裙上不安地擦着,见他等着她的回话,就说:

"哦，好的，请您进来吧。"

她匆匆地在前面引路，门也忘记关了，端给他一把椅子，请他坐下。白兰德见她这般慌乱，觉得很过意不去，就说："你别忙了，我只是打这儿经过，想起来看看你们，你的丈夫还好吗？"

"他还好，谢谢您，"她说，"今天他出去做工了。"

"那么，他是找到事儿做了？"

"是的，先生。"那女人说。她也跟女儿一样，不肯说出丈夫在做什么事儿。

"孩子们都好吗，都在学校里吧？"

"是的。"这时她已经解下围裙，颤抖着在自己的膝盖上来回地卷着。

"那就好，珍妮，她在哪儿呢？"那时珍妮刚刚熨好衣服，她丢掉熨板躲到房间里，正忙着整理头发，生怕母亲说她在家，自己躲避不了。

"她在家里，我去叫她出来见您。"

"你干吗说我在家呢？"珍妮不高兴地说。

"那我怎么说呢？"母亲问。

母女俩正在迟疑的时候，参议员先生独自在察看这家人的房子。他想着这样的好人家却吃这样的苦，心里十分难过。他希望自己能够改善他们的境地。

"你好，"当珍妮走过来的时候，他问她，"你还好吗？"

珍妮伸出自己的手，脸立刻红起来。他这么一来，让她感觉心很乱，话都说不出来了。

"哦,"他说,"我来你们家看看。这不错,你们一共有几间屋子?"

"有五间,"珍妮说,"今天刚刚在熨衣裳,有点儿弄乱了,请您不要笑话。"

"知道,"白兰德温和地说,"你当我不理解吗?珍妮,你千万不要因为我而感到任何的不安。"

她听得出他那安慰而亲切的语气,这是她在他房间里的时候常常能听见的,因而心里不再不安了。

"我只是偶尔来走走,你们可别当一回事,我是自愿来的,我要看看你的父亲。"

"哦,"珍妮说,"他今天一早就出去了。"

在他们谈话的时候,那老实的锯木匠已经带着锯架从门口进来了,白兰德看见他,觉得他跟他的女儿很相像,立刻就认出他来了。

"那是你父亲,我看出来了。"他说。

"哦,是他吗?"珍妮看着外面说。

格哈德近来很喜欢默想,他头也不抬地走过窗前。放下他的锯架,把锯挂在屋旁一个钉子上,这才走进屋来。

白兰德站起来,伸出他的手,那个皮肤结实满面风霜的人走上前去,带着一种很怀疑的神情去接他的手。

"这就是我的父亲,白兰德先生,"珍妮说,她的一切羞怯都被同情溶解了,"这就是旅馆里的那位绅士,白兰德先生,爸爸。"

"他叫什么名字?"女孩子的爸爸问。

"白兰德。"参议员说。

"哦,是的。"他带着很明显的重音说,"自从我害了热病,耳朵就有些不便。我的妻子她总是说起您。"

"是啊,"参议员说,"我早就想来看看你们,你们是个大家庭呢。"

"是的,"那父亲说,他觉得自己的衣裳破烂,急着想要站开些,"我有六个孩子,年纪都还小,这个是大女儿。"

这时格哈德的女人又走过来了,他趁机忙说:"请您别见怪,我要失陪一会儿。我的锯断了,要收拾收拾。"

"没关系,请便。"白兰德说,这时他才明白,珍妮之所以始终不肯说出她的父亲在做什么事的原因。他希望她胆子大些,什么事都不要瞒着他。

"我说,"他见格哈德的女人硬邦邦地坐在那里,就对她说,"你们不要把我当陌生人看待,以后我要你们把家里的真实事情都告诉我,珍妮她总是不肯说。"

珍妮站在那微微地笑着,那母亲只是搓着手。

"一定,先生。"她很谦恭地回答。

他们又谈了一会儿,参议员才站起身来告辞。

"告诉你的丈夫,"他说,"叫他下礼拜一到旅馆里来找我一趟,我有事情同他讲。"

"谢谢您。"那母亲颤抖着说。

"不能再耽搁时间了,"他又说,"记得叫他准时去。"

"哦,他会的。"那母亲回答。

参议员一只手在戴着手套,把另一只伸给珍妮。

"你的好宝贝，"他对那母亲说，"我可是想要她。"

"这个吗？"那母亲说，"我还不知道舍不舍得呢。"

"好吧，"参议员走到门口的时候说，"再见。"

点点头，他走出门去了，左右邻居曾经见他进去的，这时都从门帘和百叶窗后用惊异的眼光偷偷地看着他。

"他到底是谁呢？"人们都在发出疑问。

"看看他给我们带什么了。"当把门带上之后，那天真的母亲就那样对她的女儿说。那是一张十元的钞票，是他跟她说再见的时候轻轻放在她手里的。

五

为事情的发展所推动，珍妮不得不用感激的心情去对待参议员，她对于他以前和今后所要做的一切事情，自然而然地都五体投地了。参议员写了一封信，把她的父亲荐给本地一个工厂，她父亲当即就得到一个差事，那不过是个看门的职务，但对他来说是个帮助，而老头儿当下也就感激不尽了。

他对于那母亲也很关心，有一次他送给她一套衣服，后来，还送给她一条围巾。这些恩赐，在那母亲看来，动机只有一种，那就是白兰德先生的心眼儿太好了。

珍妮呢，她则用一切可能的方法使他和自己更亲近，所以到最后，她就用一种要仔细分析才能弄明白的眼光来看待他了。但是这个年轻女孩儿的灵魂里包含着太多的天真和肤浅，她决不会把世俗的观点考虑进去的。

自从那次他在她的面颊上吻了一下之后，他们就生活在另外一种空气里了。现在她已经成为他的伴侣，而他一天天地宽解甚至欣然抛开了他的尊严，她对他的认识也就一天天地更加清楚。他们已经能够很自然地欢笑和闲谈了。

但是，有时他还会有一种其他的想法，就是他情不自禁地想到自己的做法是不好的，别人会认为他和这个女孩儿有不正当的关系。每次，珍妮来这里取送衣服，都要在房间里停留很长时间，他怕那个女管家会看出来。一旦传出去，会让这个旅馆的人都知道的。但是，虽然这么想，他还是没有改变以往的做法。偶尔，他会自己吃宽心丸，认为这个并没有什么不好。

偶尔，他想起这些事情，就决定立即中止。一天晚上，他将她搂在了自己的怀里。还有一次，他还把她抱起来。和珍妮姑娘拥抱和亲吻，最近一段时间他是常常做的。虽然没有太深入的行为，只是一种试探的阶段。

珍妮毕竟还小，她天真地享受着这一切。新奇和幻想是她的两种感觉，她是毫不设防的，她很富于感情，对于男女之间的事情一点没有经验，但是她的心理状态是成熟的，对于这么一个优秀的男人，她是乐于接受的。

有天晚上，他们在一起，因为没有别的事情可做，她就把他的表掏了出来，那男人看着她天真的样子，不由为之吸引。

"你也想要吗？"他问。

"是的，我真的想要一只。"叹了口气，珍妮真实地说。

第二天，路过珠宝店，他顺便进去买了一只。那是只金表，装饰着美丽的指针。

"珍妮，"等她下次来的时候，他对她说，"我有一样东西要送给你，你看我的表是什么时间了。"

珍妮去他的口袋里掏表，吓了一大跳。

"这不是您的表！"她喊道，脸上充满惊异。

"不是，"他说，"这是你的表。"

"我的？"珍妮嚷起来，"哦，真的是我的，太可爱了！"

"你说它可爱，是吗？"他问。

他看她这样子，心里非常高兴。她脸上焕发出罕见的光辉，她的眼神妩媚地跳动着。

"那真的是你的，"他说，"你现在可以把它挂起来，不要弄丢了。"

"你太好了！"她嚷道。

"别那么说。"他说。但是他一面说，一面已经揽住她的腰，慢慢地，他把她拉近身边来，到非常贴近的时候，她就搂住他的脖子，把自己的面颊贴上去，以表示感激。这就是他快乐的精华，一瞬间，他觉得仿佛这是他已经渴望多年的事情。

不久，议会里发生了一些事情，他的爱情节奏只好放慢了脚步。议会里有一群人联合起来攻击他，他很是吃不消。一个本来支持他的大公司，现在也背叛他了。这种打击是致命的，他都要崩溃了。

这时，那可怜的珍妮姑娘只有等待了。都快两个礼拜了，他们都没再见过面。后来，一天晚上，当他的事情稍稍好了一点儿之后，他才说要见她。她去他那敲门，他只把门开了一条小缝儿，就说道："现在还没有要洗的衣裳，明天再来吧。"

珍妮没想到他会这样对她，她很不习惯，被吓了出来。他好像是那高高在上的人，那么威严。几天之后，他又后悔了，但是还是没有去弥补。她再来的时候，他还是很严肃的样子。

他继续在议会里坚持了一阵,最后还是惨败了。他很沮丧,真的是一点儿办法都没有了! 当珍妮高兴地走进来的时候,他正想着自己的事情,但是一会儿,他就喊她了。"哦,宝贝,"他对她说,"青春是你的,你拥有最宝贵的东西。"

"真的吗?"

"没错,可是你不知道。"

"她是我所爱的,"夜里他想,"我愿意和她在一起。"

不久,旅馆里都开始在议论了,说她有些不对劲了,说她一个洗衣服的女孩子,打扮得不合身份了,还戴着块金表,那个女管事就去找珍妮的母亲。

"我要告诉你一件事情,"她说,"大家都在说你女儿,你应该叫她别再去参议员那了。"

那母亲听了,吓得一句话都没敢说。珍妮什么都没对她说过,那表的事情,她是一点儿都不知道的。珍妮并没有对她说过什么,而且就是现在,她也还不相信她有什么可以说。那只表她是知道的,她不曾想到这会危及她女儿的名声。

回家后,压制不住心中的烦恼,她把事情告诉珍妮。珍妮还不肯承认事情已经有些过分。而事实上,她本来就不这么看,至于在参议员房里的情形,她并不肯如实说。

"人家谈论起来是很可怕的!"她的母亲说,"你真是在他的房间里待得那么久吗?"

"我不知道,"她说,"也许是吧。"

"参议员没有说过什么不规矩的话吗?"

"没有。"她回答。

假如，那个母亲当时再逼紧一步的话，是可以再问出一些底细来的，可是她为要保持自己心境的平静起见，就不再往下问了。世俗常常要毁谤好人，她是知道的。珍妮向来没有一点儿不慎重，别人都是喜欢说长道短的。可怜的女孩子处在这样不幸的境地，还能有什么办法呢？想到这里，她不由得大哭起来。

事情的结果是母亲自己去收送衣服。

又一个礼拜一，她走到他的门口。正在盼望珍妮到来的白兰德既又惊骇又失望。

"怎么，"他对她说，"珍妮怎么了？"

那女人一时竟不知如何回答，她用一种天真的母性神情虚弱地朝他看了看说："她今晚不能来了。"

"是病了吗？"他问。

"不是。"

"那就放心了，"他松了一口气说，"你近来好吗？"

那女人回答了他的询问后就走开了。她走了之后，他把事情想了一遍，可还是想不出其中会有什么缘故。他只是觉得他的猜疑有些奇怪。

等到礼拜六，仍旧是那母亲送衣服来，他这才觉得其中必有缘故。

"怎么回事，"他问，"你的女儿出了什么事吗？"

"没有，先生。"她回答着，心里却觉得很不忍心。

"她从此不来这送衣服了吗？"

"我——我——，"她慌得说不出话来，"她——人家在议论她呢。"最后，她才被逼出了这句话。

"谁在议论她？"他严肃地问。

"这旅馆里的人。"

"怎么？什么人？"他打断她说，声音里面已经有些恼怒了。

"女管事。"

"女管事，哦！"他嚷道，"她说什么？"

那母亲把她听到的话告诉参议员。

"那么，这是她对你说的，是不是？"他愤怒地问，"她竟要来管我的事情，是不是？你的女儿，在我这儿，你尽可以放心，我并没有对她不怀好意，这是可耻的事情。"他愤愤地接着说："要是一个女孩子家不问缘由就不允许她到我的房间里来，我一定要彻底地查一下！"

"您可别认为那是我做的事儿，"她辩解着说，"我知道您喜欢珍妮，不会害她的。您待她这么好，并且待我们一家都那么好，白兰德先生，我不叫她来，实在是有些过意不去。"

"没有什么，"他坦然地说，"我一点儿都不怪你。我只反对旅馆里散布的谣言，让他们等着瞧吧。"

那母亲站在那儿，激动得脸色发白。她怕把这个对他们全家那么好的大恩人给得罪了。她恨不得马上把事情说个明白，免得他认为那是她的不是。

"我想我是尽了心的。"她说。

"不错，"他说，"我非常喜欢珍妮。她到这里来的时候总使我高兴。我不过是对她好，也许不该再叫她来，至少暂时

45

不要再来了。"

晚上，白兰德又坐在他的安乐椅上，默想着事情的发展。珍妮对他来说那么珍贵，实在是他意想不到的。现在他再没有见到她的希望了，这才意识到她对他的意义有多大。他很审慎地想着，觉得旅馆里的流言是无法制止的，并且认为自己的确把那女孩子放在一个很尴尬的位置了。

"或者，把这桩小事就此终止吧，"接着他又想，"我这办法可能又是不妥当的。"

很快，他又去了华盛顿去继续他的任期，最后才回到科伦坡。他没有忘记她，反而更加想念她。

一天早上，他一个人向那片矮屋走去。他还没敲门，就看见那对母女了，她们很是惊异，他就对她们说自己刚回到科伦坡。

一会儿，那母亲就走开了，他就问珍妮："明天，我带你坐车出去遛遛，好吗？"

"好的。"那姑娘说，因为在她看来，这个提议很不错。他微微一笑，摸了摸她的脸，觉得自己有说不出的高兴。她真美，那时她很美丽，梳着朴素的辫子，是很让男人心动的。

等到那母亲回来，因为已经达到目的，他就站起身来告辞。

"明天晚上，我要带您的女儿坐车出去，"他对她说，"我要和她谈谈她将来的事情。"

"那很好！"那母亲说，她并不觉得这个提议有什么不妥，他们就在微笑和握手中说再见了。

"这个人心眼儿再好不过了，"那母亲评论说，"他不是老夸你吗？他也许会资助你去念书的，你是应该高兴的。"

"当然了！"珍妮坦白地说。

"我不知道这事儿应不应该告诉你父亲一声，"那母亲说，"他一向不喜欢你晚上出门的。"

商量的结果是，她们暂时不去告诉他，他也许根本不会理解。

第二天，参议员来的时候，珍妮已经准备好了。他从客厅的微弱灯光里，看出她是精心打扮过的，又看出她已经穿了她最好的衣裳了。她穿着一件浅浅的棉布衣服，浆过烫过，简直做得和成衣店里的一样，配上她那姣好的模样儿，真是恰到好处。那件衣服的袖口镶着一点儿花边，领圈很高。她没戴手套和首饰，但是她的头发梳得非常精致，配着她那长得不错的小脑瓜儿，比什么帽子都好看呢，有几绺头发飞散在外边，好像是一个光轮把她笼罩着。白兰德提醒她该穿一件短套衫，她迟疑了一会儿，这才进去借了她母亲的一件灰色毛线的坎肩来。白兰德这才明白她自己并没有短套衫，想起她要出门了却没有短套衫，很是替她难受。

很快，他们就出发了，他很快就忘记了刚才的事情，她那处女的热情很让他开心，她一路上都无拘无束地和他说着话。

"哦，宝贝，"月亮已经出来了，在树木的映衬下，更加朦胧了，他对她说，"你真可爱，你应该去读书的，那样你一定会作诗呢。"

"我真的可以吗？"她问。

"是的。"他说，"我知道，你是我最可爱的女孩儿，你

47

一定会的。你本身就是我的诗,我的宝贝。"

他的话真的是很具赞美的效力,这表明他是喜欢她的,尊重她的,她高兴极了。

又过了一会儿,他忽然说:"你的表呢,几点了,我们该回去了。"

珍妮很是害怕,她不愿意提起那只表。

原来,最近她家的情况很不好,她没办法,把那只表当了。因为弟弟妹妹要买新衣服,他们才决定那么做的。

斯蒂安去了当铺,费了很大的劲,才换了十元钱。他们的母亲把那钱都花了,给孩子们买了一些新衣服。

现在,白兰德这么问,她就很不安了,他感觉到了她的反应。

"怎么了,宝贝儿,"他问她说,"你怎么了?"

"哦,没什么。"她说。

"你的表呢?"

她是个不会说谎的人,经过一阵沉默,她才带着哭腔说:"没了。"

他一再追问是怎么回事,她才都说了出来。

"哦,你不要难过了,你没有错,我们去把它赎回来,你答应我,以后缺什么直接和我说,如果我不在,就写信告诉我。知道吗?"

"知道了。"珍妮说。

"一定要那样做,听见了吗?"

"好的。"她说。

一会儿,两个人都不说话了。

最后，他说："珍妮，我已经下了决心，以后，我们要在一起生活，你愿意吗？"

珍妮不怎么明白他的意思。

"我不知道。"她说。

他说："你听着，我是认真的，你要嫁给我，然后我送你去读书。"

"送我去读书？"

"是的，我们结婚以后。"

"哦。"她没说什么。

他抱着她，想看清她的表情。

"难道你不开心吗，珍妮？"他问道。

"开心！"

"但是，最近你不去我那儿了。"他有些伤心地说。

"那不是我不想去。"她说。

"真的？"他问，"你别不开心，只要能见到你，我就高兴了。"

"我也很高兴见到您。"她回答。

他握住了她的手，一往情深地紧紧捏牢它，并对它加强了力量。她冲动地抬起身子来，一把将他搂住。"您对我太好了。"她用一个女儿对待父母的语调回应他。

"你是我的，小珍妮，"他一往情深地说，"我愿意为你做任何事情。"

六

这个家庭的父亲,威廉·格哈德,他是个很具个性的人物。他出生在萨克森,天生要强,十八岁就因反对征兵制度逃离家乡,不久又到了美国。

在美国,他逐渐从纽约搬到费拉德尔菲亚,过去他曾在宾夕法尼亚的一个玻璃工厂里待过。在一个小村子里,他结婚了,妻子是一个日耳曼女人,他们一起又搬到了科伦坡。

格哈德很老实,他也高兴人家这样说他。"威廉,"他的主人常这样对他说,"我很信任你,所以才用你。"

他的老实是家族遗传的。他的祖辈都是德国工匠,从来都没做过骗人的事情,他遗传了他们的好品德。

他始终信仰路德教派,认为路德派是万能的、完美的,对将来的生活是非常重要的。他的妻子也接受了丈夫的信仰。因此,他的家庭无论到遇到什么事情,都要同当地的路德派教堂联络。

科伦坡教堂里的文德牧师,是一个热心的基督教徒,为人也非常偏执。他不赞成他的信徒们跳舞、打牌、看戏等。即使是有人偶尔为之，他也很生气。他曾说，一个女孩儿如果不能保持贞操，做父母要是疏忽大意，那就没救了。这样的人，上帝是不会饶恕他们的。人一定要走正直的路，上帝才不会发怒。

格哈德和他的全家，都接受文德牧师的教诲。但是，珍妮还没有她的父亲那样信得那么深。她只知道天堂不错，知道地狱是可怕的，青年人都应该好好做人，听父母的话。除此，她就什么都不懂了。

格哈德呢，他却认为牧师的字字句句都是正确的。

现在，他的年纪一天比一天大，现实的问题一天比一天多，他就越发焦灼了。啊！怎么办才能让主接受他呢？他替自己和家里的人担心，很怕他们会永远受到主的排斥。

因为信仰的原因，他对孩子们的要求很严，他总是监视着孩子们的行为。珍妮如果喜欢谁，是一定要通过父亲的，她不能和别人有眉目传情的行为，如果那样做了，回到家中，她就必须祷告。

参议员刚走进他们的生活的时候，格哈德就觉得自己的信仰被动摇了。毕竟，那个男人是优秀的，不一般的，他在帮助他们。

格哈德是没有办法的，他很希望得到那个人的帮助，好让他们贫穷的家不再受穷。至于圣诞礼物的事情，他也不知道真相。

一天早晨，格哈德下班回来的时候，一个名叫奥尔多的邻人和他打招呼。

"格哈德，"他说，"因为你是我的朋友，我要告诉你一件事情。你不知道吗？邻居们都在议论你女儿和那个人呢。"

"什么？"格哈德很不高兴，他完全不懂那人的意思，"你说什么？我不知道你说的是什么事情。"

"你真的不知道？"奥尔多很惊异，"就是那个上了岁数的中年人，难道你没见过他吗？"

格哈德在尽力搜索记忆。

"他是做参议员的，大家都那么说呢！"奥尔多说。

"哦，"格哈德松了口气。"那个白兰德，哦，他是到我们家来过几次。那又怎么样呢？"

"是没怎么样，"那人说，"现在人家都在议论这件事情，他已经很老了，你知道。你女儿最近一起和他出去几次。大家都看见了，我想你也许还不知道。"格哈德听了，气得浑身哆嗦。人家说这种话，一定不会没有根据。但是，他仍旧为女儿辩护。

"你们大家不知道吗？他是我们家的朋友。"

"是的，"奥尔多说，"因为我们是老朋友，我想要告诉你大家都这么说呢。"

"谢谢你，"他说，"我要回家了。"

一进家门，他就问他的老婆。

"最近，白兰德和珍妮一起出去过，是吗？"他问，"邻居们都在议论呢。"

"哦，没什么，"她说，"他是来过。"

"可是，我怎么不知道？"他有些不高兴了。

"是的，"她说，"他只是来过。"

"来过！"他大嚷，"邻居们都在背后议论呢，那是怎么回事？"

"他只是来过两三次啊。"女人虚弱地重复着。

"刚才奥尔多碰见我，"格哈德说，"他说邻居们都在议论呢。我什么都不知道，听他那么说，我很难堪呢！"

"实在是没什么的，"女人用德国话说，"那些人有什么好瞎扯的？难道女孩子这样就做错了吗？"

"但是，那人很老了，"格哈德说，"他总来找珍妮干什么呢？"

"哦，"那女人说，"他自己要来的，他是个好人呢。"

格哈德想想，那参议员的确是不错的。

"邻居们最爱说长道短的，他们真的是没什么可说的了，就说起我们的珍妮来了。珍妮又没做什么坏事。"说着，她就哭了。

"哦，也许，"格哈德说，"可是他们的年龄差了那么多，就算没歹意，也是不好的。"

珍妮进来了。她本来在睡觉，听见父母在说话，但并没有听出什么意思。母亲见女儿进来，就背过脸，不想让女儿看见她哭了。

"怎么了？"她问。

"没什么。"格哈德说。

她母亲也没有说什么，珍妮走到她身边，立刻看见母亲的眼睛红了。

"发生什么事情了？"她追问母亲。

她母亲回答说："哦，都是那些邻居，他们总是瞎扯。"

"他们在说我吗？"珍妮红着脸问。

"你看，"格哈德大声说，"原来她自己也知道，你们干吗背着我呢？邻居都那么说了，那成什么了？"

"啊，"珍妮嚷着说，"那又怎么样？"

"怎么样？"格哈德用德语嚷道，"人家拦着我告诉我，还不怎么样吗？你竟然这么说，真丢人！那个人我本来对他印象不错的，邻居竟然那么说，你叫我怎么想呢？"

珍妮听父亲这么说，就知道事情很严重了。

"其实没什么，"她说，"我们只是出去转转罢了。"

"可是我为什么不知道？"那父亲问。

"我怕您不答应我晚上出去，所以我就没有告诉您。"珍妮说。

"他真的不应该晚上带你出去，"格哈德说，"他到底要做什么？他那么老了……"

"他只是在帮助我们，并没怎么样，"珍妮说，"他说要娶我。"

"胡说，要娶你！"格哈德嚷道，"我不愿意听到邻居说闲话，他那么老了。我要告诉他，他不应该再和你来往！"

格哈德这番话，很让珍妮和她的母亲害怕。为什么他要这么说呢？后来，白兰德在格哈德不在的时候又来过几次，还带她出去散步。她和母亲都没有告诉格哈德。

"珍妮又和白兰德出去过吗？"第二天，他就问那妻子。

"昨天，他是来过。"她回答。

"你没有告诉他不要来了吗？"

"哦，我没那样说。"

"那好，我自己同他去说。"他说。

接着，连续三个晚上，他突击回家，看那客人是否来了。第四天，白兰德来找珍妮来了。

格哈德刚好要进来，眼看着她出去。他不慌不忙地去问他的女人："珍妮干什么去了？"

"出去了。"她母亲说。

"是的，我看见她了，"格哈德说，"我要等她回来再同她算账。"

他坐了下来。

看见珍妮回来，他就嚷："你到哪儿去了？"

白兰德没想到会这样，他很是烦恼。

"哦，出去散步了。"她回答。

"我不是告诉你晚上不要出去吗？"格哈德大声说。

珍妮吓得一句话也说不出来。

"怎么了？"白兰德问，"为什么要这样和她说话？"

"女孩子不应该晚上出去的，"格哈德说，"我都告诉过她了，你以后不要再找她了。"

"为什么？"参议员问。

"不为什么！"格哈德嚷着，他激动得连话都说不好了，"一个女孩儿，是不应该三更半夜出去的，我不想我的女儿跟你这样的人一起出去！"

"那又怎么样？"参议员也激动地说，"是的，我对她很有兴趣，我还要跟她结婚呢。"

"你现在就离开这儿，以后永远不要再来，"丧失了理智的父亲说，"我不要看到你再到我家来，你不要损坏我女儿的名誉！"

"老实告诉你，"参议员不甘示弱地说，"你必须把话说明白，我并没有对你的女儿做什么，你这么说到底是什么意思？"

"我是说，"格哈德愤怒地说，"人家都在背后谈论，说你如何趁我不在家的时候带我的女儿去散步，我的意思就是说你是个不靠谱的人，我已经了解你的为人了，我不想你再同我的女儿交往。"

"我的人品！"参议员说，"好吧，我不管你怎么说，我爱你的女儿是真的，我会娶她的，你的邻居既然要说什么，就让他们说去吧。"

珍妮被他们的争吵吓昏了，她赶快走进家门。

"你说娶她，我问你，你是这个意思吗？"

"是，"参议员说，"我是要娶她，你的女儿已经不小了，她自己能做主了。你在伤害我们的感情。你别顾及别人的议论，你自己怎么看我呢？"

参议员不卑不亢地站在那，显得很果断。

"我不想说什么了，"格哈德说，"她是我女儿，她该不该嫁给你，是我来做主的事情。我知道你们这些人。我刚开始还以为你是个好人，现在你有这个想法，我只能说以后你不要再到我们家来了。"

"哦,"白兰德掉头对那母亲说,"今天的事情不要怪我。我想不到你的丈夫会这样,你千万不要有什么担心。"

格哈德对他的反应很是惊异。

"我要走了,"他对格哈德说,"我不会放弃的,你今晚的确做错了,我希望你明白。"他说完就出去了。

格哈德关上门,对他的妻子和女儿说:"你们应该知道,邻居们都在谈论,三更半夜往街上跑,本来就是不对的。"

就这样,以后的几天,他们的家里都听不到有人说话。格哈德想到自己的工作是白兰德帮助找的,就决定放弃。他告诉妻子不要再给那议员洗衣服。

参议员呢,受到如此待遇后,就不再来了。他想,以自己的地位和这样的人争吵,真的是犯不上。几天后,他回到了华盛顿,走的时候没有和珍妮说再见。

这个时期,格哈德一家还是挣扎着生活。他们本来就是贫穷的,杂货店的账单在增加,孩子们的衣服越来越旧。

后来,两家杂货店的老板在街上遇到格哈德,说年利要到期了。他只得告诉人家他一定尽力想办法。他一面工作一面抽出时间到处奔走相求,后来,找到一份零工,就是割草。

那母亲坚决不同意。

"人家等着要账,没办法啊。"他说。

这时候,斯蒂安又进了监狱。一天晚上,他爬上煤车,被铁路上的侦探逮住了。这两年来,偷煤的事铁路上开始没怎么注意,等到后来的货总是磅数不足,侦探们便开始活动了。在

57

铁路上偷煤的，也不止格哈德一家，可是斯蒂安刚巧被逮去了。

"你快下来。"突然，一个侦探说。珍妮和孩子们就在不远的地方，他们马上丢掉篮子跑了。斯蒂安被那侦探抓住了衣裳。

"你给我站住。"他喊。

"放手。"斯蒂安野蛮地说，他是不会慌张的。

"我说，放手。"他重复着说。

"下来。"那侦探一面说一面狠狠地把他往下拉。斯蒂安下来后，向他的敌人一拳挥去。

两个人扭打多时，又有一个过路的铁路人员来了，两人合力把斯蒂安擒住了，将他送进监狱。

孩子们回家后，也不知道斯蒂安的情况，一直等到十一点，斯蒂安还没回来，那母亲就着急了。他常常是半夜后才回来的，可是那天，直到一点半，斯蒂安仍旧没有消息，她就哭了。

"你们快跑去告诉你们的父亲。"她说。

珍妮和乔治一起去了。

"什么！"格哈德大惊失色地说。

"斯蒂安还没回来。"他们说，接着就对他说了事情的经过。

格哈德立刻和两个孩子一同走出来，分路向监狱走去后，他觉得非常难过。

"怎么会这样呢！"他祈祷着。

到了警察局，巡长告诉他斯蒂安在拘押。

"啊，上帝！"格哈德说。

"你要见他吗？"巡长问。

"是的。"他说。

"带他到后面去，乌里奇。"巡长说。

接待室里，斯蒂安一身肮脏地被带出来，那父亲一见就伤心了，不住地哭泣。

"不要哭，爸爸，"斯蒂安说，"没有办法的事情，没有什么，明天早上我就出来了。"

格哈德心里特别悲痛。

"不要哭了。"斯蒂安说。

"哦，我知道，"那父亲说，"我很内疚。"

"不，不要这么说，"斯蒂安说，"妈妈知道了吗？"

"哦，她比我先知道了。"他回答。

"你快别哭了，"斯蒂安接着说，他很刚强，"你去忙你自己的事情吧，事情会好的，你放心吧。"

"你的眼睛怎么了？"父亲问儿子。

"我当时和那人动手来着。"斯蒂安说。

"你错了，孩子，"父亲说，"他们会让你在这多待一些时间了，你的案子什么时候开始审？"

"他们说，"斯蒂安说，"明天早上九点。"

格哈德又和儿子待了一会儿，一起商量着保人、罚金的事情。最后，他被斯蒂安劝了回去。

斯蒂安走时，想起父亲伤心的样子。"哦，妈妈怎么样了呢？"他想，"我太笨了，应该一拳把那个家伙打晕过去的。"

七

从凌晨两点开始，一直到九点，格哈德都不知道该去求谁。他和老婆商量了一下，然后又回到做工的地方。怎么办呢？他想到有一个朋友应该可以帮他的忙，那人就是玻璃制造商翰蒙特，但是此刻他不在城里。

九点钟的时候，他又一个人跑到了法庭，他要在那里等很久，因为还有几个犯人在斯蒂安的前面。他准备一有消息就马上告诉老婆。当斯蒂安被带进犯人席的时候，当时逮捕他的侦探说："回推事的话，这小子偷煤，还拒捕。"

推事把斯蒂安细细看了一下，他破损和受伤的脸留给他极其不好的印象。"哦，年轻人，你有替自己辩护的话吗？你脸上的伤是怎么搞的？"

斯蒂安虽然看着推事，可是他并不答话。

"是我抓住他的，"那侦探说，"他在一辆煤车上偷煤，想要脱逃，我去抓他的时候他还打了我，这里有证人的。"他转身指向身边的一个铁路人员补充说。

"那都是你打的吗？"推事指着侦探肿起的牙床问斯蒂安。

"容我说一句，"格哈德把身子向前一探说，"他是我的孩子，是我叫他去捡煤的……"

"他如果真的是捡煤，我们完全不管，"侦探说，"但他是从车上把煤扔给底下的人呢。"

"你们难道没钱花，非要到煤车上偷煤吗？"推事问，不等父子两人回答，推事又接着问，"你做什么的？"

"造车匠。"斯蒂安说。

"你做什么的？"他又问格哈德。

"我是家具厂的看门人。"

"哼，"推事觉得斯蒂安的态度有些强势，"好吧，就算给这年轻人免掉偷煤的罪名，他的拳头也用得太过分了，要罚他十元。"

"我还要说一句。"没等格哈德说完，他已经被推开了。

格哈德走到儿子身边，虽然心里觉得惭愧，但是高兴的是还没有更严重的结局。他想："罚款总可以想到办法的。"

"好了，好了，"斯蒂安仍旧神气地说，"那法官竟不给我说话的机会。"

"还好，没有更坏的结局，"格哈德满足地说，"我们去把钱筹来就可以了。"

回到家，格哈德把审判结果报告给家人，他的妻子这才放心了，在他们看来，十元似乎应该可以筹到。珍妮目瞪口呆地站在那听着，她觉得斯蒂安好可怜。一向活泼、好脾气的斯蒂

61

安也会坐牢，简直太可怕了。

格哈德急匆匆来到翰蒙特的家，可是他并不在。于是，他想起一个名叫臣斯理的律师，是以前偶然认识的，可是此刻他也不在事务所。虽然有几个杂货店主和皮革商和他还算熟悉，但他还欠着他们的钱。文德牧师或许可以借钱给他，但一想起他一定会给他没完没了地上教导课，他就心里不好受，所以也就没去了。他又去找过几个熟人，但人家都认为他的请求过分，一概婉言拒绝了。直到下午四点钟，他才筋疲力尽地又回到家。

"要怎么办才好呢？"他有些绝望地说，"所有的办法我都想尽了！"

这时，珍妮又想起白兰德来，但是她又不敢不顾一切地去向他求救，因为她知道父亲不会同意的，而且因父亲对参议员的侮辱，他也未必能答应。她的表已经又当了，她也再没有弄到钱的方法。

到十点钟左右，他们的家庭会议仍旧没有做出任何的决定。那母亲把两只手掌在膝盖上单调地翻来弄去，眼睛直直地瞪视着地板。格哈德发疯般地用手挠他自己的头发。"没有一点办法了，"他说，"我是任何办法都没有了。"

"都去睡吧，孩子们，"那母亲说，"大家都去睡。在这坐着也不管什么用的。一会儿，我也许会想出办法来的，你们睡去吧。"珍妮走到自己的房中，哪里睡得着呢？自从那次父亲和参议员争吵后，她就在报纸上看见参议员去华盛顿的消息。他现在在哪？到底回来没有？她一点儿他的消息都没有。她对着橱柜上的镜子默默地想着，身边的维多尼亚已睡着了。最后，她下定决心，一定要去见参议员。如果他在科伦坡，他是会给他们帮忙的。他是爱她的，他曾经屡次向她求婚，她为什么不去求他帮忙呢？

听见维多尼亚已经在均匀地呼吸，她就戴上帽子，穿上外罩，静悄悄地开了房门，看看外面是否有动静。

当时，只有她的父亲在厨房的摇椅上摇动的声音，除此之外没有任何响动。除了厨房门下透出来的一丝光线之外别无其他光亮。她转回身，把自己房间的灯吹灭，悄悄地把家门打开，跑进了黑夜里。

屋外，并不明亮的月亮照在她的头顶，春天将近了，空中充满幽静的气氛。珍妮匆匆走过阴暗的街道，心中不由升起一种虚怯的想法，她是多么地冒昧啊！参议员会怎么看待她呢？他会怎么想呢？想到这里，她又不觉停住脚步，犹豫和怀疑过后，她又想起了斯蒂安，就又急忙继续向前走去。

科伦坡大旅馆的习惯，是无论夜里什么时间，无论要到哪层楼，女子都是不可以进去的。那家旅馆同当时其他的许多旅馆一样，不能说管理不严，但是门口是任何人都可以进出的，只有经过接待室，才会引起那账房的注意。只要不走那条路，进进出出是绝对没有人注意的。

珍妮走到门口时，只有门廊里的一盏灯在低挂着，四处都是很黑暗。那参议员住的房间在二楼，在穿堂走过去只有很短的一段路。她提心吊胆地走上了楼梯。一来到那熟悉的门口，她就停住了脚步。她一会儿怕他不在，一会儿又怕他就在房里面。从门上的气窗里透出一丝灯光，她终于鼓起全部的勇气去敲门了。她听到，有人在里面咳嗽呢。

当参议员把门打开的时候，他真的是大吃一惊。"怎么，珍妮？"他嚷道，"怎么回事？我还正在想你呢，你这就来了，快进来。"

"我曾经去找过你，你要相信我，我一直都在想办法把事情挽救。现在你忽然跑来了，你是有什么为难的事情了吗？"

在他眼中，她的美貌好像是一朵刚摘下来的带露的百合花，但是现在，愁云却停留在她的脸上。

他感觉到自己的体内有一股潮涌般的爱流在席卷。

"我有事求你，先生，"她终于说话了，"我的哥哥刚刚坐牢了，我们需要十元钱把他赎出来，我想不出比您这更好的地方来求救了。"

"哦，我可怜的孩子！"他抚摸着她的手说，"你不需要到其他的地方去想办法的！我不是告诉过你吗，任何时候，你都可以来找我，你难道忘记了？珍妮，我什么事情都可以替你做的，你懂吗？"

"是的，我知道。"她着急地说。

"好了，这下你不用再着急了，可怜的孩子，告诉我，你们怎么这么倒霉，你的哥哥是怎么坐牢的呢？"

"他带着我们去拣煤，他在煤车上把煤扔下来，然后他们就把他抓住了。"珍妮说。

"哦！"参议员满肚子的同情心都被唤醒了。原来那个坐牢的孩子是因为生活，在被逼无奈的情况下去做违法的事情而进监狱受罚的。眼下，三更半夜跑到他房里来哀求的女孩子，只是为了十元钱，在她和她的全家看来那是一笔巨款，但对于他却是无关紧要的小数目。"放心，你哥哥的事情交给我来办好了，"他说，"不要着急，半个小时我就会把他弄出来的。你等在这，放宽心，我就回来。"

他让她坐在安乐椅上，自己就匆匆出门去了。

白兰德同监狱里的负责人是熟悉的，他同办理那案子的法官也很早就认识。他只用了五分钟的时间，写了个条子给法官，请他看在犯人还是个孩子的情况下取消罚款。十分钟后，他到监狱里去找他那负责的朋友，斯蒂安当即就被释放了。

"罚款准备好了，"他说，"如果罚金取消，你再还给我，让那孩子现在就走吧。"

就这样，斯蒂安立刻被莫名其妙地释放了，并没有人告诉他他被释放的理由。

负责给他开锁的看守员说："现在好了，你自由了，快回家去吧，别再干这样的蠢事了，小心他们会逮住你的。"

斯蒂安满心惊异回家去了，白兰德也向旅馆方向走去。路上，白兰德不停地在想着：该怎么应付目前这个微妙的局面？珍妮这次来找他，显然是没有经过她父亲允许的，她是万不得已才来找他的。

在人的一生中，总会遇到几次重要时刻，一条是道义上的真理之路，另外一条路呢，就有可能获得个人追求的幸福。白兰德开始踌躇不决。眼下,这两条路不是界限分明的,白兰德知道,即使自己正式向珍妮求婚,也会因为她父亲的坚决反对而有困难。

可怕的世俗舆论,会让问题更复杂的。即使他娶了她,天下人又要怎么说呢?就是白兰德自己,也还不十分了解她究竟想要什么,只是一种女孩子的真实感情,没有一点儿理智和经验,是任何男子都可以追求的目标。"这个特别的女孩子。"他想着,心里感觉她分明就在面前了。

他一路不停地想着,不知不觉已经到了旅馆里自己的房间门口。一踏进门,就又重新被那女孩子的美和她那不可抗拒的魅力所吸引了。在那灯影之下,她似乎是具有无穷魅惑的。"好了,"他用故作平淡的语气说,"我已经去看过你的哥哥了,现在他已经出来了。"

"啊!"她喊着,站起身来,捏着自己的手,向他伸出两条胳膊来,眼中泛起感激的泪花。

他向她走近一步,看着她的眼睛说:"珍妮,你千万别哭。你这善良的天使!你这慈悲的女神!你已经做了牺牲,怎么还要再流泪呢!"他请求道。

他把她的身子拉过来,于是,一切谨慎和顾忌都被抛开,他的心里只有需要和满足需要的意识。命运终于不顾任何东西,而给了他最最想要的东西——爱以及他所能爱的一个女子。他把她搂在自己的怀中,不住地亲吻她。

英国的一位诗人曾经告诉人类:一个处女需要一百五十年的时间才可以造成。处女的珍贵是无可比拟的。它来自微微吹拂的春风，美妙的花香，彩虹的浪漫；那都是经过几百年的时间积累的。

"想想看！处女多么珍贵，世界都渴望她们如渴望美丽的花朵一般。"

有谁会舍得欣赏她们如花般美丽的青春呢，你会舍得吗？

八

　　珍妮，她自己明白和白兰德之间的微妙变化，对于白兰德和自己的新关系，她并没有想到要发生任何生理的变化。她的心情只是骇异、惊奇，同时又真正感觉到了一种快乐。

　　白兰德的确是个好人，他们的关系已经更密切了。他爱她，他要娶她，以后，她的生活就要跟从前不一样了。

　　"珍妮，"她临出门的时候，他说，"不要急，我实在压抑不住自己了，我一定会娶你的，我会弥补的。你回家去先什么都不要说。你自己一定要做主，将来我会和你结婚的，但现在不能立刻办，不能在这办。我要回华盛顿，然后接你。"他掏出自己的钱包，从里面取出一百元。"你先拿去，你现在是我的了，记得，你是我的。"说完，他亲热地拥抱她，吻她。

　　珍妮走到黑黑的路上，一路想着他的话。她就要到华盛顿去，那么远，而她的父亲和母亲，还有全家，她想到可以帮助他们，就很高兴。

　　走过了一会儿，她就不走了，她在等白兰德上来，白兰德送她到家门口,她悄悄地把家门推了一下,门开着。停了一会儿,她才进去。屋里,斯蒂安在床上好像睡着了。见了她,就问:"是你吗,珍妮?"

"是的,是我。"

"你去哪儿了?"

"不要说话,"她低声说,"看见爸爸妈妈了吗?"

"是的,看见了。"

"他们知道我出去了吗?"

"妈妈知道,她叫我不要问呢!"

"我去见白兰德先生了。"

"哦,原来是这样。"

"不要告诉别人,"她说,"我不想爸爸胡乱想我。"

"我知道,"他说,他又问起那前参议员营救他的事情。她大概说了说,就听见她的母亲进来了。

"是你吗,珍妮?"她叫。

珍妮应声。

"哦,你去他那儿了?"她问。

"我是没有办法,妈妈,"她说,"我想我总得想些办法才好。"

"那怎么去了那么久?"

"他要和我谈谈。"她避重就轻地说。

母亲满腹疑惑地看着女儿。

"把我吓到了!你父亲到你的房里去过,我说你已经睡了。他就去把前门锁上了,我重新把它打开。斯蒂安回来的时候,

69

他要叫你，我叫他明天再说。"

她又有些不放心似的看着她的女儿。

"我没什么，"珍妮安慰母亲说，"等我明天告诉你事情的经过，去睡吧。"

珍妮很亲热地把手放在她母亲的肩上。"睡去吧。"她又说。

那时，她的思想和行为已经有些老练了，仿佛觉得现在必须要帮助母亲，那同帮助自己是一样的。

后来的几天，珍妮如同做梦一般惊魂不定。她把那些戏剧般的经过在心里反反复复地想着。她要对母亲说那参议员又提起结婚的话，说他打算下次从华盛顿回来就娶她，说他给了她一百元，以后还会给她的，她觉得这些话都还好开口。可是关于那最重要的一件事，她就没有勇气说出口了，因为那件事太神圣了。他第二天就差人送了钱来，是四百元，还劝她存进银行。他在信上说他已经动身到华盛顿，但是会回来的，会派人来接她，还叮嘱："不要担心，你的好日子在后头呢。"

白兰德走了，珍妮的命运确乎还是个未知数。可是，她的心仍旧保存着天真和纯朴，一种平和温婉的沉思态度，是她举止行动上唯一的变化。她相信他一定会来接她，浮现在她脑海中的只有海市蜃楼和奇景异物。她在银行里已经有了资产，多于她所曾梦想的数量，她可以帮助她的母亲了。她心里存着大多数女孩子那种向往美好的希冀，因而她没有什么可担心的了。其实，在自然和人生中，好和坏是放在天平上的。事情可以落到天平好的一端，也可以落到天平坏的一端，在这个没有经验的灵魂看来，不到全坏的时候她是不会觉得它是坏的。在这么一种毫无把握的情况下，一个人能保持一种比较平静的心境是不可思议的，唯一的解释，就是一种对人天生的信任。

人的心未必能保留年轻时期的知觉，不可思议的事情并不在于有人把它保留，却在于有人要失去它。经历过世事后，如果把年轻时的惊奇和敏感通通放下,试问还剩下什么呢？有时，出现在你思想沙漠里的少数绿枝，掠过严冬灵魂的少数夏景，令人厌倦的工作中的短暂休息，所有这些，都能流露给追求者和那个恒久存在的宇宙。

没有恐惧没有惊喜；开旷的田野和山坡的光明；早晨、晌午、夜晚；星光、鸟语、水声——所有一切，都是儿童之心的自然遗产。一切诗意，已经僵硬在人们的幻想中。在年轻的日子，这是自然的，但感性一旦消失，他们就什么都看不见了。

在珍妮的个人行动上发生的作用，只能从她的沉思状态上看出来；她的一举一动都带着那样一种神情。有时候，她诧异怎么没有信，但同时，她又记起他说还要等几个礼拜，所以，六个礼拜就不感觉有多漫长了。

在这中间，那前参议员曾经春风满面地去见过总统，曾经拜访过一回客人，并且要到马里兰乡间小住一段时间，顺便看看朋友，却不巧害起轻微的热病来，他在房里休息了几天。他见自己在这时候生病，心里有些烦恼，可是没想到那病这么严重。

后来，医生诊断他害的是恶性伤寒症，严重的时候他曾失去知觉，搞得他非常虚弱。后来大家以为他要痊愈了，谁知，在他和珍妮分别后的第六个礼拜，他又害起心脏麻痹症来，从此就再也没有恢复知觉。

珍妮,她始终没有得知他的病,也没有看见报纸上有关登载死讯的文章,直到那天晚上斯蒂安回家来拿给她看。"你看这儿,珍妮,"他激动地说,"白兰德,他死了!"

他举起那张报纸,在第一栏里用头号大字印着:

> 前参议员白兰德氏逝世
> 俄亥俄名流溘然长逝
> 以心脏麻痹症殁于华盛顿之阿灵吞医院
> 白兰德氏近患伤寒,医生以为逐渐痊复,乃竟不起。白兰德氏一生经历卓异……

珍妮瞪眼看着。"死了?"她喊道。

"报纸上登着呢,"斯蒂安说,他的语气不容置疑,"他是今天早晨十点钟的时候死的。"

九

带着掩饰不住的颤抖,珍妮接过那张报纸,走进隔壁房间。站在窗前再看过后,一种恐怖的感觉仿佛要把她催眠得昏厥过去。

"他真的死了。"这是她的唯一反应,她呆呆地站着。隔壁,斯蒂安对格哈德叙述着。"是的,他已经死了,"她听见他说,心中开始一片空白。

一会儿,珍妮的母亲也进去了。她已经听见斯蒂安说什么了,但是她对于事情的经过还是不很清楚。

"真不幸!"她悲哀地说,"你想多不巧,在他刚要帮你、帮咱们全家的时候却死掉了。"

她停住话,等着珍妮的反应,但是珍妮像变了个人似的一句话也不说。

"再怎么难过也是没有用的,"珍妮母亲继续说,"那是没有办法的事情,他本来待我们很好,现在你也不要想了。事情结束了,你要明白。"

她停住话,珍妮仍旧呆站着一语不发。母亲看自己的话丝毫没有作用,以为珍妮不愿意和人交谈,她就出去了。

珍妮一直站在那儿,这时候那消息的真正意义她已经开始明白,她开始感觉到自己是多么可怜和绝望了。回到自己房里,她一个人坐在那里,仿佛看见镜子里面自己那张惨白惶惑的脸。她有些心神恍惚:"难道我真的没有任何办法了?我真的要走了,到哪里去呢,什么地方会收留我这样一个女孩子呢?"

这时候,家里要吃晚饭了,她因为要掩饰心事,就装作很自然地走出房去跟大家一起吃,但是那真的很难。格哈德已经看出女儿那强作镇静的神情,却猜不透她其中的隐情。斯蒂安呢,只顾他自己,没有工夫去注意别人。

后来的几天,珍妮都在考虑这个问题,但是她怎么都想不出好的办法来。钱,她有,可朋友,却没有一个,真的是没有地方可去。以前,她一直都是跟家里人住在一起的。她开始觉得越来越没有意思,一种巨大的恐惧感开始包围她,纠缠她。一天早晨起来后,她就控制不住地总是想哭,后来,那种感觉就常常有,她莫名其妙地就想掉眼泪。母亲开始觉察到了她的变化,一天下午,她看见女儿就问道:

"珍妮,你现在必须把自己的心里话都说来,你最近怎么了,有什么心事吗?"她心平气和地说,"珍妮,无论遇到什么事情,都和我说出来,不要试图隐瞒自己的母亲。"

珍妮呢,叫她把自己和参议员的事情一五一十地说出来是根本就不可能的,但经不住她母亲的一再追问,最后,不得不把那晚发生的可怕的一切都说了出来。她母亲听了,立刻吓得瞪大了自己的眼睛，半天都一句话也说不出来。

"啊！"她叫了一声，一阵自责感使她浑身战栗。"那都是我的错，都怪我不好，我们总要想办法面对的。"说着，她禁不住大声哭泣了。

过了一会儿，她开始洗衣服，她在洗衣盆边一面洗一面哭。眼泪从她面颊上流下来滴进了肥皂水里。她不停地放下衣服，用围裙擦眼睛，可是刚刚才擦掉，一会儿就又泪花满眶了。

一阵的震惊过后，她开始有些清醒了。格哈德知道了要怎么办呢？他从前总是说，如果让他知道了他的女儿当中有那些女子的不良行为，他就要赶她出家门。"不许她再待在家里！"他曾经不止一次地叫嚷过。

"我很害怕你的父亲，"这时，母亲对珍妮说，"我不知道他知道了会怎么样？"

"我不如离开的好。"珍妮说。

"不，"她说，"他一时是不会知道的，我们先等一等再说。"但在她内心深处，知道事情隐瞒不了多久了。

一天，她感觉自己有些按捺不住，就把珍妮和其他的孩子都打发出去，希望抽空儿对丈夫说出实情。

那天早上，她一阵一阵地觉得非常不安，很怕说话的时机来到，终于，她还是一句话都没有说。那天下午，她没有出去工作，因为她迟早还是要说出真相的。格哈德四点钟睡醒起来，她虽明知珍妮一会儿就要回来，可能会把这特地安排好的机会错过，却仍犹豫不决。要不是丈夫先说起珍妮近来脸色难看，她是绝没有勇气开口的。

75

"女儿近来脸色不好,"他说,"是有什么事情吧?"

"哦,"女人显然在和她的恐惧斗争着,并且想好不再拖延了,才这么开始说话,"珍妮不好了,我不知道如何办,她——"那时格哈德刚把一把门锁旋开来要修理,听见老婆这话,就突然抬起头来。

"你的话什么意思?"他问。

那女人手里正拿着围裙,急得把它不住地搓揉。她要鼓起充分的勇气来开始她要说的话,可是恐惧把她完全笼罩,她只有把围裙蒙在眼睛上,不停地哭泣。

格哈德看着她,站起身来。他本来生着一张严肃而瘦削的脸,但因年纪大了,又常在风雨之中工作,皮肤已经变成灰黄色。每当惊恐发怒的时候,眼睛里好像要冒出火星来。一有烦恼,他就要把头发猛力地往后面捋,两脚不住地走。现在,他是机警且可怕的。

"你说什么?"他用德语问,他的口气已经变得硬邦邦。"糟糕——有人来了——"说着,他突然停住,把手一挥。"你为什么不早说?"他追问。

"我没有想到,"女人继续说,"她会那么做。平常,她是多么乖的孩子啊!想不到他会毁了我们的珍妮!"

"好吧,好吧!"格哈德怒气冲天地嚷道,"我早料到了!白兰德!嘿!他是个什么东西!带着她三更半夜地出去乱跑,坐车,遛弯儿,都是你们由着她一直不管。我早料到事情不会有多好的,我的天!"

他开始在那小屋子里不停地来回踱步,像是一只被关在笼子里的老虎，因想不出办法来而特别着急。

"她被毁了，"他嚷道，"毁了！他真的毁了她了，哦！"

突然，他止了步，像个木偶人般停住，然后一直走到自己女人的面前，那时，她已经退到墙边，脸色发青地站在那里。

"他已经死了！"他嚷道，仿佛他才晓得这桩事似的。"他是死了！"他把两只手一齐揿住太阳穴，站在那里对她瞠视着。

"真的死了！"他又大声地重复了一遍，把他的女人吓得一声都不敢出。

"他是要娶她的，"她惊慌地辩解着说，"如果他没死，他已经就要娶她去了。"

"要娶！"格哈德听见她的话，突然像才清醒一般，"已经要！现在说起来多么好听，不要脸的东西！他的灵魂一定会进地狱的——啊，我的上帝，假如我不是一个基督教徒——"他握着拳头，气得一个劲儿地发抖，浑身就像一片叶子一样都站不稳了。

那母亲开始哭起来，她的丈夫根本不管她，因为他自己更难受，他对她产生不了任何同情心了。他不停地走着，那沉重的脚步震动着地板。过了一会儿，他又走回来。"这事情是什么时候发生的？"他问道。

"不要怨我，"那女人说，"真的，我什么都不知道，她前几天才刚刚告诉我呢。"

"你胡说！"他大声地嚷嚷道，"你老是护着她，她才弄成现在这样，你如果早点听我的，就不会有今天的事情了。"

"好结果，"他又对自己说，"真是好结果：儿子进监狱；

77

女儿找男人，让别人到处谈论；邻居竟然到我面前来说我孩子的坏话；现在这个流氓又死掉了，还毁了我的女儿。我的老天爷，我到底遭了什么报应啊！"

"我实在不明白这到底是怎么回事，"他可怜自己似的说，之后继续说，"我是尽心了的！我是尽心了的！我每天晚上都祷告，没有用。我是可以一直工作下去的。我的这双手——你看看——都糙了。我一辈子都在努力做一个老实人。可是现在——现在——"他的声音中断了，一时竟要哭出来。但他突然又面向着他的妻子，因为他怨恨的情绪又占了上风。

"你是一切的祸根，"他嚷道，"你是唯一的祸根。你当初如果听我的，就不会有这事情。你以为她是非出去不可的！非出去不可的！非出去不可的！她已经做了婊子了，还不是个婊子吗？她已经准备入地狱了。让她去吧。我从今以后再也不管这件事了，已经够我受的了。"

他转身走开，好像要回到自己房间里去，可是，刚走到门口，他就又返回来。

"我要叫她滚出这个家去，"他像通了电似的说，"我容不下她待在我的家里。今天晚上！立刻就给我滚！从此不许再进我的家门。我要叫她明白，没有人可以羞辱我！"

"你不能今晚上就把她赶到街上去呀，"那母亲极力地辩解，"珍妮，她是没有地方可去的。"

"就今天晚上！"他重复一遍，"就在这一刻，让她自己找一个窝吧，她已经不是这家人了。叫她马上就给我滚，滚远点儿。"说完，他就走了出去，不可动摇的决心已经刻在他那副凶恶的表情上。

到了五点半钟，那母亲正在眼泪汪汪地做晚饭的时候，珍妮回来了。那母亲听见开门的声音，心里怦怦乱跳，因为她知道一场争吵又要掀起，她父亲在门槛上跟她碰了对头。

"不要再让我看见你！"他野蛮地说，"我的家不许你再待一分钟，从今以后，我不要再见到你，你给我滚吧！"

珍妮脸色惨白地站在他面前，微微颤抖，不出一声。同她一起回来的其他孩子都吓得呆呆地挤作一团。维多尼亚和马蒂是跟她最亲的，都开始哭了。

"什么事？"乔治问，他吓得大张着嘴。

"我要她滚出去，"格哈德说，"我不要她再待在我家里。她如果要去当婊子，我管不着，只要不待在这里，去收拾你的东西。"他眼睛盯着她又加上这句。

珍妮无话可说，其他的孩子都号啕大哭。

"你们不要吵，"格哈德说，"都出去吧。"

珍妮静静地走进自己的房间，流着眼泪，收拾起她的几件小东西，开始装进母亲拿给她的一个手提包里。她平时一点点攒起来的那些女孩子的小饰物，她都没有拿。她并不是不想要了，想起她的妹妹们，她就都留了下来。马蒂和维多尼亚本来要去帮忙收拾东西，但是父亲不许她们去。

六点钟的时候，斯蒂安回来了，他看见大家都聚在厨房里，都那么惊慌，就问是怎么了。格哈德狰狞地看了看他，却没搭理他。

"什么事情？"斯蒂安追问，"你们为什么都坐在这里？"

"你爸爸要把珍妮赶出去。"母亲流着眼泪低声说。

"为什么?"斯蒂安吓得睁大眼睛问。

"一会儿我来告诉你为什么,"格哈德仍旧用德语说,"她是一个婊子,就是为了这个。她跑到外面去,被一个比她大三十岁的人糟蹋了。我要她滚出去。不许她再待在这里一分钟。"

斯蒂安向四周看看,孩子们都睁着大眼睛。大家都分明觉得可怕的事发生了,就连那几个小的也很安静,但是除了斯蒂安没有人懂得是怎么回事。

"为什么一定要今晚就叫她走呢?"他问道,"现在天已经黑了,赶她去哪儿呢?不能让她等到明天再走吗?"

"不行。"格哈德说。

"是哦,不应该这么做的。"母亲插嘴说。

"现在就得走,"格哈德说,"她走了就算清净了。"

"可是这么晚了,叫她到哪儿去呢?"斯蒂安着急地说。

斯蒂安四面看看,毫无办法,后来母亲趁她丈夫不注意的时候,示意叫他往前门那边去。

"进去!进去!"是她的意思。

斯蒂安走进屋子,待了一会儿,孩子们也一个个都溜进去了,只剩格哈德一个人在厨房里。很久后,他才起身。

这时,珍妮已经接受她母亲的一番指引了。

她叫珍妮去找一个私人住处先住下,再把地址寄回来。又叫斯蒂安不要从门口送她出去,要珍妮在一段路外等着他去送她。以后父亲不在家的时候,她会出去看女儿,或者女儿回来看母亲,都可以。其他的事,等下次见面再商量。

谈话还在进行的时候,格哈德进来了。

"她要出去了吗?"他厉声地问。

"是的。"那母亲用从来不曾有过的强硬语气回答。

斯蒂安说:"急什么呢?"可是格哈德的脸色那么难看,使他不敢再说什么了。

珍妮走进来,穿上了一件自己的好衣服,手里提了个包,目光里都是害怕的神色,现在她正在接受一种最残酷的事实,她已经不是处女了。恋爱已经是过去的事情了,要面对的是明天的生活,这一切,她都准备好了,默默地,她跟母亲吻了吻,同时眼泪禁不住又涌出来。然后,她毅然转身走出家门,而她的背后,门也关上了。

十

珍妮，自己一个人投入一个新的世界，是道德的力量在奋斗。所谓的道德，就是愿意替别人做事的那种慷慨的精神，它是被社会看得一文不值的东西。你要是看轻自己，你就会被轻易利用，被人家踩在脚底下；你要是看重自己，那不管你有多大的价值，别人也会尊重你。世俗的社会是缺乏辨别力的，它的唯一的标准就是在别人在意的事情上你要自己保重。保全了财产吗？保全了贞操吗？唯有极少的事，极少的人，不是人云亦云，拥有自己的主见。

珍妮就从来不曾想过要保重自己。她那种天生的性情就是要她来做自我牺牲的。她不会被世界上叫人保重自己的那套自私自利的教训所腐化。

人如果遇到人生的紧要关头，他的成长力会最强大。那时候，这种力和自足的感觉就会像潮水一般涌出来。自觉拙劣的恐惧心也许要逗留不去，然而人是要成长的。突然的灵感会引导人的灵魂。在自然里是无所谓外界的。当人从一个团体或一种情境被排斥出来的时候，仍旧能有一些东西做伴。大自然是不吝啬的，风和星都是你的伙伴，只要灵魂可以感受得到，那广大无边的真理会闯进来——或者不是现成的词句，只不过是一种感情，一种安慰，而这毕竟就是知识的最最基本的本质。在世界上，平安就是智慧。

珍妮出门后，就被斯蒂安追上了。"把包给我，"他说，见她默不作声，就又说，"我想我能替你找到一个房间。"

他带她到城的南边，那里的人都不认识他们，一直找到一个老太婆家里，原来，她家客厅的钟是最近从他待的那家公司买去的。他知道她家有个房间要出租。

"你的那个要出租的房间还空着吗？"他问。

"是的。"她看着珍妮说。

"愿意租给我的妹妹住吗？我们要搬走了，她现在暂时还不能搬。"

老太婆表示同意，珍妮就暂时被安顿下来。

"现在你不用着急了，"斯蒂安说，"事情会过去的。妈妈让我告诉你不要着急。明天爸爸出去的时候，你再回来吧。"

珍妮答应了，他又对她说了几句安慰的话，和那老太婆把事情商量好后，他就告别回去了。

"现在好了，"他出门的时候鼓励她说，"你将来会好的，不要着急。我要回去了，明天早上再来。"

回家时，他心里总觉得有点不舒服，因为他觉得自己做错了。他的这种想法可以从她的话里听出来，因为珍妮正是伤心时候，这样的话他是不应该问的。

"你到底为什么要做那样的事呢？你难道没有想想后果吗？"他问。

"求你今天晚上不要问我了。"珍妮恳求道，他才止住了那些令人难堪的问题。她并没有辩解，也没有埋怨什么人。如果要归罪给谁，那大概就该由她来承担。至于她自己的不幸和全家的不幸，乃至她的牺牲，那都过去了。

被撇在这陌生的住处，珍妮悲伤的情绪不由得涌上心头，她想起自己竟被爸爸驱逐出来，既害怕又羞惭，不由得呜呜地哭泣。虽然她天生就具有一副甘愿受苦而不怨天尤人的性格，但是她的一切希望已经全盘毁灭了，实在让她太难受了。到底是什么呢？为什么死亡要突然闯进来把人生中似乎最有希望的一切都打得粉碎呢？

她把过去的事情想了一遍，把她和白兰德关系中的一切琐碎情节都分明回忆起来，现在她虽然受着苦，她对于他却只有一种依恋的感情。他到底不是存心要害她，他的好心，他的慷慨，那些都是事实。他本来就是一个好人，她伤心的是他的早死，而且她只是为他悲痛，而不是为自己悲痛。

这样想着，不觉已经把那一夜的时间消磨过去了。第二天早晨，斯蒂安上班时经过，他告诉她，说母亲叫她晚上回家去。那天晚上，格哈德不在家，她们是有一夜可谈的。她寂寞地度过那个白天，到了傍晚，她就兴奋起来，等到八点多，她就开始动身了。

回家后，也没有什么好的消息，格哈德的心情还是那么愤怒暴戾。他已经决定下礼拜六就辞了差事到羊氏镇去了。原来那事发生之后，他以为无论什么地方都比科伦坡好，他觉得自己在科伦坡是抬不起头来了，他想起来就觉得难受。他马上就要出发，等找到了工作再带家人一起去。

到了周末，格哈德果然走了，珍妮仍旧回家来住，至少在一段时间内，家里总算恢复了原状，但那样的局面当然是不能长久的。

斯蒂安看得很明白，珍妮的事情和它带来的后果是严重的。科伦坡是不能住了，羊氏镇也去不得，他们如果全家都搬到大的城市去，那要好得多。

他细细考虑，又听说克利夫兰那地方正要发展工业，他就想要去碰碰运气。他如果成功，其他的人就都可以跟他走。如果格哈德仍旧在羊氏镇工作，目前的样子，一家人都可以搬到克利夫兰，那么珍妮就可以和大家在一起了。

对于这个计划，斯蒂安稍稍费了点时间才决定，到最后，他开始向大家宣布了："我决计要到克利夫兰去工作了。"一天晚上，在母亲做饭的时候他说。

"做什么？"母亲莫名其妙地抬起头来问他，她生怕斯蒂安也抛开她。

"我想，到那里可以找到一份工作的，"他说，"咱们不应该再住在这种该死的地方了。"

"别乱说话。"她责备他说。

"哦，是的，"他说，"可是也够叫人不快的了。咱们住在这里一直都是倒霉的。我马上要走，也许我能够在那里找到事情做，咱们大家都可以搬过去。如果能搬到没有人认识的地方，那要好得多。在这里是没有人瞧得起我们的。"

那母亲一面听着，一面就萌生了改善生活的强烈希望来。她巴不得斯蒂安能够这样做。他一定能找到工作，做一个有作为的青年，来救他的母亲和家庭，那岂不是好的！他们目前的生活，简直是太糟糕了，她巴不得它可以有个转机。

"你能找到事情做吗？"她关切地问。

"应该可以，"他说，"我找事情从来不难。别人也有到那里去的，都还混得不错。"

他把手插在裤子的口袋里，眼睛朝向窗外。

"妈妈，我到那里找到事情之前，家里能够维持下去吗？"他问。

"我想是可以维持的，"她说，"你爸爸现在有事情做，我们也有一点钱，就是，就是——"她想起了家里的事情很是难过，迟迟不肯把那钱的来源说出来。

"那个，我是知道的，"斯蒂安皱着眉头说。

"我们要到秋天才交租钱，到那时候，看来只有把房子给人家了。"她说。

她指的是房子的欠款，因为款是当年的九月到期，显然是付不出的。"如果咱们能够不等房子到期就搬走，我想还是可以维持下去的。"

"那我一定要去，"斯蒂安坚决地说，"我一定要去。"

果然，那个月结束，他就辞了工作，第二天，他就只身到克利夫兰去了。

十一

以后发生的事,要是同珍妮联系起来说,那是我们现代的道德主张所忌讳的。

事情的某种过程,是运行于冥冥之中的自然力的智慧,若是从它的一部分个体来看,是很猥亵的。

在一个广漠无垠的两性运行的世界中,其中的风、水、土、光四种元素,同样是帮助人类繁殖的。不单是人类,全地球,都在被结合的情欲所推动,凡是属于世间的一切,都是通过这条共同的路径存在的。然而可笑的是,很多人对此要闭眼回头,不敢正瞧,仿佛自然的本身就很猥亵。"受胎于邪愿,生育于罪恶"这句话,本是极端的宗教家的一种不自然的解释,而那种偏颇无理的见解居然被世人默认并遵守了。

哲学的教训和生物学的推论,都应该在人类的日常思想得到更实际的应用。因为没有哪种进程是猥亵的,没有哪种状态是不自然的。跟某一社会习惯不同,不见得就构成罪恶。人世间渺小的可怜虫,偶尔做出超出人类习惯的事情,未必就是一般人眼中的犯了沉沦的大罪。

珍妮,看来她是要来替那种自然奇迹的不公道的解释作证了,如果白兰德还没有死,这是人生的理想任务之一,是被视为神圣的事情的。虽然不能分辨这个进程和其他一切常态有什么不同,但她在周围人的反应上,已经感觉到堕落是她的命运,罪恶是她的处境的基础和条件。

虽然,她还没有十分明白,却已经想扑灭对于她的孩子所应有的恋爱和顾念了,却已经差不多把那萌芽的和天性的爱视为罪恶了。虽然她所受的惩罚并不是绞刑和监禁,但她周围的人都是愚昧麻木的,她现在的唯一办法,就是避免人们侮蔑的注视,自己默默忍受身体上要发生的巨大变化。

所不同的是,她并没有感觉到懊悔和痛心。她的心是纯洁的,她觉得自己的心境是十分平静的。悲哀,她本来是有的,那只是表现为眼睛里充满着眼泪罢了。

你听见过夏天的斑鸠在幽静之中鸣叫,你也遇到过那种无人注意的小溪在没有耳朵来听的地方歌唱吧。枯叶之下,雪岸之阴,有那纤嫩的杨梅树,正顺着上天对于色彩的要求而开着简单的花朵。如今,珍妮也是那样在开放着。

珍妮是孤独的,像斑鸠一样,她是夏天美妙的一种声音。她毫无怨言等待着她自己终于要去迎接的那个过程。碰到家务少的时候,她就静静地坐着冥想,而对人生惊奇的感觉就使她陷入催眠状态中。家务事多,她会悠闲地歌唱,工作的快乐使她超脱自己。她总是用沉着而不动摇的勇气去迎接将来。这种态度,并不是一般女子都有的。气量宽宏的女子,等到她们成熟的时候，都会迎接母性的到来，都会见到这里面含有为种族尽义务的无限可能性，所以能为尽这种伟大的义务而感到快乐和满足。

珍妮，在年龄上她还是个孩子，生理和心理上却是个富有潜能的女人，只是关于人生和人生中的处境还不曾得出一个圆满的结论。当初使她落入反常处境的那种严重局势，从某一点看来，可算是对她的个人气度的一种考验。那才能证明她的勇气，证明她的宽大，以及她的牺牲自我的精神。

至于她把更大更复杂的负担加在自己身上，那是由于她的自卫意识还不强的缘故。有些时候，她觉得孩子就要来了，也不免有恐惧心理，因为她不知道孩子将来是否会责备她。但是她始终相信会有公道。在她的思想方式中，人们并不是存心故意的。模糊的同情心和神圣的善良感渗透了她的整个灵魂。无论在极坏的时候还是最好的时候，她认为人生总是美好的。

她的思想并不是突如其来的，而是几个月生活后逐渐积累的。做母亲，即使在一种异常的情况下，也是了不起的一件事情。所以，只要生活允许，她就要爱她的孩子，要做个好母亲。

眼下，珍妮要做的事情多着呢。小孩子的衣服要做，某些孕妇应该注意的事情要遵守。她最害怕的，就是格哈德会突然回来。一向替她家里人看病的温吉医生——也曾来诊断过，他曾给她切实妥当的指导。他虽然受过路德派的教育，却相信天地间的事情有非哲学和我们这个狭窄的人世所不曾想到的。他听那母亲怯生生地说了之后，就说："哦，原来如此，不用着急，这样的事情没什么。你要是世面见得多一些，就不会再哭了。珍妮没有什么，她很健康。将来她可以离开这儿，谁也不会知道什么的。邻居的话不要管他，不必大惊小怪，这并不是什么不得了的事。"

听了他的话，那母亲不免惊异，她知道他是一个好人，他的一番话给了她新的勇气。珍妮，本来就是无所畏惧的，她很感兴趣地听着他的指导。她并不是为她自己，而是为了她的孩子。温吉医生问起孩子的父亲是谁，她们也老实说了，他说："那就应该是个不错的孩子呢。"

孩子落地的时间终于来了。指挥接生的还是温吉医生，给他做助手的是珍妮的母亲，因为她生过六个孩子。临盆并没有困难，等到那孩子呱的一声叫出来时，珍妮当即对她产生一种非常的疼爱。那是她自己的孩子啊！孩子洗好包好后，她就把她搂在自己的怀中，感觉非常满足和快乐。这是她的孩子，她的小女孩儿。她要活下去找工作，虽然自己还在产褥期，她竟感觉很快乐了。

温吉医生预言说产妇的复原会很快。最多两个礼拜就可以下床了。事实上，珍妮只十天就能起来做事了，跟以前一样健康。她是一个天生强壮的女子，而且经过生育后，真的是一个理想的母亲。

危机已经成为过去，现在生活恢复正常了，兄妹们里面，除了斯蒂安，其他人的年纪都还小，不能充分了解这件事的意义，所以都受了骗，以为珍妮已经嫁给白兰德，而实际上白兰德已经死了。他们直到孩子出生,都不知道有要生孩子那回事。

珍妮的母亲很怕邻居们,因为他们一直都在注意,而现在什么都知道了。珍妮本来无论如何不想忍耐,是斯蒂安的劝告才使她耐住了性子。斯蒂安前几天已经在克利夫兰找到事了,他写信归来,说等珍妮身体复原,全家都可以搬过去另谋生计。又说那边很好,家里一旦搬走,就不会再听见闲话了,珍妮也可找到事情做。

十二

到克利夫兰不久，那个城市就吸引斯蒂安了，并且使他产生了一种新幻觉。"怎样能使家里的人都到这里来呢？"他想，"希望他们都能够有工作才好。"在这里，再不会遭遇种种灾难，再不会遇到熟人。在这里，一切都是事业，一切都是活动，仿佛这里的每一个十字街头都是一个新世界。

不久，他就找到了一份新的工作，在那里工作了几周后，他就把他那一肚子好想法写信寄回家去了。他的意思是，珍妮身体复原后就马上过来，如果她能够找到事做，全家人就都可以来了。像她那样的女子，要做的工作有的是。她可以暂时跟他同住在一起，也可以租十五元一个月的小房子。他的母亲可以去替他们管管家，他们将来会住在一种干净的环境里，没有人认识他们，没有人谈论他们。他们是可以规规矩矩、体体面面做人的。

他充满了希望，写了一封信，提议珍妮立刻就过来。那时孩子已经六个月了。信上说那里有戏馆、街道。又说从湖里来的船可以直达城市的中心。那是一个奇异的城市，而且正在很快地发展起来。

这一切，对于母亲、珍妮以及全家人的效果是特殊的。因此母亲现在是一心一意想立刻实现计划的。她天生是个急性子，听见克利夫兰那么繁华，马上就向往起来，她认为自己要住好房子的愿望一定可以满足，孩子们都可以过好日子了。"当然他们是可以有工作的，"她说。她认为斯蒂安的话是对的。她总是要格哈德住到大城市里去，可是他不愿意。现在呢，他们马上要去了，从此可以享福了。

至于格哈德，他也同意大家的看法；他在回复老婆的信里说，他现在的工作还不能离开，要是斯蒂安替他们安排好，他们是可以先去的。他默认了，实在比他们还要快些，理由很简单，因为他既要维持家庭，又要偿还已经到期的债务。

每个礼拜，他从薪水里留下五元，余款则从邮局汇给家里。这五元，他用三元付饭钱，其余的付教堂费、烟钱，偶尔还要喝杯啤酒。他还每礼拜存一点钱在一个小铁箱里，以备意外所需。

他的房间只是工厂阁楼的一个角落。每天晚上，他都在那寂寞荒凉的工厂台阶上独坐到很晚，然后才爬到他这房间里去。在那里，从下层飘上来的机器气味中，他仅靠一支蜡烛的光看看报纸，念念他的祈祷文，最后默默躺到床上去休息，结束他一天的孤寂。

每天，他都感觉日子很长，前途是那么黯淡。可是他仍旧举起手来对上帝祈祷，祈祷他能过几年舒适快乐的家庭生活。

如今，家里的重大问题终于决定了。孩子们都已怀着渴望和梦想，最后，按照斯蒂安的主张，珍妮先去，母亲和弟妹们后去。

到珍妮动身那一天，家里有些乱了。

"你什么时候回来接我们？"马蒂问。

"你催斯蒂安快些来接我们。"急切的乔治说。

"我要到克利夫兰，我要到克利夫兰。"维多尼亚唱着歌在说。

"你看她！"乔治讥讽地嚷道。

"哦，你住嘴。"维多尼亚不高兴地说。

到了最后，珍妮用尽全身的力气和家人一一道别。虽然他们以后会重新团聚，可是她也不禁潸然泪下了。她的孩子已有六个月，是留在家里不带走的。伟大的世界在迎接她的到来，她不免有些担心。

"你千万别着急，妈妈，"她鼓起勇气说，"我不会出岔子的。我一到那儿就写信给你们。时间不会很久的。"

当她弯下腰来跟她的孩子告别时，她的勇气很快就消散了。她弯腰在孩子的摇篮上，带着热情的母性憧憬看着她的脸。

"她会是一个好女孩子吗？"她喃喃地说。

然后，她把她抱在怀中，在自己的脖子上和胸口上紧紧熨贴着，把脸贴在她的小身体上。她的母亲看见她在颤抖。

"喂，"她哄着说，"你千万别难过了。这有我呢，你放心吧。我会好好带她的。你要是再这样儿，倒不如不去了呢。"

珍妮抬起头，蔚蓝的眼睛里含着眼泪，她把孩子交给母亲。

"我是忍不住呢。"她半哭半笑地说。

很快,她吻别了母亲和孩子们,急忙出门离去。

同乔治走到街心时,她又回过头来,使劲地挥了挥手。她的母亲也挥手回应她。为了要搭火车,她从存款里提出一部分钱来买了几件新衣服,她挑选了一件褐色外衣,颜色很朴素,穿起来也很合身。裙子上用一条白色的系带系着,头上戴了一顶水手帽,帽子的四周镶着一圈白色的面纱,可以放下来蒙脸。当她一步步走远的时候,她的母亲很不舍地一路目送着她,直到她没了踪影,这才含着眼泪轻声说:"她长得这么好看,作为母亲,我是自豪的。"

十三

在克利夫兰的停车场,斯蒂安同珍妮见面,他跟她谈起前途和希望。当那城市的嘈杂声音和异样气味一起向她扑来,她感觉有些迷乱麻木的时候,他对她说:"第一件事情就是要找工作,找一点事情做做。不管是什么,只要有得做就行。即使每礼拜不过三四块钱,也够付房租的了。将来等乔治来了,也总可以挣的,再加上爸爸寄给我们的,我们就可以很好地过日子了。"

"是的,"她说,她的心已被周围的新生活催眠了,以致不能专注在目前的谈话上,"我明白你的意思。我一定要去找事情做。"

珍妮已经成熟多了,虽然还很小,理解力却大有进步。原来生活对她的磨炼,已经唤起她一种更明确的责任感了。母亲,还有那些孩子们,特别是马蒂和维多尼亚,都必须有一个好的机会和环境,让她们努力,不要再像她。她们应该穿得好些,应该在学校读几年的书,应该有更多的朋友,更多的好生活。

克利夫兰，同当时其他发达的城市一样，挤满了找工作的人。新的企业在兴起，但是各种寻找工作的人还是供大于求。新到这里来的人，也许当天就可找到差不多的一个小差事，也许奔走几个礼拜或几个月仍旧找不到工作。斯蒂安建议珍妮先到各种店铺和百货商店去问问。工厂可以等到以后去找。

"你千万别漏掉一个地方，"他告诫珍妮说，"如果你想要找到事情做的话，就一直进去问好了。"

"我该怎么说呢？"珍妮胆怯地问。

"你就和他们说你要工作，说不管什么事都可以。"

刚到的第一天，珍妮就动身去找工作，而她所听到的报酬都是一些令人寒心的数目。她无论跑到哪儿，似乎都没有人需要帮手。她曾经自荐到店铺、工厂里，以及僻静街道旁的小店里，可是没有一处不让她碰一鼻子灰的。

虽然，她想避免做家庭里的工作，最后到了没法的时候，她也只得转到那条路上去了。她把招人的广告研究一番，选定了似乎比较有希望的几处。对这几处她决心去尝试一下。其中有一个，等她到的时候已经有人了，但是那家女主人颇为她的相貌所吸引，因此请她进去，问她做事的能力。

"你为什么不早些来呢？"她说，"我现在雇的一个女人，我还不太满意，你先留下你的地址，好吗？"

受了这样的接待，珍妮高兴地走出门。那时她已经没有生育前的美貌，可是那更消瘦的两颊，更微陷的眼眶，反而增加了她表情的深邃和柔媚。她很干净，她的衣服是在家里动身时新洗过的，所以给人一副鲜洁动人的印象。她的身高，还在继续增长，但是她的阅历和见识，已经像个二十岁的女人了。难得的是她天生就有一种乐观的性情，所以虽然吃过苦，却始终是春风满面的。无论什么样的雇主，总都乐意要她。

她第二个去的地方，是奥可里路的一家大公馆。她见那公馆的规模非常宏大，心想自己既然来了，就去尝试一下。在门口接见她的仆人叫她等候几分钟后，就把她引到二层女主人的房间里。女主人廉蕉夫人，是个相貌不错的黑黝黝的女子，当时珍妮给她的印象很好，她跟她谈了一会儿，就决定用她了。

"我每礼拜给你四元，如果愿意的话，你还可以睡在这里。"廉蕉夫人说。

珍妮说她现在和哥哥一起住，家里人不久也要来的。

"哦，好的，"廉蕉夫人说，"随便你，只要你能准时来。"

当天，她就留在那里，开始工作了。廉蕉夫人提供给她一顶精致的小帽，一条围裙，费了一点时间指导她的具体工作。她的主要工作就是服侍她的女主人，替她刷头发，帮她穿衣服。她还要听铃，必要时还要侍候餐桌，以及听候女主人指示她做任何事情。廉蕉夫人有些严峻和拘泥，珍妮却很佩服她的精明和强干。

晚上八点钟，珍妮的一天工作结束了，她心里很是疑惑，自己在这样的公馆里真会有用处吗？今天，女主人派给她的第一件任务，就是洗刷首饰和闺房里的装饰品，她虽然勤勉地做着，但到她走的时候还没做完。她匆匆回到哥哥的住处，因有好消息可以汇报，她的心里十分高兴。以后，母亲可以到城里来了，她可以同自己的孩子在一起了，她们可以真正开始新生活了，而这新生活是要比以前的一切都好得多，美得多，幸福得多。

按照斯蒂安的提议，珍妮写信给母亲叫她立刻就来，过了一个礼拜，他们就已租定一所合适的房子。母亲和孩子们，收拾起家中简单的财产，包括一些家具，两星期后，他们就动身了。

母亲一向是喜欢有一个真正舒服的家的。一套结实实用的家具，一条颜色漂亮的柔软地毯，一些椅子、图画、一张大床，一架钢琴——这些美丽的东西，是她羡慕了一辈子的，却始终没能实现。她以为自己只要能够一直活着，那些东西总有一天会有的，现在，她的幸福日子到来了。

到了克利夫兰之后，看见珍妮那副高兴的表情，她乐观的情绪也得到了一种鼓励。斯蒂安告诉她说，他们将来一定会很好。出了车站，他就带他们到新房子里去，并叫乔治记着回车站的路，准备过一会儿来取行李。

白兰德给珍妮的钱，现在那母亲还存有五十元，有了这笔款，就可以用分期付款的办法添置一点家具。斯蒂安已经付过第一个月的房租，珍妮则已费了几个晚上的时间，把新房子的门窗和地板全部洗刷过了。

第一天晚上，他们就有两条新席子被褥摊在洁净的地板上了，还有一盏从铺子里买来的新灯，一只箱子是珍妮从杂货店里借来的，预备母亲可以在上面坐坐，并且已经准备了腊肠和面包。

当晚，大家谈天说地，商量着将来的事情，一直到九点多，这才相继去睡了，只剩珍妮和她母亲。她们继续谈话，母亲感觉珍妮身上的责任很重大了，已经觉得必须依靠她。

一个礼拜后，小小的房屋已经完全安排好，添了新家具，一条地毯，以及一些厨房里的必需用品。因为添一个新炉灶会大大增加账单上的负担，大家都很为难。较小的孩子都已送进学校了，只有乔治决定去找事情做。对于这个，珍妮和母亲原都感到不公，可是想不出更好的法子来了。

"如果可以，我们明年再送他去上学。"珍妮说。

当新生活似乎已经开始的时候，他们的收入和费用仅能相抵，生活还是很紧张。斯蒂安本来还很慷慨，但是不久，他就觉得每礼拜供给四元就足够了。珍妮的全部收入都给家里了，她以为只要带好她的孩子，她是什么都不用的。

乔治找到了一份送款员的工作，每礼拜两元多一点，起初也全部充作家用，后来给他留一点。格哈德从做工的地方每礼拜邮五元回来，常嘱咐他们要积蓄一点，预备偿还科伦坡的旧债。这样，全家人每礼拜总共有十五元的收入，要支付吃、穿、房租、煤钱，并且有五十元的家具账得每月付三元。

新的局面到底如何应付：单是房租、煤和灯这三项，已经要消费二十元每月；吃的也是必要的开支；此外还有衣服、零碎账，偶然要有的医药费，以及诸如此类的项目，都靠剩下来的十几元支付。这其中还是很艰难的，然而他们全家居然应付过去了，而且这一家满怀希望的人都觉得他们过得很不错。

这期间，他们的家庭真的是一幅值得欣赏的诚实忍耐的劳动者的图画。那母亲像家里雇用的仆人一样拼命工作着，而且没有衣服、娱乐。每天，她第一个起来生火、做早饭。在她拖着一双破拖鞋悄悄干活的时候,她还要去看看尚在酣眠的珍妮、斯蒂安、乔治,抱着一种天生的神圣和同情,觉得孩子们用不着起早,也用不着工作得过于劳苦。

有时候,她要去叫醒珍妮,她会先待一会儿,凝视女儿睡眠中的宁静脸色,这样看过了一会儿,才把她的手轻轻放在珍妮肩膀上低声叫"珍妮,珍妮",直到那疲倦的女儿醒来为止。

等到孩子们都起来,早饭已经预备好了。每天他们回来的时候,晚饭也总是做好了的。每个孩子都分得母亲的一份关怀。至于那小外孙女儿,尤其照料周到。她常说,只要孩子们有人替家里赚钱做事,她是不需要衣服和鞋子的。

几个孩子中,珍妮是最了解母亲的;只有她具有最大的孝心,总是努力减轻母亲的负担。

"妈,这个我来做。"

"妈,那个你交给我吧。"

"你去屋里歇一会儿吧,妈。"

这些,是她们母女间感情深厚的日常表现。原来母女之间向来就有互相的体谅和理解。珍妮看母亲一辈子关在家中,心里很不忍。每天工作的时候,一想到母亲正在守候着那个卑微的家,她就常希求和渴望母亲能得到应该有的享受!

十四

　　珍妮在廉蕉夫人家里做事,真的是大长见识。这个大家庭对于珍妮简直就是一个学校,不但足以使她在各方面增长人生的见识,并且可以使她形成一种人生哲学。原来廉蕉夫人和她的丈夫很能摆谱,是风雅的代表,至于待客、宴会,以及各种各样的社交活动,那简直就是礼仪的代表了。

　　廉蕉夫人总爱用一段警句说明她的人生哲学:"人生就是一场战斗啊,我亲爱的人儿。你如果要获得什么,就必须奋斗去求取它。有可以帮助你的地方而不知道利用它来达到你的目的,在我看来就是傻。大多数的人是生来就笨的。这样的人就只配做他们所能做的事。缺乏风雅是我所轻视的,这是天底下最大的罪恶。"

　　这些经验之谈,珍妮虽然是偷听到的,不是直接对她说的,但她却用自己的心体会出了一些特殊的意义。如果说这些话就是种子,那么她就是良好的土地,种子已经在土地上扎根生长。她开始获得一种地位和权力的最初的概念。这种东西也许不是为她而有的，可是世界上确实有这种东西，而且一个人只要运气好，就可以改善他的处境。

她的孩子，她的孩子——这是最重要的超越一切的题目，是快乐和恐惧兼具的字眼，她真的希望自己能替她做点什么！

第一个冬天，他们还算是顺利的。由于精打细算，孩子们都有衣裳穿，都可以进学校，房租也没有拖欠，家具店的账款每月也付清了。有一次，好像这种生活有些不可以继续下去了，那是当格哈德写信说要回家过圣诞节的时候。信上说，圣诞节工厂要放假几天。他自然希望到克利夫兰来看看新家究竟是怎么样的。

如果不是恐怕闹出事来，那女人是完全欢迎丈夫回来的。珍妮曾经同母亲商量过，那母亲又跟斯蒂安商量了一次，斯蒂安叫她们不必害怕。"不要着急，"他说，"爸爸不会怎么样的，我来同他讲道理。"

格哈德回来了，并不像老母亲想的那么糟糕。他是一天下午到的，斯蒂安、珍妮、乔治都出去工作了。两个比较小的孩子都到火车站去接他们的爸爸。进门的时候，他的女人很亲热地接待他，可心里却怦怦直跳，知道会有不可避免的事情发生。事实上，她确实也瞒不了什么，格哈德到家几分钟后，就看到卧室床上有个可爱的孩子睡在那儿。他立刻知道那是谁的孩子了，可是他却装作不知道的样子。

"谁家的孩子？"他问。

"珍妮的孩子。"女人虚弱地回答。

"什么时候来的？"

"没有多久呢!"她慌忙回答。

"她也在这儿吧。"他不愿提起女儿的名字,这事情是他早就料到的。

"她现在在这附近工作,"女人说,"她现在不错呢,她没有地方去。你就饶了女儿吧。"

自从进门之后,格哈德思想上忽然开朗起来。在他那宗教的意识中,他曾经有过某种抵触。祷告的时候,他曾经对上帝承认自己当初不该对女儿那样。可是他仍旧下不了决心将来该怎样对待女儿。她是犯过大错的,那是他无法忘记的。

晚上珍妮回来了,父女俩的碰面是不可避免的。格哈德明明看见她了,却装作专心看别处的样子。他的妻子虽然已经求他不要不理女儿,却还是对他的反应感到害怕。

"她回来了,"妻子对他说,可是他仍不肯抬头。"你总得和她说句话呀。"这是妻子最后的央求,但是他没有回答。珍妮进来时,母亲低声对她说:"你父亲在呢。"

珍妮的脸色变了,把拇指放在嘴唇上,踌躇不决地站在那,不知道该怎样应付这个难堪的局面。

"他看见过我的孩子吗?"

珍妮马上住口了,因为她从母亲表情上已经看出:父亲早见过孩子了。

"你进来吧,"母亲说,"没有什么,他不会再说什么了。"

珍妮走到门口,见她父亲表情严肃,但却没有恶意,迟疑了一会儿,她就进去了。

"爸爸。"她低低地叫了一声。

格哈德抬起头，他那灰褐色的眼睛深藏在浓密的睫毛下，射出锋利的光来。一看见女儿，他的心就已经软了，可是他却忍住没有露出一丝喜悦的态度，那是他那传统的道德观念、同情心、爱心在激烈地做着斗争，传统的观念一时占了上风。

"嗯！"他应道。

"你饶恕我吧，爸爸！"

"我已经饶恕你了。"他回答。

迟疑了一会儿，珍妮走上前去。

"好了。"她的嘴唇刚碰到他的面颊，他就把她轻轻地推开了。

珍妮走进厨房，抬眼看她的母亲，想装出一副好的表情。

"你的爸爸，他同你和好了吗？"母亲正要问她，话刚说了一半，她见女儿伏在厨房的桌上，抽抽咽咽地低声哭泣起来了。

"好了，不要哭了，"她母亲说，"珍妮，不要再哭了。你父亲对你说什么了？"她的母亲竭力要把这事情看得不再严重了。

"我看真的没什么了，"她说，"他会过去的，他的脾气本来就那样。"

十五

格哈德毕竟是个宗教徒,他一回家,就从外祖父的立场看珍妮的孩子,因为他算是个有灵魂的人。他问起孩子受过了洗礼没有,他当成大事去问他的老婆。

"没有,真的还没有。"他老婆回答。她虽然并没有忘记,可是还不能断定这孩子是否会受教堂欢迎。

"没有,那好吧,当然是没有了,"格哈德说,"哼,这么不当一回事!这么不信教!真是一群笨蛋!"他思索了一会儿,觉得这个过失应该立刻就要弥补。

"孩子是该受洗礼的,"他说,"你们为什么不送她去呢?"

那女人这才提醒男人,小孩儿受洗礼必须有人愿意做她的神父,如果要举行洗礼,她是没有合法父亲的。

听了这话,格哈德心里想,上帝会如何呢?这事不办他就不算基督教徒;他既然是基督教徒,就该负起这个责任。他打算把小孩儿送到礼拜堂去,珍妮和他们二老都跟去做保证人,但又觉得不便这样屈就自己的女儿,所以还是主张珍妮不要去,单是两位老人去看洗礼就可以了。把这困难盘算一会儿,最后他决定要挑圣诞和新年之间,珍妮出去做工的那一天举行洗礼。

计划拟定,他就同老婆商量,老婆也很赞成,他这才又想起一件事来。"孩子还没取名字呢。"他说。

关于这事,珍妮和她的母亲早就谈论过,珍妮曾表示想给小孩儿取名为"维斯塔"。现在,她的母亲就大胆提出这个名字。

"维斯塔,这名字不错吧?"

格哈德听了没说什么。他心里是早想好了的。他暗中预备好了一个名字——维兰米娜,这还是他那幸福的青年时期留下来的,却不曾有机会给自己的孩子用。当然,他对于这个小外孙女并不是非要坚持自己的主张。他只是喜欢那个名字,并且以为外孙女能得到这个名字是应该感激他的。

"这名字也不错,"他忘记了当初自己的那种态度说,"维兰米娜怎么样?"

妻子见她丈夫正在不知不觉地回心转意,就不敢同他再争。她那女性的一面开始显现了。

"那么两个名字都给她用吧。"她妥协似的说。

"没有什么不可以的,"他回答了一句,马上就又恢复他的严肃态度了,"受洗礼的时候就这么叫吧。"

珍妮听见后,心里十分高兴,因为她的孩子能得到庇护,无论是否和宗教有关,都是她所期望的。于是她费了很大的力气,把衣服准备好了,等到受洗的日子给孩子穿。

格哈德,他在最近的一个教堂里找到了一个牧师,一个肥头大耳的很拘谨的神学者,对他说明了来意。

"是你的外孙女吗?"那牧师问。

"是的,"格哈德说,"她的父亲不在这儿。"

"哦,是这样。"那牧师好奇地看着他说。

格哈德不愿他再啰唆,就说将来他们夫妻俩会亲自送她来接受洗礼。

那牧师看见他的表情,也就不再向他追问了。

"只要你们愿意替她做保证人,教堂是不能拒绝给她施洗的。"他说。

格哈德走出教堂,觉得受了耻辱,心里开始有些难过,但是总算已经尽职了,他满意了。现在他要把孩子送到教堂去接受洗礼,等到洗礼完毕,他目前的责任就算尽到了。

举行洗礼的时候,却有另外一种力量使他感到更大的兴趣和责任。原来那时在他脑海里的,是他信仰的严肃的宗教,以及宗教所要求的一种更高的法律,因而在洗礼时他又重新听见对儿孙应尽义务的教义了。

"你们有意愿用福音的知识和爱来教育这个孩子吗?"这是那幽静的小礼拜堂中一个黑衣牧师问他们的话,也不过按洗礼规定的程式读出罢了。格哈德回了一声"是",他的妻子也加上她的肯定的回答。

"你们是否要用一切必要的注意和勤勉,施以教训、警戒、榜样和纪律,使这孩子可以拒绝、避免一切的罪恶,而遵守上帝的旨意和圣谕中宣明的戒律?"

格哈德听了这话,忽然想起自己的孩子来。他们也曾像这样受过洗礼的宣誓。他们也曾听见过这种愿意看护他们的精神幸福的严肃的保证。

"你就说要。"那牧师催他道。

"要的。"格哈德和老婆一起重述道。

"你们现在是否要凭这受洗的仪式把孩子献给造成她的上主？"

"要的。"

"最后，你们如果能凭着良心在上帝面前宣誓你们所承认的信仰的确是你们的信仰，你们的严肃允诺确实出于你们的决心，那么就请在上帝面前说一声'是'。"

"是。"他们一起回答。

于是，那牧师把手放在孩子身上结束他的话道："维兰米娜·维斯塔，我现在用圣父、圣子、圣灵的名义为你施洗。我们一起祷告吧。"

格哈德弯下他那苍白的头，毕恭毕敬，默默念诵下面的一篇美丽的祷词：

"上帝，我们虔诚地信仰您，您是人类的祖先，是万能的。我们感谢您，因为您给了这个孩子宝贵的生命，如今，我们把她献给您，走进这神圣的殿堂，因为我们需要您的福音。请您慈悲些，使她一开始便得到您的恩赐，并永远拥有。请您指导我们，对我们负责，我们的孩子会因您的祝福而得到尊荣和幸福，抛弃厄运和不幸，并且培植起对一切人类的仁慈和好感。请帮助我们，保佑我们，使我们的孩子受到好的教育和影响，延长她的寿命。那样，她的父母和朋友会感到十分光荣欣慰。那样，她会为您而生，为您而死，时刻虔诚地信仰您。最后,她的父母也会万分地感激您,与您最后相会,因为您的爱而存在。"

当这样宣读的时候,作为外祖父,他对于这小小的生命就产生一种义务般的感情,觉得自己对于老婆抱在怀中的那个小生命,今后是一定要尽义务关注和照顾的。他低着头,满心怀着极端的敬畏,直到仪式结束,他们走出礼拜堂时,他的心情十分平静了。他觉得上帝是一个人,是一种统治一切的现实存在。他又以为宗教并不仅仅是大家在礼拜天听一听的一套话,而是神的主旨的强烈表现,很早就由上帝那传下来了。

对于他来说,履行宗教的义务就是一种快乐,一种很不错的自我安慰,因为人间的很多事情,人们不可以解释,只有上帝才可以解释。回家的路上,格哈德走得很慢,一路上都在默默地想着,对于珍妮的那个孩子,他的厌恶感渐渐消失,但是与生俱来的那种喜欢的感觉却加深了。无论他女儿是否有错,那孩子终究是无辜的,她不过是一件可怜的值得疼爱的东西,正在希望得到他的同情和爱心。这时,格哈德觉得自己对那孩子的态度突然发生了变化。

"他真的是一个好人。"他对老婆评价那牧师说,原来他已很快被宗教观念所软化了。

"是的,真的是个好人。"妻子也表示同意。

"那个小礼拜堂也很大。"他继续说。

"是的。"

格哈德看看四周,冬日阳光中所有的一切都那么美好,房屋、树木,最后,他看到了老婆怀里的孩子。

"她沉吗？"他说，"我来抱抱她。"妻子也感觉有点儿累了，就答应了。

"哦！"他低头看了看孩子，把她换个姿势抱好，"她真可爱，希望今天的事情给她带来好运。"

他的妻子听了，立刻感觉这个老父亲已经变了。她原来很怕这孩子会带来什么麻烦，如今，已经有宗教的势力来约束他了。以后无论什么时候，这个孩子的生命以及她的存在，他都会更在意了。

十六

格哈德在家待的几天里,总是不好意思见珍妮,总是装作没看见她的样子。后来动身出门,也没跟她告别,只叫老婆告诉她一声。到了中途,他却懊悔了。"我本该跟她说一声才对的。"当火车出发的时候,他就这样想着。但是已经晚了。

这时,格哈德家里的一切还是老样子。珍妮继续在廉蕉夫人家里工作。斯蒂安在雪茄店里做伙计,工作也很稳定。乔治的薪水已经加到三元。一家人过的是一种拮据而平凡的生活。煤、油、盐、鞋子、衣服,是他们谈话中最重要的内容;因为要应付日子,人人都感到紧张。

珍妮是个敏感的人,使她担心的事情原有不少,可是最叫她烦恼的,就是自己的未来,她为自己着想的地方还少,反而是为维斯塔和一家人着想的地方多。她真想不出自己究竟要怎么办。"我要怎么办呢?"她总是这样问自己。"如果我走了,维斯塔该怎么办呢?"她还年轻,也很美丽,人们都还认为她不错呢。廉蕉夫人家里的男客人很多,其中有几个就曾对她有过暧昧的举动。

"我的美人儿,你真可爱,"这是一天早晨她替女主人做事,到客人房间敲门时,一个五十多岁的老男人对她说的。

"哦,我不知道你在说什么。"她红着脸说。

"我是说你真的很可爱。你一定要等着我,改天我一定和你好好谈谈。"

他还想要过来摸她的脸,珍妮吓得逃开了。她本来要把这事和女主人说的,可是又觉得不好意思。她想,为什么男人们都这样呢?难道是她不好吗?她从来就没有勾引过谁,是那些男人,像只苍蝇主动来的。

一个温柔、顺从、不自私自利的女子,男子们自然要向她蜂拥而来。他们远远就会感觉到这种慷慨的温情,这种毫无防备的态度。所以像珍妮这样的女子,对于一般男性就像一种适意的温火一般,大家都被她所吸引,想求得她的同情,渴望把她占为己有。因此,有许多人都对她献殷勤,她就觉得很烦恼了。

有一天,从辛辛那提来了一个名叫莱斯多的客人。他是一个车轮制造商的儿子,父亲很有名气。他常常到廉蕉夫人家里来。他跟廉蕉夫人的交情,甚至比跟她的丈夫的交情还要深,因为廉蕉夫人是在辛辛那提长大的,没结婚的时候常到莱斯多家里去玩,并且认识莱斯多的母亲和其他的家人,他们全家人都很喜欢她,当她是自己家的人。

"莱斯多明天要来了,亨利,"珍妮听见廉蕉夫人对她丈夫说，"我中午接到他的电报。他这人是很潇洒的，你也知道。我打算把楼上东边的大房间给他住。你要对他热情些，不要冷落他。他的父亲待我是很好的。"

"我知道，"她的丈夫不以为然地说，"我喜欢莱斯多，他家中他最出色。可是他太孤僻了，他好像对什么都不在意。"

"这个我完全知道，可是他的人到底是漂亮的。我从来没有见过比他更漂亮的年轻人。"

"我当然要好好地对待他。对于你的朋友，我一向不都是很好的吗？"

"是的，是很好。"

"哦，我自己是知道的。"他回答。

当那客人到来时，珍妮是准备着要见一见他的。她确实也见到了，那天，在客厅见她的女主人的是个三十多岁的男子，中等身材，生得秀目方脸，勇武矫健。他的声音沉着响亮，到处都听得到，凡是遇到他的人，无论认识与否，都禁不住要倾听他的谈话。

"哦，你，"他开始说，"真的又同你见面了。廉蕉先生好吗？"

他那几句话问得礼貌而殷勤，那女主人也同样亲热地回答他的话。

"我很高兴见到你，莱斯多"，她说，"叫乔治把你的行李搬上楼去。到我屋子里来坐吧，那里舒服些。老太爷和露丝都好吗？"

他跟她走上楼来，那时站在楼梯上听他们谈话的珍妮，就觉着他具有磁石一般的魔力。她只觉得一个真正的人物出现了，却又说不出原因来，霎时之间就惹得满室春风。女主人的态度也和悦多了，人人都感觉非要替这位客人做点事不可。

珍妮仍旧做着自己的事情，可是刚才对那位先生的印象已经挥之不去了。那人的名字在她的心里反复出现，莱斯多，莱斯多。她又常常记起他是从辛辛那提来的。她不时要偷偷看他几眼，感觉到一种对于男子本身发生的兴趣，这是她生平从来不曾有过的。他长得这般魁梧，这般漂亮，又这般矫健。她猜想不出他是做什么行业的，同时她又觉得她有点儿怕他。有一次，她发现他用一种深刻而锐利的眼光看着自己。她心里胆怯起来，找个机会跑掉了。还有一次，他想要对她说几句话，她也装作有事情的样子赶快走开。她知道自己转过脸去，他的眼睛就盯着她看，因而她开始有些发慌。她总想要躲开他，却又不知道到底是什么原因。

事实上，这个在各方面都比珍妮优越的男子，对她也感到一种前所未有的兴趣。他同别人一样，之所以被她吸引，就是因为她那特别温柔的性情和她那卓异的女性特质。她的神情态度都暗示着她真的很吸引人。

他总想接近她，却说不出原因来。她也并没有露出什么，也并没有向他卖弄风骚，可是他仍旧觉得自己要想跟她接近。他第一次来的时候，本来就想那么做的，可是后来因为一件事情，他还是走了。

他那次离开克利夫兰有三个礼拜。珍妮还以为他不会回来了，不免有些失望起来。谁知他突然又回来了。这一来分明是出人意料的，他只对廉蕉夫人解释是工作的关系使他不得不来。他说这话时，眼睛对珍妮瞟了一下，珍妮就觉得他的来意好像跟自己有点关系。

他这次来，珍妮有很多的机会可以看见他。一是在早饭的时候，因为有时候早饭是她开的；二是在宴会的时候，她可以从客厅里或是起坐间看见席上的客人；又有时他到廉蕉夫人屋子里谈天，也有见他的机会。原来他跟廉蕉夫人是很亲密的。

"我想，莱斯多，你为什么不早把事情定下来呢？"他来的第二天，珍妮听见廉蕉夫人对他这样说，"你该知道是时候了。"

"我知道，"他说，"可是我还不想结婚，我要趁没有结婚再享受一段时间。"

"是的，我知道你的想法。可是你也老大不小了，你的父亲可很操心呢。"

珍妮好奇地看了看他。她不了解自己心里想的是什么，只觉得这个人吸引她罢了。倘使她能知道他被吸引的意义，她是立刻就要逃走的。

这次，他对她的观察更加认真了，常对她说一两句话——逗她来聊几句简略而亲切的话。她也不由得回答他——他是讨她欢喜的。有一次，她在二楼的抽屉里找布条儿，跟他在穿堂里碰了头。那时楼上就只他们两个人，廉蕉夫人出去买东西了，其他的仆人都在楼下。趁这个机会，他就直截了当地进行起他的工作来了。他用一种堂皇的、毫不犹豫的、十分坚决的态度走到她的身边。

"我要跟你谈谈,"他说,"你住在哪儿?"

"我——我——"她有些说不出口,脸色显然变化了,"我住在落篱街上。"

"几号?"他问这话的神气,好像是强迫她必须说出来。

她吓得心里直打战。"1314号。"她机械地回答。

他那深褐色的有力的眼睛看进她那浅碧色的大眼睛深处。一阵催眠的、有意义的、强烈的闪电通过了两人之间。

"你是我的人,"他说,"我一直都在找你。我什么时候可以去看你?"

"哦,你千万不要去,千万不要去,"她发慌地用手指摁住嘴唇说,"我不能见你——我——我——"

"哦,我不能,难道我不能去吗?你听我说——"他抓住了她的胳膊,把她轻轻地拉近身边来,"你我不妨现在就说开了吧。我喜欢你,你喜欢我吗?你说。"

她朝他看看,眼睛大大地睁着,里面充满着惊异,充满着畏惧,充满着一种新生的恐怖。

"我不知道。"她喘着气说,她的嘴唇有些发干了。

"喜欢我吗?"他用他的眼睛严峻坚牢地镇住了她。

"我不知道。"

"你看着我。"他继续说。

"是的。"她说。

他很迅速地把她拉过去。"我会和你慢慢说的。"他一边说，一边就很霸道地开始吻她。

她有点儿惊慌失措，可是，心里却有另一个声音在对自己说："他真的很不错呢。"很快，他笑着把她放开了。"以后，我会来找你的，你记着，你是我的人了。"他边说边向外走去。无限惊慌的珍妮跑到女主人的屋子里，迅速把门锁上。

十七

这次突然的遭遇让珍妮很震惊,她有些措手不及,过了几个小时才恢复常态。起初,她并不明白到底是怎么一回事。这件骇人的事情像是晴天霹雳般来到。现在她又向一个男子倾心了。为什么呢?为什么呢?她问自己,而她的意识里是有答案的。虽然她不能够完全解释自己的情绪,在心里她是属于他的,而他也是属于她的了。

恋爱是注定的,就像战争爆发一样。如今这个优秀的男人,一个富商的儿子,一个物质条件比珍妮好不知多少倍的男人,竟被这一个贫穷的女仆吸引住了。

莱斯多以前曾经接触认识过很多的女人,有钱的,没钱的,都是他那个圈子里的女子,但是他却从来没有感觉到有哪一个女人像珍妮这样吸引他。以前,他的想法是,如果结婚,一定是去他的阶层里面去找,如果是玩玩,那就无所谓了。

他从来都没有想过自己会如此强烈地喜欢一个女人,而且她还是个女仆,自己会向她求婚。她真的是一朵珍贵美丽的花!

他一定要把她弄到手。

对于一个人，不能仅凭一件事情就去判断他的人格，如今这个社会，真的是物欲横流的社会，物质文明高度发展，每天都有海量的信息进入我们的脑海，人要处理的事情真的是太多了，人的心灵的空间真的是有限的。

莱斯多就是这种环境下的产物，他的家庭是信天主教的，他却不相信那个神圣的灵感。

他的家庭条件是优越的，他却不主张门第相当。现在，他三十六了，有前途，有作为，强壮，智慧。

十七岁，因为和老师发生了一点矛盾，挨了打，他就退学回家了，对父亲说，以后再也不上学了，要马上做事情。

他的父亲阿斯凯德是个精明直爽的人，在商场上很有名，他见儿子下定决心，就默许了，此后就不再强迫他了。

于是，他就到他父亲的事务所里去做事情了。

十八岁，莱斯多就开始从事商业，他很诚恳，做事很不错，父亲对他的信任也慢慢增强，现在，在订契约、重要事情的解决和对外交往方面，他已成为父亲的代言人。

他的父亲很信任他，他很会处理外交方面的事情，在外面很有信用。"工作应该当作事业做"是他的商业格言，大家对他的品性和人格都有很高的评价。

他对很多事情都抱有很高的热情，尤其是对于酒，但是他自认为可以控制。对于女人，他虽然和她们之中的很多人发生过男女之间的那种事情，但是他一向很有分寸，从来都只当作逢场作戏，所以也就没有给自己带来太大的麻烦。

他很懂得调节自己，不自寻烦恼，不无端伤感，自强自立，保持个性，他有自己的一套人生哲学，总是精力旺盛，踌躇满志。

珍妮呢，是他偶然遇到的一个女子，他原先想要接触她的目的很自私，现在，他强吻了她，而且她也没太反对。所以，他认为她不是他以前玩过的那种女人，她是个不一般的女子。

有很多的男人，一生中，一定要在理想的观念上去看待女人。例如，他会想，这个女人是要和我共度一生的，我会很情愿吗？她们总会有人老色衰的那一天，我值得冒这样的险吗？

这些男人，他们想要得到人生的快乐，却不愿意付出代价，他们认为人生要有一定的享乐之后才可以去考虑结婚的问题。

莱斯多的年纪已过了天真淳朴的恋爱期了。他也很需要一个女性的伴侣，却不愿意因此牺牲个人的自由，他想，如果可以满足一切需要又可以无拘无束，那是最好的了。

但是他一直希望找一个自己喜欢的女子，如今，珍妮的出现满足了他的这个愿望。她在一切方面都让他感到满意，但是他也知道，自己是不可能和她结婚的。

莱斯多认真地把自己和珍妮的事情想了想，信步到了她家附近的街道。他曾看过她家的简陋、她的贫穷和她所处的环境，让他感动，他觉得，自己应该慷慨、公平地对待她。他一想到她的美丽，就不由得心动。他想，一定要尽快把她弄到手，越快越好，哪怕是就在今天。

十八

此刻,珍妮正在一个人痛苦着。现在,全家人都在反对她了。关于那个追求他的男子,她怎么和家里人说呢。他如果了解自己的过去,以他的身份和地位,他会娶她吗?她很后悔把自己家的住址告诉他,她决定一定要鼓起勇气拒绝他。她又想到要离开这里,不要再看见他。

可是,莱斯多却在离开珍妮后,有了自己的结论,一定要立刻行动,无论她做了什么,一定要和她谈谈。他一定要得到她,和她过同居的日子。他想,那姑娘是会答应的,她都承认是喜欢他的。她性格温驯,无论如何,他都要尝试一下,他会得到她的。

五点半钟,他回到廉蕉夫人家里,六点钟的时候,他趁机对珍妮说:"我送你回去,你到那拐弯的地方等我,好吗?"

"好的。"她感觉自己很愿意服从他。主要是她想和他好好谈谈,把自己的意思表达清楚。六点多,他就出门了,七点刚过,他已经到了约定的地点。他特别高兴,觉得事情一定会成的。他感觉呼吸进去的都是香气。

八点刚过,珍妮也来了。灯光虽然不太好,但是已经足够认得出她。一看见她,他的全身就涌起一阵同情感。他对她说:"来吧,我们一起坐车,我送你回家。"

"哦,"她说,"我不想坐车。"

"好了。我们一起回去,车里说话方便。"

她又感觉到他的那种威力和优势,她虽然不愿意,却又服从了,他对车夫说:"就在附近遛一遛吧。"

她刚坐好,他就说:"珍妮,我真的想要你,快把你的事情对我讲讲。"

"好的,我应该和你讲明一些事情。"珍妮说。

"你要说什么?"他一面说着一面看着她的表情。

"今天早上的事情我真的不应该,真的,以后,我不会再见你了。"珍妮说。

"哦,今天早上的事情和你没关系,是我主动来见你的,以后,你不要再说这样的话了,我还是会来找你的,我真的是太喜欢你了,我想你都要想疯了。你听着,我真的想要你,你答应吗?"

"不,请你以后不要再这么说,我不会答应你的,你不了解我,我不可能答应你什么,你不要再说这样的话了,我要回家了。"

他听了她的话,更加同情和怜悯她了。

"你说不会答应我,为什么?"他好奇地问。

"我还不想说,你不要再来问我了,你即使知道了也没用的。总之，我以后是不会再见你了。"

"但是，你确实喜欢我呢。"他说。

"是的，我是喜欢你。这是事实。但是，以后您别再来找我了。"

他反复地想着这个姑娘的话，他知道，自己现在特别喜欢她，她也很喜欢自己，那么，还有什么不可以做到的呢？他很不理解她说的话。

"珍妮，我要问你，既然我们彼此喜欢，为什么又还说这样的话呢？我们很合得来，你是我希望得到的，我很想和你在一起，你为什么总是这么说呢？"

"不，我真的不能，你别问了，我不想和你解释原因，你不知道的。"这么说的时候，她想到了自己的女儿。

莱斯多也是个成熟的人，知道很多事情是不可以勉强的，如今，他虽然想得到她，但是她总是这么坚持，他不得不重新考虑问题了。

"哦，听我说，"后来，他握着她的手说道，"我没有要你立刻答应我。但是你要保证，一定得好好考虑一下，你今天早上还说喜欢我呢，为什么这么快就拒绝我了呢？我那么喜欢你，还可以给你帮忙，我们一定会成为最好的朋友的。"

她仍坚持说："谢谢你，你以后不要来找我了，我不会答应你的。"

"你在说什么？"他问，"我想，你说的这些都不是真心的，你既然已经说喜欢我了，为什么还拒绝我呢？哦，难道你这么快就变心了吗？"

"不，不是的，我没有。"她哭着说。

"那么，你为什么还不答应我？我喜欢你，真的爱你，我想你想得都要发疯了。我这次到这儿来，就是特地来看你的，你知道吗？"

"真的？"她很惊讶。

"真的，以后我还会再来找你的。我真的想你都要想疯了，我一定要得到你。你说，你愿意和我在一起吗？"

"不，不要，"她说，"我还要工作，我不能再做错事了。你别再说了，你不要这样，我要走了，好吗？"

"不，我不答应。"

"珍妮，"他问，"你父亲是做什么的？"

"他是玻璃匠。"

"他在克利夫兰吗？"

"不，他在羊氏镇工作。"

"你的母亲还在吗？"

"是的，先生。"

"你跟她一起住吗？"

"是的，先生。"

他听见她这么说，微笑起来。"哦，快别叫我'先生'了，宝贝，也别再叫我莱斯多了，小姑娘，你是属于我的了。"说着，他开始搂她。

"不，不要，先生，"她央求他道，"真的不要这样。我真的不能答应你！你快放开我。"

可是，他的嘴唇已经紧紧地覆盖住她的嘴唇了。

125

"宝贝,我的珍妮,"他说道,"告诉你,我对你真的是越看越喜欢。我真后悔,以前没有认识你。我一定要带你走,你不能再在那里了,我要尽快地带你离开,我还要留些钱给你。"

一听见钱,她就吓得把自己的手都缩了回来。

"不,你不要这样!"她连声说,"不要,我真的不会接受的。"

"不,你一定要收的,我要帮助你们全家,你把钱给你的母亲,你家里有几个人?"

"六个。"她说。

"穷人家总是人多。"他想。

"给,把这个先拿去吧,"他一面说一面掏出一个钱包来,"我喜欢为你做点什么,你是逃不了的,我的宝贝。"

"不,别这样,"她抗议着说,"我不要,您快收回去。"

他那么坚持给,她拒绝也很坚决,最后他才把钱收起来。

"我知道,珍妮,你也很喜欢我,"他认真地说,"你难道不知道吗?你的态度我已经看出来了,我一定要得到你。"

"可我真的不喜欢你这样!"

"不,我并没有给你带来麻烦吧?"他问。

"是的。但是,我还是不会答应你的。"

"你会的,一定会的!"他嚷道,充满感情地说,"你一定会答应的。"说着,他根本不理她的感受,一把将她搂过来。

开始,珍妮还在挣扎,可是过了一会儿,她就屈服了,眼泪从眼睛里流出来。他说:"宝贝,难道你不知道吗?你是喜欢我的。"

"不，我不想那样。"她又哭了。

"你怎么哭了，我的宝贝？"他问。

她不说话。

"哦，对不起，"他接着说，"快到你家了，今晚就这样吧，我明天就要走了，但是我一定会再来看你的，宝贝，我不会放过你的。我不会再丢下你不管的，你知道吗？"

她摇着头。

"这里你可以下去了。"在马车快拐弯的时候他说。

"再见。"他对她说。

"再见。"她回答。

"不要忘了，"他说，"我们才刚刚开始呢。"

"不要，真的不要！"她央求道。

他眼看着她的背影消失。

"宝贝儿，再见！"他喊道。

珍妮走进自己的房间，感觉特别累。她该怎么办？他要回来找她的。

十九

这次见面虽然没有结果,他们两个人却都了解了对方的心思。莱斯多知道自己已经深深地喜欢她了,她真的很可爱。她虽然抗议,但她那"不,不"的拒绝声,却像音乐一般吸引着他。等着吧!他一定要得到她,他不会在乎别人的议论的,他不会放过她的。

他有一种奇怪的想法,就是珍妮会在将来的一天,在肉体上也会依从他的,就像现在的依从一样。珍妮真的是一个温柔的女子,她的表情,分明让他知道,她是懂得性的。他感觉,在那个姑娘的心里,一旦恋爱,她就会具有献身精神,只是那个男子还没到来,而现在,自己就是那个男子,一个让她喜欢和动心的男子。

珍妮呢,她对事情的发展感到可怕。

如果那个男人不肯放手,她要把自己的事情都告诉他。她感觉,自己可能会逃避他,他也可能会回来,自己以前做了错事,这次一定不能就这么依从他,她应该受到惩罚。

离开珍妮后，莱斯多回到他辛辛那提的巨邸，跟格哈德的家比起来，越发显得富丽堂皇。那是一座二层楼的法国别墅，四周栽满花草树木，美丽得像个公园一般。

他那老父亲很有钱，但并不是靠巧取豪夺得来的，都是投机的结果。他年轻的时候，办了一个小车厂，后来就做大了。他厂里的货好，赚钱自然也很多。他的商业理论是赚钱要诚实，他相信大家到底都喜欢正宗的货色，他做的都是正经生意，自然就财源不断，很快就成了有钱有势的人了。他是相信"备得足，宁多余"的策略的。从开始一直到现在，凡是认识他的人，都很尊敬他，恭维他。"阿思开特先生吗，"总听见那些跟他竞争的人说，"哦，他是个漂亮人，既精明又诚实，真是个了不起的人。"

他有二子三女。他们都健康、貌美，非常聪明，可是没有一个能像他们父亲那样能干。长子罗博特，年已四十，是他的左右手，为人很精明，很适合做生意。在那占了两条街的大公司里，他是副总经理，和他父亲一起打理生意，也是一个很能干的人。

小儿子莱斯多，他的父亲很宠爱他。在生意场上，他是不如他的哥哥的，但是他却很有思想，对很多事情都有自己的看法，还比较善良。他的父亲很喜欢、很信任他，遇到一些大的事情，往往要找他商量。

女儿中的一个叫鄂莉，三十刚出头，容貌姣好，已出嫁，也有孩子了。一个叫亚茉莉，二十八岁，也已嫁人，却还没有孩子。还有一个叫蕾丝姬，二十五岁，没嫁人，容貌最好，也最冷漠，最精明。一家人之中，她最热心于社会的声望、门第的风光，最期望自己家的荣耀能够盖过一切，她心里很得意，因而常要流露出一种傲慢的神气，使莱斯多见了感觉很好玩，有时又觉得讨厌。

他们的母亲，是个很不错的六十多岁的老太太，她原本也是穷苦人家出身，所以不太喜欢上层社会的生活，她很爱自己的孩子们，她是个好母亲、好妻子。

那天，莱斯多傍晚回到辛辛那提，当即直接回家。一个爱尔兰籍的老家仆同他在门口相遇。

"哦，莱斯多先生，"他高兴地说道，"您回来了，太好了。大衣我给您拿进去。最近，天气一向都很好。是的，是的，一家人都好。鄂莉大小姐带了孩子刚回去呢。老太太在楼上屋里呢。是的，是的。"

莱斯多一路微笑着上楼走到母亲的房中。房间是白色和金色漆的，东南面可以俯瞰花园。此刻，老太太坐在房中，清闲得很，头上灰白的头发梳得油光。门开了，她抬头一看，见是小儿子回来，就放下手里的书本，站起来迎接他。

"母亲，"他一面叫着，一面去拥抱、亲吻她，"你还好吗？"

"哦，还是老样子。莱斯多，你好吗？"

"很好。我又在廉蕉家住了几天。我既然到克利夫兰，就去那儿了，他们都问候你。"

"她好吗？"

"还是老样子。我看她一点都没有变化，她还是那么喜欢待客。"

"她是个漂亮的孩子，"他母亲回想起廉蕉夫人在辛辛那提的时候，就给她这句评语，"我是一向很喜欢她的，她真机敏得很呢。"

"她现在也还是那么漂亮机敏，我可以告诉你。"他说。老夫人微微一笑，随即聊起家里的各种事情来。亚茉莉的丈夫有差事到圣路易去了，罗博特的媳妇害了伤风。工厂里守更的老头儿刚刚故去，他跟老先生四十多年了。母亲的这些话，莱斯多都仔细地听着。

莱斯多从母亲房间一出来，就和蕾丝姬遇到了。"你真漂亮。"他说。她穿着一件镶珠的黑色衣服，衣服领口缀着一颗红宝石，她黝黑的皮肤、乌黑的头发和她的打扮看起来很协调。

"哦，莱斯多，"她嚷道，"你什么时候回来的？不要亲我哦。我正要出门去呢，都打扮好了。不要碰我鼻子上的粉，你这人。"原来莱斯多已经把她抓住，开始亲起来，她开始用双手推他。

他说："我可没有给你碰掉多少，你可以再补上去的。"说完，他就回到自己的房间里去换衣服。

这几年，他们家的人吃饭换衣服已经养成了习惯了。那天晚上，他们家要来很多客人，晚饭很正式，大家当然都要换衣服了。

莱斯多明明知道父亲此刻也在家里，但却不想去看他。他想起了在克利夫兰的最后两天，心中很是郁闷，不知什么时候可以再见到珍妮。

二十

换好衣服走下楼来,莱斯多看见父亲在看报纸。

"喂,莱斯多,"他眼睛从眼镜的上面看过来,伸出他的手说,"你什么时候回来的?"

"刚刚,在克利夫兰。"儿子跟他亲切地握手,笑呵呵地回答他。

"罗博特说你到纽约去了。"

"是的,我去了纽约。"

"我的老友阿诺德好吗?"

"还是老样子,"莱斯多说,"并没有见老。"

"哦,"老先生说,"我也这么想,他一向是个节制的人,是个漂亮的老绅士。"

于是,他带儿子到后面的起居室,谈了一会儿事业的情况和家里的新闻,直到厅里开饭的钟响了,他们这才一同出去。

坐在家里的大饭厅中,莱斯多的心情好极了,这是路易十五时代的产物,金碧辉煌,让人感觉十分舒服,一家人,父母、兄弟、姐妹，一些不错的老朋友，真是其乐融融。

蕾丝姬说雷佛琳家里礼拜二要开舞会，问莱斯多愿不愿意去。

"我不会跳舞，"他说，"我去做什么呢？"

"不会跳舞？我看你是不愿意跳吧。看你，懒得什么都不做了。"

"罗博特比我有兴趣。"莱斯多说。

"是的，还比你有礼貌。"蕾丝姬反驳道。

"随你怎么说。"莱斯多说。

"好了，你们别争了，蕾丝姬。"罗博特警告她说。

吃过了饭，大家都去了图书室，罗博特和他的弟弟谈了一会儿工作的情形，那时正有几页合同拿来修改，他要听听莱斯多的意见。蕾丝姬正在要赴约去，马车已经备好了。

"那么你是不去了？"她略带一种责备的语气问他。

"我很累了，"莱斯多毫不在意地说，"替我给人家赔个不是。"

"洛蒂·贝丝有天晚上问起过你。"蕾丝姬走到门口又回过头来说。

"好吧，"莱斯多说，"替我谢谢她。"

"她是个不错的女孩子呢，莱斯多。"他的父亲插嘴说，"我想你跟她结了婚，早些成个家。你会觉得她是你的好伴侣的。"

"她长得也不错。"老夫人在旁边说。

"你们这是怎么回事？"莱斯多开玩笑似的说，"不是同谋拐骗人家的女儿吗？你们知道我对于结婚这种事儿是不喜

133

欢的。"

"这我也知道，"他母亲半真半假地说，"我可巴不得你喜欢呢。"

莱斯多换了话题。他真觉得受不了他们这样说。这样想时，他又想起珍妮来了，那是他深深喜欢的女子。一个可爱的小女孩，像花一样的小女孩，那么纯真，那么简单。晚上回到房里，他就写好一封信给珍妮，他把日子填到一个礼拜之后，这是因为他不愿意显出太着急的样子，而且他至少要两个礼拜以后才能离开辛辛那提。

我的亲爱的珍妮：

别后一个礼拜，我才写信给你，可是我并没有忘记你——你要相信我。前些天，大概你已经把我的坏印象记住了吧？从此我要痛改前非，因为我爱你，我的小姑娘——我真的太爱你了。

现在，我的桌上放着一朵花，一见到花我就要想起你——我美丽的宝贝儿。你萦绕在我心中的形象，简直就是一朵花。你是我见过的最美丽的姑娘。我要你像花一样开在我的人生路上，你一定要答应我。

我要告诉你，我十八日到克利夫兰去，我会去见你的。

我礼拜四晚上到，礼拜五你等我，我们一起吃午饭，好吗？

我要告诉你，我不会到你家里去找你的。分别，对于我们的友情是件危险的事情。请回信给我，告诉我一定会去的。我真诚恳求你，一定答应我。不要以"否"字回答我。

附以一百二十分的爱情一起寄给你。

莱斯多敬上

把信封好，他马上就寄了出去。

二十一

珍妮和莱斯多分别有一个礼拜了,她一直在考虑着他们的事情,收到他的信,她又感动了。她到底要怎么办呢?他是真心的吗?如果是,她要答应他吗?

以前,她和参议员的事情,可能是为了别人,例如为了斯蒂安的缘故牺牲自己。现在,她要顾及的更多了,自己还有一个孩子呢,已经十八个月了,是个可爱聪明的孩子,她该把她怎么办呢?

母亲对那个孩子很好,父亲的态度虽然转变很慢,但是也还是在变,她怎么舍得再惹他生气。她要再做错事,她对不起父亲,更对不起她的孩子。她的一生已经是这样了,她不能再连累孩子了,她不可以抛下她。

想到这,她就想到要回一封信给莱斯多,要把一切事情都对他说明白。她想对他明说自己已经有了孩子,请他不要再来纠缠她。但是他会信吗?她真的希望那样吗?

要这么做,珍妮也很痛苦。她很犹豫,信才写了一个开头,就把它撕掉了。一直都没写完，刚巧父亲的信突然到家，就把这事搁下了，原来他在羊氏镇玻璃厂里受了意外重伤要回来。

那天是礼拜三，格哈德的信来了。但那信并不是父亲写的，也没有附着每礼拜常寄回的那张五元的汇票，却是一张别人代笔的便条，说他头一天因玻璃锅倒了而把手烫成重伤，以及明早要到家的话。

"这该怎么好呢？"威廉大张着嘴喊道。

"可怜的爸爸哦！"维多尼亚说话时眼泪都涌出来了。

那母亲两手裹在围裙里，眼睛直直地瞪视着地板。"这可怎么好？"她慌张地嚷道。老父亲要成残废了，以后的日子更艰难了，她真的没有勇气去想了。

斯蒂安是六点半回家的，珍妮八点才回家。斯蒂安听见消息，现出惊骇的表情。

"唉！那不是很糟糕吗？"他嚷道，"信上说起他的伤有多重吗？"

"没有呢。"他的母亲说。

"那么，我们不用着急，"斯蒂安说，"就是着急也没用的。天下没有不能解决的事情。假如我是你，我是不会着急的。"

实际上，他的确并不着急，因为他的性格跟别人完全不同。他并不觉得生活负担重。他脑子聪明，能把握事情的意义，也能估计事态的轻重。

"这个我也知道，"那母亲强作镇静地说，"可是我不能不着急。你想咱们刚刚过了几天平稳的日子，偏又有灾难来了。有时候我们好像是碰到灾星似的。咱们的命运为什么会这么坏啊！"

后来珍妮回来，母亲就本能地要对她说话了，因为珍妮是她的精神支柱。

"出了什么事情了？"她开门进来看见母亲的脸色，就问，"你干吗又哭了？"

母亲看了看她，把头转向一边去。

"爸爸的手烫坏了，"斯蒂安严肃地说，"他明天要回家了。"

珍妮瞪视着他。"他烫坏手了？"她嚷道。

"是的。"斯蒂安说。

"是怎么烫坏的？"

"玻璃锅倒了烫坏的。"

珍妮看看母亲，自己也禁不住流出眼泪。她本能地跑过去一把抱住了母亲。

"别哭，妈妈，"她说，自己也几乎镇定不住，"你别着急。我知道你心里难过，可是没有什么大不了的，先别哭了。"说到这里，她自己的嘴唇也有点不自然起来，挣扎了好久，才能鼓起勇气来细想这个新灾难。

那时，她不由自主，一个挥之不去的新思想突然跃进她意识中来。莱斯多的自愿帮忙，现在该怎样面对？他那爱的宣言又该怎样面对？不知怎的，霎时间一切都涌上心来了——他的深情，他的人品，他愿帮忙自己的意思，还有他的同情，跟当初斯蒂安入狱时白兰德给她的一模一样。她难道注定要做第二次牺牲吗？其实一次和两次又有什么分别呢？她的一生不已经是一场失败了吗？她一面想着这些事情，一面看她母亲坐在那里，沉默，憔悴，如醉如痴。"真可怜，"她想，"她的母亲竟要吃一辈子的苦！她永远享受不到一点真正的快乐，岂不是很可怜吗？"

"我看现在谁也不用着急，"停了一会儿她说，"也许爸爸的伤并不像我们想的那么严重。信上是说他明天早晨到家吗？"

"是。"已经恢复过来的老母亲说。

之后，他们的谈话已经比较平静了，而且各个方面都已经谈到，后来，全家人都寂然无声。

"明天早上，我们中该有个人到车站去接爸爸，"珍妮对斯蒂安说，"我愿意去，我想廉蕉夫人不会说我的。"

"不，"斯蒂安忧郁地说，"你千万不要去，我会去的。"

因为这次生活的突变他心里很觉不快，脸上也表现出来，过一会儿，他就忧郁地大步踱到房中去睡觉。珍妮和她母亲看看别人都已经去睡，就在厨房里坐着聊起来。

"我真不知道我们现在怎么办才好。"母亲深知这事情在经济上要有影响，最后说起这话来。当时她显得那么虚弱，那么无可奈何，以致珍妮再也忍受不下去。

"别着急，妈妈，亲爱的。"她一面委婉地说，一面心里暗下了一种特别的决心。世界是广阔的，天无绝人之路。不幸的事情总不至于逼得人无法生活的！

那时她和母亲坐在那儿，明日的痛苦似乎是用清晰可辨的狰狞脚步走来了。

"我们将来要怎么办？"母亲又重复地说，原来，她那幻想中的克利夫兰家庭眼见得要崩溃了。

"没什么,"已经看得很明白,而且知道了办法的珍妮说,"没有什么大不了的,我倒并不着急,将来总会有办法的。咱们总不至于饿死。"

那时坐在那里,她分明认定命运已经把解救危机的担子又移到她的身上来了。她必须牺牲自己,此外别无选择。

第二天早晨,斯蒂安在车站上见到父亲。父亲脸色苍白,像是得了重病一样。他的两颊微微陷进去,颧骨挺出来。他的两手用绷带一层层地包扎着,显得特别痛苦,从车站到回家的路上,人们看到他都侧过头来。

"真倒霉,"他对斯蒂安说,"我的手被烫坏了,痛得真是受不了。哦,当时更是难以忍受,我一辈子都忘不了那种痛。"

于是,他说起那意外事故的发生经过,说起今后自己的手不知道还能不能用。他右手的拇指,左手的第一、第二个指头都已经烫坏了骨头。左手的两指已经截了一节,只有拇指还在。

"真是糟糕!"他说,"我太不幸了!"

他们到家的时候,那妻子出来开门,意识到了什么,就又哭起来了。就连斯蒂安也有些情不自禁,不过很快就恢复了。

其他的孩子一齐都在哭,还是斯蒂安出来劝住他们。"别哭啦。"他劝道,"哭有什么用呢?事情没有什么大不了的。大家都会好的。咱们还是可以过好日子的。"

斯蒂安的话很有安慰的效力。看见丈夫已经回家了,那妻子也恢复了平静。虽然他的手是包着的,但是看见他别的地方都没有受伤,她也就可以放心了。

晚上，珍妮回来了，本想跑到父亲面前去殷勤一番，但终究是很害怕父亲的那种冷漠。

格哈德心里也不好受。女儿做的事情，他至今还感到一点儿遗憾。他虽然也想回心转意，感情上却仍很复杂，不知该怎样说怎样做才好。

"爸爸。"珍妮走近他叫了一声。

格哈德的神情很复杂，想说几句心里话，却又说不出口。他一面想到自己的无奈，一面看出她悲伤的样子，于是他心一软，就哭了。

"饶了我吧，爸爸，"她恳求道，"我对不起你，我真的知道自己错了。"

他本来不想理她，但经过一阵感情的冲击，他竟饶恕她了。

"我祈祷过了，"他说，"没事了。"

后来恢复正常，他觉得这种情绪是有些可耻，可是一种新的同情和谅解已经确立。从那时起，父女之间虽然还有很大的隔阂，格哈德却已想要好好对待女儿了，珍妮也努力要将自己的纯朴真情奉献给父亲了。

现在，一家人总算是没什么了，可是因为父亲不能工作，又多了一张嘴的开销，他们的日子很是让人担心。斯蒂安本来还是有点钱的，可以把他自己的收入多拿些来给家里用，可是他觉得没有这样做的义务，他也有自己的生活。

每天，格哈德要去看医生，还要换药。乔治的旧鞋也该换了。他们真的没有什么来源获得更多的收入了，不是去向人家借，就是一点办法也没有了。在这样的情况下，珍妮又开始有

141

了自己新的决定。

还没有莱斯多的信呢。离约定的日子已经近了,他说过要帮助他们的,她应该回复他的。于是,她终于下了决心,她要和他交往下去,只要他不要到她家里来就行。

于是,珍妮寄出了回信,她怀着复杂和恐惧的心情期待着。

二十二

礼拜五了,珍妮就要重新面对她平淡生活中的新麻烦了。现在,就只有这么一条路可走了,她想。她的一生已经是这样了。如果,她能使她家里人继续生活得好一些,如果她能使维斯塔受到好的教育,也许,没有什么不好的,有钱人和穷人家结婚的事情也是有过的,而且莱斯多又是那么地喜欢她。

七点钟,她到廉蕉夫人家里;午后她借口母亲叫她回家有事,请假出来,到旅馆去了。莱斯多是提前几天离开辛辛那提的,所以没有接到她的信。他到克利夫兰时,觉得天下的事情没有什么不可以。他还想珍妮的信也许在旅馆里等他,到旅馆后,仍旧没有消息。他一个人感到非常沮丧和郁闷。

晚饭后,他同几个朋友打牌,意欲借此忘掉烦恼,后来又跟他们痛饮了一番。第二天,他本想把这桩事忘掉,但是一会儿,就已经到了约定的时刻了,他想这是最后一个机会了,他仍希望她会来。因此,他就走下楼去。他见珍妮已经坐在那儿等他了,那高兴还用得着说!他慌忙走上前去,脸上满是喜悦和笑容。

"你终于来了，"他带着一种失而复得的神情瞪视着她说，"你为什么不回信给我呢？我以为你不理我了，再也不来了。"

"我写信了。"她说。

"邮到哪儿？"

"你给我的地址，三天前写的。"

"那就对了，信迟了，你该早写的。你还好吗？"

"哦，很好。"她说。

"可是你的脸色不好呢！"他说，"你好像有什么心事，到底是怎么回事，珍妮？你家里没有出什么岔子吧，是吗？"

这是一个偶然的问题。他也不知道为什么要这么问。但这问题是替珍妮要说的话开了头了。

"我父亲病了。"她说。

"怎么了？"

"他在厂里把手烫坏了。我们都着急呢。看样子他那双手是要没用了。"

她停了下来，很苦恼的样子，他就很明白地看出她正在危难关头。

"那太不好了，"他说，"真太不好了。这是哪天的事情？"

"三个多礼拜了。"

"真是糟糕，咱们先进去吃饭吧。自从离开你，我一直都想知道你家里的事。"说着，他带她到了饭厅，选了一张僻静角落里的桌子坐下。他叫她点菜，可是她一点儿心思都没有，又觉得不好意思，还是他把菜单拿过去。

"珍妮，"他说，"我要你把家里的事情详细和我谈谈；

上次我只是听到一点，可是我要你都对我说个明白。你父亲原来是个玻璃工匠，现在不能工作了，是吗？"

"是的。"她说。

"你们家一共有几个孩子？"

"有六个。"

"你最大吗？"

"不，我的哥哥斯蒂安最大。"

"他是做什么的？"

"他在雪茄烟店工作。"

"他能挣多少钱？"

"我想是十二元吧。"她想了想回答说。

"其他的孩子呢？"

"马蒂和维多尼亚不做事情，他们年纪都还小。我的兄弟乔治在一个店里工作。他当收送货款的伙计，三元一个礼拜。"

"你挣多少呢？"

"我挣四元。"

他不再问了，把他们全家的收入在心里默默算了一遍。"你们付多少房钱？"他接着问。

"十二元。"

"你母亲多大？"

"快五十了。"

他把一个勺子在手里翻来覆去地把弄，他正在思考。

"实话和你说，我猜你家里也大概如此，珍妮，"他说，"我替你们想过，现在我全都知道了。你们的问题有一个解决的办法，而且只有一个答案，不是很坏，你一定要相信我。"他停了一会儿，珍妮却没有问她那个答案是什么。

"你想知道吗？"他问。

"想。"她回答。

"答案只有一个，"他说，"你一定要让我帮助你们。你上次已经拒绝了，这次一定要接受，你懂吗？"

"我真的不想那样的。"她说。

"我知道你的意思，"他说，"过去的就不提了。我真的要给你们帮忙。我既然想到了，就一定要做到。"

他掏出钱包，抽出许多钞票——一共有二百五十元。

"你快拿去，"他说，"这只是一小部分，我想你们以后不要再为钱发愁了，好吗？我会帮助你们的。"

"谢谢，"她说，"不要都给我，不需要那么多。"

"不，不多，"他说，"不要推辞了，好了，拿去吧。"

她没办法，只好伸出手来，他就扶着她的手，帮她抓住钱，顺便在她的手背上轻轻地捏了一下。"都拿去吧，我的宝贝。我喜欢你，姑娘。我不愿意你和你的家人受苦，真的。"

她的眼里流露出一种无言的感激，她又在咬她的嘴唇。

"我怎样谢你才好呢？"她说。

"你不用谢，"他说，"我还想谢谢你呢——相信我。"

他不说了，看着她，她的美使他看出神了。

"你辞了事情待在家里，好吗？"他问道，"这样你白天也自由了。"

"这个不行，"她说，"我爸爸不会答应的。"

"话是这么说，"他说，"可是你赚得太少了。哦！四元一个礼拜！我很高兴多给你一些钱，只要你愿意。"他无所谓地说着。

"哦，"她说，"我真的不知道该怎么花。他们会怀疑我的。我要告诉我妈妈的。"

他听了就明白她跟她母亲之间是十分亲近的关系，她什么事情都不肯瞒她。他到底是个心太软的人，一想到这些，就有点儿感动了。

"哦，宝贝，我有一个建议，"他和蔼地说，"你是不适合再继续出来工作的。你太温柔了，我爱你，我要你和我一起生活，你不要工作了，我带你去纽约，好好地一起生活。你的全家呢，我会给他们安排一个新家的，家具你们随便选，好好地装修一番，好吗？"

听到这里，珍妮立刻就想到了她的母亲，很久以来，她都渴望有一个美丽的家。一所大房子，一些好家具，一个属于自己的院子，种满了树，那多好啊！

那样一来，他们不用再为房租发愁，不再受苦。珍妮看着他的眼睛，很怕他窥探了自己的心事，但是他已经明白一些什么了，那是一个美丽的开始和暗示。

他又等了几分钟后才说道："好吧，就这么办，好不好？"

"是不错，"她说，"可是现在，我还不能离开家里。爸爸要追问我，我怎么说呢？"

"你可以说和廉蕉夫人去纽约！"他说，"那样就没问题了，不是吗？"

"他们如果知道了，我怎么办呢？"她睁着大眼睛说。

"不会的，"他不以为然地说，"他们不会去问廉蕉夫人的。太太们经常会带她们的女仆去旅行。你就告诉他们说，廉蕉夫人要你非去不可，所以你才去的啊！"

"这么说好吗？"她问道。

"没什么，"他说，"这有什么不好的呢？"

她想了一会儿，觉得还可以。然后，她看他一眼，想以后和这人发生了关系，自己就又要做母亲了。一想起生孩子的事情来——啊，她是真的不想再有第二回了。她想把维斯塔的事情告诉他一下。

"我——"她才说出第一个字就停住了。

"唔，"他说，"你要说什么？"

"我——"她又停住了。

他爱看她那害羞的样子，她那迟迟说不出口的可爱神情。"什么，珍妮？"他帮助她似的问道，"你怎么了，难道你不能对我说吗？"

他转过身子来，把他的手盖在了她的手上。

"我不能再生孩子了。"她低着头说。

他看着她，觉得她真的很坦白，很诚实，见她能这么不隐瞒地表达自己的想法，还能那么从容，他对她的评价更高了。

"你是一个好女孩儿，我的珍妮，"他说，"你不用担心这个。这个没什么，除非你想要，我不会强迫你做任何事情的。"

"的确可以的，"他说，"相信我吧，好不好？"

"好的。"她的声音有些发颤地说。

"好了，我什么都明白了，我不会让你再有一点不开心，我要带你离开这里，我会听你的，我们不要孩子，有你我就够了，那是以后要考虑的事情，好了，你懂了吗？"

"好的。"她有气无力地说，怎么也不敢再看他的眼睛了。

"听我说，宝贝，"他又继续说，"你也很喜欢我，对不对？至于我，爱你爱得发狂，你是知道的，只要你不答应，我会一直坚持。我要你现在就和我在一起，你家里的事情我会帮你解决的，我会先带你去纽约，我先和你去你的家里，当着你家里的人向你求婚，你高兴怎么样都行，但是你一定要先和我走，好吗？"

"你不是说立刻就带我走吧？"她惊讶地问。

"没错，明天一大早，最迟礼拜一。你要想法说服你的家里人，就说夫人要带你去旅游，好吗？"

"好的。"她答应了。

"好，那现在就去说吧！"

"要我和家里说谎还真有点儿不好呢。"她犹豫地说。

"这个我明白，但是你一定要那么做！"

"你先等一会儿，好吗？"她央求他，"事情太急了，我有点儿担心。"

"我一会儿都不想等了，我爱你，宝贝。难道你还不明白我对你的感情吗？"

"好的，"她回答他时心里有点儿悲哀，但是却又带着一种对奇异的爱情的向往激动，"我明白。"

二十三

就这样突然离开家,珍妮开始感觉很难办,可是后来也觉得没什么难的了。珍妮打算和她母亲说实话,对父亲呢,则不说实情,就说廉蕉夫人要带她出去。那天下午回家前,莱斯多带他到一家百货商店,买了一只旅行用的衣箱和一套衣服、帽子。

莱斯多很高兴,对她说:"等我们到了纽约,我一定要买很多的东西给你。我一定要把你打扮得漂漂亮亮的。"然后,他们约好,礼拜一上午来换衣服,下午就出发去纽约。

她回家时,母亲在厨房里,跟平时一样亲热地招呼她。"你今天很辛苦吗?"她问道,"你好像是累了。"

"不,"她说,"我不累。只是觉得心里不舒服。"

"为什么不舒服呢?"

"哦,我有句话要告诉你,妈妈。我很为难。"

"什么,是什么事?"她母亲慌忙地问。原来她过去经历太多不好的事情,所以她总是提心吊胆的,怕遇见什么新麻烦。

"你没有丢了工作吧,是吗?"

"不是,"珍妮尽力平静地回答说,"可是我要辞工作了。"

"辞了工作!"她嚷道,"怎么了?"

"我要去纽约了。"

她母亲眼睛睁得很大。"为什么,你是什么时候做的决定?"她问。

"就在今天。"

"你是当真的吗?"

"是真的,妈妈。我要和你说真话,你看我们都穷成什么样子了,我们真的是一点儿办法都没有了。我遇到了一个人,他说要帮助我们。而且,他说喜欢我,爱我,要带我礼拜一到纽约去,我已经答应他了。"

"哦,孩子!"她的母亲喊道,"你可不能再那么做了,你以前就已经做错了,你父亲现在还不能原谅你呢,你一定要想想他啊。"

"我都想过了,"珍妮继续说道,"这实在是没有办法的事情。他是个好人,我知道他可以帮我们的,他有钱,等我们回来后,他会给我们找个新家,还要帮助我们过新的生活。不会有人再娶我了,你知道。没什么不好的,他喜欢我,我也喜欢他。我为什么不答应他呢?"

"他知道你有维斯塔吗?"她母亲小心地问。

"不,"珍妮说,"我想还是先不告诉他。"

"恐怕将来免不了要有纠葛的,孩子,"她母亲说,"你想他总是会发现的啊!"

151

"我想先把她留在你这儿，"珍妮说，"直到她到上学的年龄。"

"她是可以放在这儿的，"她母亲表示同意，"但是，现在你也可以告诉他的，我想，他不会看不起你的。"

"不是这样的。"珍妮说。

她母亲问："你们是怎么认识的？"

"在廉蕉夫人那。"

"有多久了？"

"哦，快两个月了。"

"你都没有说过他啊。"母亲带着责备的语气说她。

"开始，他并没有对我说什么。"珍妮辩解道。

"你为什么不再等几天，让他到我们家来看看呢？"她母亲说，"你这么突然地就离开，你父亲问起来怎么办？"

"我就说我要和夫人一起出去。"

"好吧。"她母亲表示同意。

说到这里，母女俩都不说话了，她的母亲在想："要和珍妮走的人，要给他们一个新家，要帮助他们，还会娶珍妮，这个事情很不错呢！"

"哦，他给了我这个。"珍妮对母亲说着，拿出了那二百五十元钱来，放到母亲的手里。

她母亲看到那么多的钱，被吓得瞠目结舌。这是她的救星——衣服、房租、食物、煤钱都统统解决了。

如果有了这么多的钱，格哈德就不用再担心他那烫坏了的手；乔治、马蒂、维多尼亚都可以穿上新衣服了，快快活活地过日子了。维斯塔将来也能上学了。

"他真的会娶你吗?"她母亲问。

"不知道,"珍妮说,"我想会的,他很爱我。"

"好了,"她母亲想了一会儿说,"不要告诉你父亲了,现在就走吧。"

珍妮知道,母亲受环境的压迫已经开始听她的了,她这次是胜利了。

"我帮你去和你父亲说。"她叹了口气说。

要母亲去说谎,本来是很为难的事情,但她真的去说了,居然把格哈德的疑心除掉了。孩子们也都知道了,所以等到珍妮去对父亲说的时候,就没什么了。

"你要去几天?"父亲问。

"要两三个礼拜。"她回答。

"这个旅行很不错,"他说,"我还是很久前到过纽约呢。"

内心里,他很为珍妮有这样的好机会感到高兴。

礼拜一,珍妮同大家告别,早上就动身出门,直奔旅馆,莱斯多在那里等着她。

"宝贝,你来了。"她一走进去,他就高兴地说。

"哦,是的。"她回答。

他说:"我已经给你订好一间房。一会儿叫他们把钥匙送来,你去换衣服。等你准备好了,我会把箱子送到车站,一点钟的火车。"

她到房间里去换衣服了,他走来走去没事做,一会儿看报,一会儿吸烟,最后就去敲她的门。

153

她打开门，身上已经穿好了衣服。

"太好看了。"他微笑着说。

她不说话，这些天，这些事情进展得太快了，见面，说谎，旅行，她都感觉要窒息了。

"你很伤心吗？"他问她。

"没——"她回答。

"听我说，我的心肝儿，你千万不要这样，你会高兴的。"他把她搂进怀中，吻了她一下，就带她走出大厅。

坐了一会儿马车，他们就到了车站。座位已经订好了，所以他们来得正是时候。等到他们坐在高级车厢里，他就很高兴了。人生真美好，现在珍妮就在他的身边，他很开心。

火车驶出了车站，成片的田野往后退去，珍妮默默看着。一路上，有荒凉的田野，有低矮的农房，还有小小的村庄，珍妮看到那些房子，就想起她在科伦坡的旧居来，不由得有些伤心，开始小声地哭泣。

"不要哭了，宝贝。"莱斯多说，"你这样子是不行的，以后可不要这样。"

她没有说话，她的悲戚已经使他充满同情。

"不要哭了，宝贝，"他继续安慰她，"事情会好起来的。我都告诉你了，以后我会帮助你的。"

珍妮很长时间后才镇定下来，不再流眼泪了。

"你这么爱哭，"他继续说，"这不好。我知道你离开家心里难过，哭也没有什么用。你不久还要回去的。我的心肝儿，和我在一起你会高兴的，我可以安慰你，不是吗？"

"是的。"她说。

珍妮就又想起女儿来。一想到自己要对她爱的人守着这个秘密，她的心里就觉得不安。她知道她应该对莱斯多说说孩子，但她终究还是不敢说。

"我将来一定会告诉他的，"她突然认为这种事情很严重，是一定要说的，"我还是趁早告诉他，等他先发觉了，他是不会饶恕我的。他如果要把我赶走，那我该怎么办呢？我现在都没有家了，我对女儿怎么办呢？"

她回过头去端详他，她看见那个男人在默默地看他的信，她刚要掉回眼睛，他抬起头来看着她。

"哦，你已经涤净罪孽了吗？"他问。

她微微一笑。这话暗合事实，她有点儿触心呢。

"但愿是这样。"她回答。

他仍旧在说别的，她也望着窗外，又一次把告诉他实话的冲动打消了。"我会做到的。"她一面想一面安慰自己说。

到了纽约，莱斯多就想到一个重要问题，他们该住到哪里。纽约很大，没有遇见熟人的麻烦，但他认为这样也是冒险的。因此，他们找了一处比较隐僻的地方，租了一排房间，打算在那里住一段时间。

如今，珍妮换了一个环境，她很开心，那是跟她以前生活的地方完全不同的一个世界。莱斯多并不俗气，他身边的陈设一直都简单实用。珍妮需要什么，他只要眼睛一瞥就能猜得到，马上就会替她买来。

155

珍妮毕竟还不大，对他给她买的那些美丽的衣裳、漂亮的礼物，都很喜欢。她对镜看着自己，一个美丽的女子，穿着天鹅绒的蓝衣服，镶着黄色的法国花边的领子袖子，美丽极了。她问自己，难道这真的就是珍妮·格哈德吗？她多么幸运啊！莱斯多曾经答应她，这种幸运她的母亲也会有的。她想到这里，眼泪就涌上来了。

莱斯多也很高兴把她打扮成那样子。吃饭的时候，走在街上，人们都转过头来欣赏美丽的珍妮姑娘。

"那个女人好漂亮啊！"他们都那样说。

珍妮的生活虽已变化，但她却没有得意忘形，仍很规矩和礼貌。她心里一点儿都不虚荣。莱斯多也都看出来了。"你真是一个伟大的好女人，"他说，"你将来会有更好的结局，人生还有很多的好东西等着你呢。"

在他心里，他也在想，假如他家里人知道这件事情，他们怎么想他呢？

如果他到芝加哥或是圣路易去建立新家庭，她愿意吗？他已经确定是真正地爱上她了。

等到他们快要回去的时候，他才同她商量以后该怎么办。"你应该想个办法，把我当成熟人介绍给你父亲，"他说，"这样，我要去看你们，告诉他说你要跟我结婚，他就不会说什么了。"

珍妮一想到女儿，心里就暗暗不安。

莱斯多曾经对她说，叫她把以前的衣服留起来，将来回家的时候再穿。至于那些新的衣服，他是有办法处理的。

到纽约之后，珍妮差不多每天给母亲写信。有时，会有一张小纸条，单独给母亲的，说明莱斯多要到他们家去的事情，叫母亲告诉父亲，也好让他有个准备，她已经有喜欢的人了。她还告诉母亲不要让父亲说起女儿的事情。她不能让她影响自己的事情。

珍妮回家后，家里人都很高兴。她当然不能再回去工作了，但是母亲替她解释，说廉蕉夫人给珍妮假了，好让她去找找更好的工作，多挣一些钱。

二十四

莱斯多，他把格哈德家的问题，以及跟他自己的关系想好了之后，就回到辛辛那提去了。那里有个巨大的工厂，位于城市的外围，占着两个十字街头的地盘。他对这个工厂是很有兴趣的，对它的经营和发展，他与他的父兄一样关注。他觉得自己是其中的一部分。

当他看见铁路上的货车标着"辛辛那提甘氏制造"的字样，或者偶尔看见各城市中陈列着他们公司的产品，就会感到一种成就感。他们家族的事业是稳定的，有前途的，他觉得自己很称心，现在他的生活里又有了珍妮了。在他坐车回家的路上，他想起了自己的家人知道了也许会反对的，他的爸爸，尤其是他的哥哥。

罗博特是个冷酷的、守旧的人；他是个好商人，无论公事私事都做得不错。他从来都很规矩地做事，不很热心，不很慷慨，事实上，他很狡诈。他的很多逻辑和推理是他这个做弟弟的所不懂的。

他有教士的良心，也有善观机会的知觉——莱斯多有一次这样对别人评价他。可是他却不能动摇他哥哥在家中的地位，不敢反抗他，因为他哥哥是公众人物，大家都很拥护他。

事实上，他们哥俩外表看着和睦，实际却是面和心不和。罗博特对莱斯多表面上是很好，可是有关事业上的见解并不信任他，性格上，他们两人许多的看法也不一致。

对于哥哥那种追求金钱的冷酷和不择手段，莱斯多很鄙视。罗博特则认为莱斯多没什么了不起的，总是自寻烦恼。因为老父亲还在，在业务上，他们两人并没有多大的争执，这是没有很多机会的，但种种细小矛盾还是会发生。莱斯多做生意主张和善，适时让步，讲交情。罗博特则主张绝少让利，节省浪费，主张合理竞争。

他们发生纠纷的时候，老父亲总是竭力替他们排解，但他预料到一场冲突是免不了的。冲突真的发生的时候，两个人中必定有一个人要走，或者两个都要走。

最叫莱斯多不安的一点，就是他父亲对于儿女婚姻的态度，特别是对于莱斯多的婚姻。老父亲始终主张莱斯多应该早结婚，总以为他这样的耽搁是不对的。其他的孩子，除蕾丝姬之外，都已经结婚了。为什么他这宠爱的小儿子还不结婚呢？他确认这样对他的发展没有任何的好处。

他总是说："你还是尽早结婚吧。对于找一个好女人，成立家庭，是你必须做的，没有爱人和孩子，将来怎么办呢？社会也希望你早结婚。"

"好吧，假如遇见合适的女子，"莱斯多说，"我会跟她结婚的。可是这个合适的女子至今没有遇到,我能怎么办呢?"

"不,当然不是逼你,好女子很多。你如果肯尝试,一定能够很快地找到一个。我朋友家里有个女儿,你看她怎么样?你是向来喜欢她的,我不能叫你这样流浪下去,那是不会有好结局的。"

他的儿子总是微微一笑:"爸爸,我总有个时候会下定主意,那是无疑的,我如果见到水,就知道我要喝了。"

最后,老父亲也只好让步,但他总是很遗憾,他一心巴望小儿子早点儿成立家庭,做个企业家。

所以,在家庭压力下,他是不会和珍妮结婚的。不论将来的结果如何,他目前必须谨慎,不能带她回家,出外做事也不能带她出来,被人家知道,怎么解释呢?第一次带她到纽约,还算顺利,以后还不知道会怎么样呢。

以后,他们到底是在圣路易好呢,还是匹兹堡好呢,或者是芝加哥好呢?最后,他就决定把她放在芝加哥。他经常有借口去那里,只需要一夜的火车。芝加哥地方又大又热闹,要守秘密是很容易的。

在辛辛那提耽搁了两周之后,他就写信给珍妮,说他不久要到克利夫兰来看她了。她回信说,他来看她很好,她老待在家里不是个办法,所以已经出来工作了,每礼拜有四元的收入。他想:"她真好,我至今遇到过的女人中,她是最好的了。"

隔了个周六,他就赶到克利夫兰去看她,晚上就到她家里去,他看见他们的破房屋和贫穷样,心里很不喜欢,珍妮呢,还是那么可爱。

　　几分钟后，格哈德就来跟他握手，老母亲也出来招呼他，但他对他们却很没感觉。他认为，那个德国老人和他父亲工厂里的工人一样普通。随便谈了几句什么，莱斯多就带珍妮出来了。其实，他们是到他们自己租的那个地方去。

二十五

一个月后，珍妮就宣布她要和莱斯多结婚了。他总到她家里去，当然就是这么想的，那很自然。只是格哈德稍微有点儿疑心，他看不准这事情到底怎么样。好在他没法知道，莱斯多似乎也不错。一个参议员可以爱上珍妮，一个生意人为什么不能爱上珍妮呢？只是那个孩子的事情没法说。"她说维斯塔的事情了吗？"他问他的老婆。

"不，"妻子说，"当然还没有。"

"没有说，没说。总有事情瞒着人。你想人家如果知道，还会要她吗？这样的行为就该有这样的报应。她现在就该像做贼似的遮遮掩掩。她的孩子是连一个正当的姓名也没有的。"

一两个礼拜之后，珍妮告诉她的母亲，说莱斯多写信给她，叫她到芝加哥去跟他见面。因为他身体不大舒服，不能到这儿来。母女两个就对格哈德说珍妮要去跟莱斯多结婚了。格哈德听见了，不觉大发雷霆，又重新起了疑心。他开始大发牢骚，说事情是绝对没有好结果的。

等到珍妮动身的那一天,她没有向父亲告别。因为他那天正好出门了,她没有等他回来就上车站去了。"我到那里之后再写信给他吧,"她说。她不住地亲吻她的孩子。"莱斯多不久就要给我们找一所更好些的房子,"她满怀希望地说,"他要我们搬家呢。"

那天她到了芝加哥,她的旧生活这时正式宣告结束,新生活重新开始了。

虽然莱斯多的救助行为已经挽救了珍妮一家的经济窘迫,孩子们和格哈德却都还不知道事情的真相。家里必需品的购买,老母亲是很容易瞒过丈夫的。至于其他的奢侈品,她却一点儿都没敢买。

到芝加哥几天后,珍妮就写信给她的母亲,说莱斯多要他们去找个新房子住。格哈德看了,很不高兴,可又觉得这封信似乎就是要结婚的证据。他想,如果他不跟她结婚,为什么要帮助他们家呢?也许珍妮已经跟他正式结婚了,也许她确实有能力帮助家里了。想到这,格哈德差不多就决定要原谅珍妮的一切。

全家商量的结果,是决定去找新房子,并且叫珍妮先回来帮母亲搬家。当时大家就一同出去到街上找房子,最后果然找到了。那是一所有八九间屋子的房子,还有一个院子,房租三十元,并且家用设备也都齐全。厨房的用品一样不缺,有一间浴室,是格哈德全家人从来不曾享受过的奢华。整体看来,那房子虽然质朴,却也称心,珍妮看见家里人能够舒舒服服地住在里面，也很满意了。

到真的搬家的那天，老母亲真是乐不可支，因为她的梦想终于实现了。她的一生都是在盼望这个，现在居然盼到了。新房子，新家具，很多的房间——一切都美丽得意想不到——就想想看吧！她看着那新的床铺、新的桌子、新的橱柜，以及其他种种，不由得喜气洋洋。"亲爱的，亲爱的，好漂亮哦！"她嚷道。

"是的，好漂亮哦！"珍妮微微一笑，本想不太激动，但不由得却眼中含泪了。她为了母亲，快乐得什么似的。她想起莱斯多带给她家里人这么多的好处，真的想要用自己的嘴去亲吻他的脚呢。

搬家具的那天，老母亲、马蒂和维多尼亚都动手一起安排。大家看见房间那么宽敞，还有个院子，现在虽然是冬天，有些光秃秃的，但是一想到到了春天一定是会满院绿色的，看见那崭新的家具立在那儿，全家人都高兴得要发狂了。这样地美丽，这样地宽敞！乔治在新地毯上蹭着他的脚，斯蒂安却在仔细考察那些家具的品质。他给它们的评语就是"太漂亮了"！那老母亲如同梦中人一般踱来踱去。她不能相信这漂亮的寝室、这美丽的客厅、这优雅的餐室，一切都是她的了。

到了最后，格哈德才来。他虽然竭力想不表现出他的快乐，却也掩饰不住他的喜悦。一看见餐桌上挂着那盏美丽的煤气灯，他就更高兴了。

"哦，有煤气！"他说。

他一看见那脚下的新地毯，看见那橡木长桌上铺着的白桌布、新盘碟，看见那墙上挂着的美丽图画，看见那干净的大厨房，他摇着头说："上帝，真的是不错呢！太漂亮，真的是太漂亮了。咱们现在一定要留神，别打碎什么东西。把这些东西弄出划痕来，那可就不好了。"

是的，大家都很高兴，就连格哈德也觉得很满意了。

二十六

　　以后三年的事情，就不一一记载和陈述了。都是格哈德一家从卑微的境地渐渐上升到比较可以自足的事情和经历。所以能够如此，当然是由于珍妮的缘故，因为珍妮的关系，得到她丈夫的慷慨资助。莱斯多偶尔也到克利夫兰来，来做贵客，有时还住在他们家里，同珍妮住二楼两间最好的房间。珍妮住在家里，常要应他的电召匆匆而去，到芝加哥，到圣路易，或是到纽约。他所喜爱的消遣之一，就是到名胜之地去玩，一待就是一两个礼拜，跟爱妻同享奢华的生活；又有时候，他为了要探望珍妮，路过克利夫兰只住一天就走。他一直觉得她的地位身份不确定，对她来说是难堪的心事，但他到现在还没有想出好的补救方法。而且内心里到底想不想补救，连他也还不明白。他们的日子还算是过得不错的。

　　格哈德全家对于这事的态度也是特别的。起初，虽然珍妮和莱斯多的关系没有确立，但是事情好像很自然。珍妮说他们已经是结婚了。谁也没有看见过她的结婚证书，她却这么说，而且看她的神气，他们也俨然早就是夫妇了。但是她从来不曾到过他的辛辛那提的家，也从来没有他的亲属来看她。至于他的态度，虽然最早因为钱的关系蒙蔽过他们，却实在有些不一样。看他的举止行动，可不是一个结过婚的人。他有时很冷淡，接连几个礼拜她好像只接到他几个毫不在意的条子。有时是她主动出去跟他相会，也不过就是几天的工夫。只有她长期不在家的时候，才可以感觉他们真的是夫妻关系，倒也算是很自然的事情。

那时，斯蒂安已经是个二十五岁的青年男子，具有事业家的眼光，并且是有志要出人头地的那种，当时看见自己的妹妹这种情形，就不免有点疑惑。原来他很懂得一点人情世故，因而本能地觉得事情有些不对劲了。

那时，乔治十九岁，在一家壁纸厂做工，很想从这事业上找个出路，所以心里也有些不安。他感觉到事情有点不对了。马蒂十七岁，同威廉和维多尼亚都在读书，他们都有了读书的机会，可是生活上总觉得不安定。他们是知道珍妮的那个孩子的，邻居则显然都在给他们下结论。他们家和邻居们是很少来往的。最后，格哈德也断定事情必定有差错，但这次的事情他也牵涉在内，所以觉得不大好出来说什么。他有时候想要问问珍妮，劝她不要上当，但是木已成舟了，怎么说呢。所以，只好看那男子日后的良心如何，那是他的事情。

事情逐渐向前发展，已经快爆发什么了，这时，那老母亲的健康出问题了。她虽然体格很好，而且向来都很好动的，近来却变得懒惰了，身体也逐渐虚弱下去，又加上她天生多愁善感，经历过许多重大家庭变故，现在似乎已经形成一种全身中毒的症状，虽是慢性，却是真有病了。她总是很懒惰，稍稍做了点活就喊疲倦，最后竟向珍妮说自己连爬楼梯也不行了。"我觉得不舒服。"她说，"可能是真的要病了。"

珍妮心里着急，打算带她到附近的温泉浴场去治疗一次，可是那老母亲不愿意去。"我想那也是没有什么好处的。"她说。她只在家里坐着，或者跟女儿出去走走，但那凄凉的秋景又使她兴致索然。"我不愿意在秋天得病，"她说，"那飘零的落叶使我想起我的病是不会好的了。"

"哦，妈妈，你这是什么话呀！"珍妮口上虽那么说，心里也着急了。

普通的百姓人家大都是靠一个好母亲维持的，这要在母亲快离去的时候才会明白。斯蒂安本打算要结婚的，离开这个环境，现在也把那念头暂时丢下了。格哈德更是恐慌，好像大难将临的样子。珍妮没有遇到过家里死人的事情，并没想到要有失掉母亲的可能，仿佛觉得自己要活下去是全靠她的。她看看情势不对，却还存着希望，一直都守在母亲的身边，成了一个忍耐、等待和伺候的孝顺形象。

那老母亲临终的一刻，是她得病一个月后，有好几天失去知觉后的某个早晨。在失去知觉后的几天里，静寂笼罩着他们全家，全家人几乎都是蹑着脚尖儿走路的。咽气的前几分钟，那老母亲又恢复了知觉，她把无力的目光盯在珍妮的脸上。珍妮怀着巨大的恐怖，也不动地瞪视着她的眼睛。"哦，我的妈妈！妈妈！"她哭道，"你不要离开，千万不要离开！"

那时，格哈德从院子里跑进来，走到床沿跪下去，痛心地抓住她那骨瘦如柴的双手。"该我先去的呀，老婆！"他哭道，"是该我先去的呀！"

母亲一死，就促成了这个家庭的最后的分散，斯蒂安早已在城里找到一个女孩子，现在正急着要结婚。马蒂也长大了，也巴不得马上就离开家呢。珍妮觉得自己是一个污点，如果还留在家里，也是不很好的事情。她要出去赚钱；她要去公立学校当老师。唯有格哈德还不知到哪里去找出路，他那时是在做守更的工作。

有一天，珍妮看见他独自在厨房里哭，不由得也掉下眼泪来。"哦，爸爸！"她央告道，"事情还不至于没有办法。你总是有家可待的，你也知道——只要有我在，你可以跟我去的。"

"不，不，"他抗议道。他实在是不愿意跟她去。"并不是这个意思，"他接着说，"我的一生就算白白地过去了。"

不久，斯蒂安、乔治、马蒂终于逐一都离开家了，家里只剩下珍妮、格哈德、维多尼亚和威廉，此外还有珍妮的孩子——维斯塔。当然，莱斯多是不知道维斯塔的来历的，而且说来也奇怪，他也从来没有见过这个女孩子。他到珍妮家里来住的时候，每次最多不过两三天，老母亲总把维斯塔藏得好好的。最高一层楼上有间游戏房，又有间卧室，所以藏个孩子是很容易的。莱斯多一般不会离开自己的房间，就连吃饭也一样。他并不喜欢探问人家的事，也不一定要见她家其他的人。如果看见他们，他也很高兴地跟他们握握手，或者谈几句不相干的话，但也只是不相干的话罢了。大家心里都明白，那个孩子一定不可以出现，所以真的没有被发现。

老年人和孩子之间常有一种互相理解的同情，就是一种可喜也可悲的亲和力。在落篱街居住的第一年，格哈德常要趁没人看见的时候，把维斯塔驮在肩头，拧着她那软红的面颊。后来她初学走路，他一直拿条毛巾系在她腋窝下，耐心地把她在房间里牵来牵去，直到她能跨两三步。

等到她真的会走路，他又常常用老母亲说的话哄着她走，那时候，他虽然也觉得不好意思，外表装得严肃，却真的是疼爱她的。由于命运的特别安排，这个家庭的所谓障碍，这个传统道德上的污点，已经成了他的小心肝了，他热心而满怀希望地爱这小小的弃儿。

"快说，'我的祖父'。"他在没人在旁边的时候教那口齿不清的孩子那么说。

"盎的不。"那是她学来的声音。

"他在天上。"

"打戴颠项。"那孩子学着说。

"你教她太早了吧？"老母亲在旁听着那孩子把子音和母音纠缠不清，曾经问他。

"因为我想要她早点儿学习对基督教的信仰，"格哈德坚决地回答说，"应该让她学会祷告。如果她现在不学，就永远学不成了。"

老母亲微笑不说话了。她的丈夫有许多宗教的怪癖，她觉得那些是好玩的。同时，她见他对于孩子的教育有那样大的兴趣，心里自然高兴。只是他有时候非常倔强，非常偏狭，如果不是那样，会更好的！他的行为真的是折磨自己，也折磨大家。

春天，如果早晨天气晴朗，他会很早就带她去做初期的世界小旅行。"来吧，现在，"他会对她说，"咱们出去走走。"

"走走。"维斯塔学着说。

"对，走走。"格哈德说。

那时老母亲就会给她戴上一个上风兜，因为珍妮已经把维斯塔的衣服准备得很充足。格哈德等她穿戴好，就拉着她的小手动身出门，耐着性儿慢吞吞地一脚挨一脚地走，配合着她那蹒跚的步伐。

维斯塔四岁的那年，五月里的一个艳阳天，他们又外出散步。那时的大自然，到处都在萌芽生长，鸟儿啁啾，报告着春季的到来，虫儿也都出动了。麻雀叽叽喳喳的，知更鸟高昂阔步。格哈德把这些一一指点给维斯塔看，心中感到非常愉快，而维斯塔的反应也很敏捷。每一种新的景象和声音都使她发生兴趣。

"哦！哦！"维斯塔看见一只知更鸟落在身旁的小枝上，觉得眼前红光一闪，就那么嚷道。她已经擎起手来，眼睛睁得大大的。

"是的，"格哈德说着，高兴得也好像才发现这种奇异的动物一般，"知更鸟，鸟儿，知更鸟。你说，知更鸟。"

"鸡恩鸟。"维斯塔说。

"是的，知更鸟，"他说，"现在它要去找虫儿了。咱们瞧瞧这还有没有。"

他走上前去，想把上次散步时看见的一个空鸟窝找到。"找

171

到了，"他走到一株枯树前，见到一个旧鸟巢就这么叫道。"快来看看吧。"说着，他抱起孩子。

"瞧，"他对孩子说，"那有一个鸟窝儿，看见了吗？"

"哦！"维斯塔回应着说，"窝——喔！"

"对，"老头儿把她又放到地上，"那是一个鹧鸪的窝儿。它们现在都跑了，它们不回来了。"

他们继续向前走，他把生活中的一些简单事实告诉她，她也不住地流露出儿童特有的那种惊异。这样走了很久他才掉过头来，好像世界已经走到尽头一般。

"孩子，我带你回去吧！"他说。

很快，她已经五岁了，模样更可爱了，知识也更多了，人也更活泼了。格哈德听她问问题，提出不懂的事情，总觉得她非常可爱。"这女孩子真奇怪！"他常常对老婆说，"你知道她问我些什么吗？上帝在哪儿呢？他在做什么？他的脚放在哪里？她这样问我，我有时候忍不住要笑呢。"

格哈德老头儿自从清早起来，直到夜里听她做过祷告，替她换好衣服放到床上睡觉为止，他总觉得她是自己人生的安慰。没有维斯塔，格哈德就会觉得做人太没有意思。

二十七

三年来，莱斯多跟珍妮在一起，一直都很快乐。他们的关系虽非正式，但因有这样的关系，他确实已经获得抚慰，所以他对于这个结果是觉得十分满意的。他对辛辛那提的社交活动，如今已经丝毫不感兴趣了，别人向他提起婚姻，他都不搭理。他很看重他父亲的事业，但是和他哥哥罗博特的关系，却是一天不如一天了。

曾经有一两次，莱斯多想要去跟别人另办一个新的公司，但他良心上总觉得不对。他在公司里是领薪水的，还有向外投资的五千元左右。说到投机，他没有哥哥罗博特那样幸运，没他精明。

至于罗博特，资产已到了三四十万之多。老父亲明知他的事业实际上是他的两个儿子在做，可是他们还是没有很大的把握，将来的事情还要看老父亲的意思。不过在他们看来，父亲应该还是公平的，他们都不会很失望的。但罗博特却在打莱斯多的主意，莱斯多能怎么办呢？

每个有思想的人在他的一生中，总有一个时候会把自己的处境细细检查，要想想自己在人生的各个方面是个什么情况。这种行为在那人生的初期较强的精力已经用完的时候开始的。

至于莱斯多，却是竭力要用哲学思想来解决的。他常常要问自己，真正的人生有什么不一样呢？但这问题已经包含着非常现实的意义，就是人生中的成就问题。白宫是伟大的人物待的地方，如果他总是待在家里或者旅馆里，那就是另外一回事了。

应该就在珍妮母亲故去的那段时间，他曾经下过决心，要振作起来。他要停止过去的那种生活，不再陪伴珍妮去做那种无谓的旅行。他也要向外投资，他的哥哥既然能生财有道，他也能够做得到；他要努力施展自己的权力，要尝试在事业上成为一个重要的人物，免得让罗博特逐渐地垄断家族里的一切。

他要抛弃珍妮吗？这个问题他曾想过。她对他本不会有什么要求，她不会提出什么抗议。不过他总想不出这件事情应该怎么办。事情似乎太残忍，但也无所谓，尤其为难的是（虽然他自己不愿承认），就怕自己要因此而不舒服。他是喜欢她的，爱她的，或者也可以理解为只是一种自私的爱。他不知道怎么才能够把她遗弃。

这时，他跟罗博特发生了严重的冲突，原来公司和纽约一家油漆公司已经有过多年的交易往来，罗博特忽然不做了，另到一家新公司里去投资。莱斯多和纽约公司的人很熟，知道他们都还不错，他反对这么做。老父亲最初似乎赞成莱斯多的主张，但是经过罗博特的一番辩论后，老父亲最后还是同意大儿子的主张了。

莱斯多立刻急了。"那好吧，你们在这讨论吧，"说着就怒气冲冲地走了出去。这次失败的打击使他觉得非常丧气，他耿耿于怀，见父亲称赞哥哥，他很恼火，因此他很担心将来分配财产时老父亲会怎么处置。

他知道自己跟珍妮的事情了吗？他的工作一向都做得很好。至今，家里有什么提议都会跟他商量，要他来研究，父母都仍旧把他当作宝贝儿子，可他现在却被打败了。

那一年不久后，罗博特又提出一个改组营业部的计划。他主张在芝加哥的莫西根路上建造一座巨大的陈列室和货站，因为芝加哥比辛辛那提更合适，在那里买卖比较方便。而且这个事情，无疑是替公司做了个大广告，可以证明公司的发展和繁荣。老父亲和莱斯多都很赞成，他们都预见到了这件事的利益。罗博特提议叫莱斯多去监督这座新建筑的建造。

对这个提议，莱斯多认为，虽然他大部分时间要离开辛辛那提，却是可以接受的。一来，显出自己在公司的地位；二来，他又可以跟珍妮一起在芝加哥生活，在那里同居很合适。因此，他就表示答应，罗博特笑了笑。

工作马上开始了，莱斯多给珍妮捎信，叫她也过去，然后，他们找了一所好房子，他觉得很不错。他想谁都不会知道他和珍妮的事情的，都以为他是一个人。他有自己的办公室，一样可以见朋友，他很满意这样的安排。

珍妮离开家，当然要使格哈德家为难了。从此，他们大家就真的都不在一起了。格哈德有自己的想法，他想自己住在哪儿都一样。斯蒂安、马蒂和乔治也都去做自己的事了。维多尼亚和威廉还在读书,但好办。他们真正担心的是维斯塔。老父亲是主张珍妮把孩子一起带走。

"你和孩子说了吗?"他问她。

"还没呢,我就要告诉她的。"她对他说。

"只是说不久不久的,"他咕哝着说。

他摇了摇头,嗓音变粗。"不像话呢,"他继续说,"孩子是需要照顾的,我老了,否则我会做的,上帝会惩罚你的。"

"我知道,"珍妮有气无力地说,"我这就去安排了。不久我就带她一起去。我不会不管她的,这个你总知道。"

"孩子姓什么呢?"他说,"她该有姓的。她就要去上学了,要有她自己的姓名的。"

珍妮是爱自己的孩子的,也不想这样下去。她也不想和自己的孩子分开。她觉得这样对孩子也很不公平,孩子虽然什么东西也不缺,但她还想让她受到好的教育。

最后,珍妮在芝加哥找了一个老太太——一个清洁、纯朴的老寡妇,她很乐意照顾维斯塔。说好了,如果有一个好的幼儿园,就把维斯塔送去。如果孩子有一点健康问题,格里斯琳(就是那老人的名字)就要去通知珍妮。珍妮每天去看孩子一趟,莱斯多不在芝加哥的时候,就带维斯塔到他们那去。

安排好后,珍妮就回到克利夫兰去带维斯塔。格哈德对珍妮叮嘱:"她长大一定是个好孩子。"他又说:"你要好好教育她,她很聪明。"他又主张把她送进教会的学校,但是珍妮不很相信他那一套。她跟莱斯多相处时间长了,还是觉得公立学校比较好。

第二天，珍妮就回到芝加哥。兴奋的维斯塔已经打扮好要出门了，格哈德心里乱糟糟的，好像游魂一般走来走去。到了临动身的那会儿，他都要控制不住自己了。但是那个五岁的孩子，却并不懂离别的事情。她很快乐，不住说着一会儿要坐车的事情。

"你要乖，孩子，"他吻着她说，"要把祷告念熟，别忘记了。也不要忘记我——什么？——"他还想再讲下去，却已开始要哭泣了。

珍妮见父亲这样，不由得一阵心酸，却竭力把情绪压制下去。

"你瞧，"她说，"要是我早知道你这个样儿——"她也说不下去了。

"去吧，"格哈德硬着心肠说，"去吧。不如这样的好。"于是他严肃地站在旁边，眼看着她们出门而去，这才回到他所喜爱的厨房里，站在那儿，眼睛瞪视着地板。大家一个个地都离开他了——老婆，斯蒂安，马蒂，珍妮，维斯塔。他两手放在一起，还像他的老样子，头不住地摇。"原来如此！原来如此！"他反复地说，"他们都撇下我走了，我的生活成空的了。"

二十八

　　珍妮跟莱斯多同居的三年中，互相已经有了很深的感情。莱斯多是真正爱她的，只是他有自己的一种爱法。那是一种不肯迁就强有力的爱，开始是由情欲造成，可是已经逐渐达到精神境界的爱了。她那种柔顺温婉的性情已经牢牢地牵绊了他。她是真诚的、善良的女性，他对她的依恋和信赖的感情是与日俱增的。

　　珍妮，她也是真实并逐渐爱上了这个男子。起初，他打动了她的心思和灵魂，是利用她的窘迫生活做诱饵，那时她也喜欢他，却还有点儿怀疑。现在呢，已经跟他同居这么久，她是真正地爱上他了。

　　他有一句常说的格言："照着墨线锯下去，随便那木屑落在什么地方。"这话深深印入了她的脑海，觉得它非常奇特。他通常要用指头夹住她的下巴，说道："你真可爱，我的宝贝。"见她不说话，就又接着说："我爱你，真的呢。"然后，就开始疯狂地吻她。

最让莱斯多高兴的，就是她用来掩饰自己的种种天真的态度。她本来认识很多的字，有一次，他看见她把一些词儿写在一张纸上，旁边写它们的意义。还有一次，在圣路易的一个旅馆里，他发现她装作吃不下东西的样子，因为她看见旁边桌上的人都在看自己，以为是自己吃东西的方法不对。

"你为什么不吃东西呢？"他体贴地问道，"你不饿吗？"

"不是很饿。"

"你一定饿了，珍妮，我知道的。你不要多想，你吃东西的方法没有错，不要那么想，你有错误的地方，我会对你说的，他们看你，是因为你很漂亮。"她微微一笑，表示感激地说："我有时候觉得自己不对呢。"

"别那样，"他又说，"你没做错，别烦恼。"

逐渐地，珍妮把很多规矩和习惯都学会了。家中的生活必需品，现在她全有了，她很喜欢这些东西，但她却一点不虚荣，有的只是一点享受的意识。她对莱斯多很感激。

把维斯塔的一切手续办好之后，珍妮就很稳定了。莱斯多有时会不在家，他在一个大旅馆包了一排房间。中饭和晚上的请客都在优派俱乐部。那时候电话还没普及，他却在家里装了一个，因为那样和珍妮说话方便。他一个礼拜在家里也就两三天。开始，他坚持要珍妮雇一个女佣，但后来珍妮提议临时雇钟点工，他也就没反对了。珍妮很喜欢做家里的事情，她天生是勤劳的，又很讲卫生。

早饭，莱斯多总在八点钟吃。晚饭要七点钟开，并且要安排得好。银的器皿，花玻璃的杯盘，英国的瓷器，都是使他称心的。

最初的几个月，一切都没什么。他偶尔带珍妮出去，如果碰见熟人，总把她说成格哈德小姐。如果必须用夫妻的名义登记，他就用上一个假名，但有时，他写上自己的真名。这样，一直都没有什么不愉快的事情发生。

在这样的情况下，珍妮没什么心事，只是担心维斯塔的事情，因老父亲一个人在家里，家里没有人主事，也难免要担心罢了。有一天，维多尼亚写信给珍妮，说马蒂已经在克利夫兰租到一所房子，她跟威廉也打算住到那里去，要留父亲一个人在家中。珍妮一想起父亲，就觉得他可怜得很，又想他手已受伤，还要把他一个人丢在家里，不免特别伤心。他会到她这里来吗？即使他来了，维斯塔的问题也还是那样，珍妮开始有心事了。

想到维斯塔，那真的是很复杂。珍妮总觉得对不起女儿，所以对于她的事情特别关心，巴不得给她很多来弥补自己做母亲的亏欠。她每天到格里斯琳夫人家里去一次，把玩具和糖果等东西带给她，给她讲故事听。

后来，遇到莱斯多回辛辛那提的家去，她居然把她带回自己的家中来了，带了几回之后，她就愈加"胆大"起来，虽然胆大这个词儿用在珍妮身上不是很合适的。她那样的冒险，就如同小耗子一般；有时莱斯多不过就离开两三天，她也敢把维斯塔带回来。

当孩子在的时候，珍妮就享受到了人生的美好，只要她能做一个正式的妻子和快乐的母亲，她就最满意了。维斯塔是一个聪明的女孩子。她常常问出种种天真烂漫的问题，使得珍妮的内疚愈加深了。

"我还能常来你这吗？"她常常问。珍妮只好告诉她，说现在还不可以，但是以后就可以了，她要想法带她来长住。

"你说到底是什么时候呢？"维斯塔又问。

"不，孩子，现在还不一定。但是快了，你再等几天没关系的，格里斯琳夫人不是也很好吗？"

"是的，"维斯塔说，"可是她已经再没有好东西给我了。她就那几样老东西。"珍妮听了，心里好难受，就带她到玩具店里去，给她买新玩具。

莱斯多当然是一点儿都没有疑心。他一心相信珍妮的忠实，绝不怀疑她会有什么事情瞒着他。有一次，他回家，珍妮不在，三个小时后才回来，从下午两点到五点，他心里着急，等她回家之后，就问了她几句。但是，他的着急并没有她的惊慌那么严重，她已经吓得脸色发白。她说自己出去买东西了，耽搁了一会儿，以后不会再这样了。

事后约三周，莱斯多有事不在，珍妮就把维斯塔带回来，一下就住了四天，母女之间真是享受了一次最愉悦的天伦之乐。

短时间的团聚，本来不会有什么麻烦，但是珍妮却疏忽了，原来维斯塔的一只玩具小羊忘记带走，被淘气的维斯塔故意扔在皮榻的背后，当时珍妮并不知道。

那天晚上，莱斯多回来了，偶然把雪茄落在地上，烟还没灭，他怕烧坏东西就弯着身子去看。没看见那支雪茄，他就把皮榻移开一步，这下，就发现那只小羊了。他很奇怪地把它捡起来，反复研究看了一会儿，想不明白家里怎么会有这个东西。

一定是邻居家的孩子忘记的，他心里想。

想着，他就把那玩具举在手里，走到珍妮旁边，假装严厉地嚷道："这是谁的？"

珍妮做梦也想不到有那东西被他发现。"那个，那个，"她嗫嚅道，"那是我买来的小东西呀。"

"哦，我猜呢。"他和蔼地说。她那种惊慌的神色他已经看到了，却还不了解其中有什么重大的意义。

他把那上面的小铃儿弹了几下，珍妮就一直呆呆站在那儿，一句话都不说。他又回头对珍妮看了一眼，他那样子很像是在开玩笑，他的确没有什么疑心，可是珍妮的心境几乎已经不平静了。

"你有什么不舒服吗？"他问。

"没什么。"她回答。

"看你这样儿，好像这只小羊使你大大地受到惊吓似的。"

"我忘记把它捡起来了，真的没有什么。"她随随便便地说。

"看这小羊好像已经玩了多时了。"他又比较正经地加上一句，但看珍妮对这个问题分明觉得很难受，就不再追问下去了。他本想在这小羊身上寻点儿开心，结果却得不到。

于是，他又躺到皮榻上，把这事重新思考起来。她为什么那么惊慌呢？为什么她的脸色都变白了呢？她在家寂寞，把邻家的孩子带来玩玩，也没什么，她为什么要吓成那样呢？

此后关于小羊的事情就过去了。假如没有别的事情重新来打开他的疑惑，珍妮记忆之中是完全可以忘记这件事情的，但一波未平一波又起了。

一天晚上，莱斯多在寓所比平常时间耽搁得稍久一点，忽听得门铃声响，刚巧珍妮在厨房里，他就去开门。门开了，只见一个中年妇人慌慌张张地进来，对他看了看，就用一口瑞典腔说要找珍妮。

"请等一会儿。"莱斯多说着，就到后边去叫珍妮。

远远地，珍妮就看见来人是谁了，她慌慌张张地走出来，反手将门带上。这样的举动，立刻引起莱斯多的疑心。他把眉头一皱，决心要把事情查个彻底。不一会儿，珍妮又走进来，面孔白得如同死人一般，两手好像没有地方可放了，急着想要找点东西抓住似的。

"什么事情？"他问道。他感到很恼怒，口气中带着一点严厉的味道。

"我要出去一下子。"很久，她才回答说。

"好的，"他答应她，"到底什么事情，你不能对我说，是吗？你现在要到哪儿去？"

"我，我，"珍妮说不出口来，"我——要——"

"哦。"他道。

"我有事要出去，"她道，"我很急。等我回来再说吧，莱斯多，现在别问我了。"

她看着他，脸上仍旧显出急着要走的样子，莱斯多从来没有见过她这么急的样子。

"你当然可以去，"他说，"可是不告诉我事情是怎么回事吗？为什么不坦白地说出来呢？"

说到这，他觉得很粗暴了，就不再说下去了。珍妮听见那个消息，已经很急了，现在又受到这番叱责，情绪立刻紧张到了极点。

"我回来会告诉你的，莱斯多。"她嚷道，"但是现在不行。现在我没有时间，等我回来什么都告诉你。请你别拦着我。"

说完，她急忙拿了件衣服，莱斯多很是莫名其妙。

"听我说，珍妮，"他嚷道，"你到底是怎么回事？对我说明白。"

他站在那，样子很强硬，好像非叫人服从不可。珍妮被他逼得没办法，只好回来了。

"莱斯多，我的孩子出事了，"她嚷着，"她就要死了。我现在没有时间和你说话。请你别拦着我，等我回来什么都会告诉你！"

"你有个孩子？"他嚷道。

"我是没有办法的，"她回答道，"我怕对你说了，你……，哦，你现在放我走吧，等我回来把事情全都告诉你。"

莱斯多惊异地瞪了她一会儿，这才走开了，知道当时不好再向她追问。"好吧，去吧。"他平静地说。

"谢谢。"她说。

她匆匆去了，脸色很不好看，他站在那里想了半天。难道这就是那个自己认识的老实的女子吗？哦，她都已经骗了他很多年了。

他喃喃着，都快气疯了。

二十九

因为维斯塔得了小儿的急症,一种谁也无法在两小时之前预料得到的急症。那个可怜的瑞典老太婆被吓死了,慌忙央求邻居赶来送信,说维斯塔病重,要珍妮马上就去。那人叫她自己去,她形色不免慌张,使得珍妮以为孩子马上就要死了,心里过分惊慌,以致几年来的秘密全部暴露。

珍妮走出门,就快步地直向前奔,因为女儿要不行了。如果她来不及可怎么办呢!如果维斯塔已经死了呢!她开始跑起来,她已完全忘记了莱斯多,也考虑不到他要赶她出门去,叫她同女儿一起流浪,她只记得维斯塔在病重,已经临危,想起母女分离全是自己的原因,如果孩子能在自己的身边,就不会有这样的事了。

"我不会晚的,"一路上她自己说着,过一会儿又发狂似的喊道,"我该知道这种行为是要受惩罚的,我为什么这么糊涂地不管她呢!"

到了门口,她就飞也似的跑过那条小路,跑到屋中,见维斯塔脸色惨白地躺在那里，已经没什么事情了。好几个瑞典人和一个中年医生在伺候着，一见她来了，大家都好奇地看着她。

这时珍妮已经下定决心来弥补女儿了。以后，她不会瞒莱斯多了；即使他离开她，她也要那样做。她决不会不再管自己的孩子了。她决定要尽一个母亲的义务，自己到哪里都带着她。

那时，她坐在那简陋的瑞典矮屋里，心里渐渐明白过来，欺骗是没有用的，尤其是今天晚上，以后欺骗是什么好处都没有的了。现在事情已经这样了，她坐在那里不停地思考，将来该怎么办呢？维斯塔也安静下来了，一会儿就入睡了。

等到事情平息一会儿后，莱斯多就问自己："那是珍妮和谁的孩子？她几岁了？什么时候到芝加哥来的？"

一会儿，他就怀着好奇心，开始回忆他初次跟珍妮在廉蕉夫人家里会见的情形。她当时是什么地方吸引他了？为什么自己那么快就把她勾引上了呢？她真的很会骗人呢，她太不应该了，自己对她那么好，她太过分了。

想到这，他就坐不住了，在房间里走来走去，问题看起来很严重，他判断那女人已经犯错了，他自己是有能力惩罚她的。后来，他又判断她的爱一半给了自己，一半给了她的孩子，这个是他所不能继续忍受的，他太烦躁了，不停地在屋里走来走去。

现在，莱斯多真的认为珍妮辜负了自己，就是因为隐瞒孩子这个事情，其实当初是他先引诱珍妮，但是他作为男人，却没有办法平衡。他认为自己的女人，不应该对自己隐瞒什么，那是他最痛恨的事情。

他第一个冲动就是一走了之，从此不再见她。但是他最后，还是戴上帽子穿好大衣出去了。他先到一家附近的酒馆去，然后，又雇车到俱乐部，到处和熟人打招呼闲谈，他觉得心中乱得很，最后，三小时后，他又回到寓所。

珍妮坐在熟睡的孩子旁边，心中也很乱，很久后，见她的呼吸均匀了，才确定危险期过去了。她一时觉得无事可做，就又想起自己刚才的事来，记得自己曾经答应过莱斯多的话，觉得对于自己的职责有必要尽忠到底。也许莱斯多那时还在等着她。他即使要和她断绝关系，要把自己抛弃，那也是自己的报应罢了。

珍妮回到家中，已经过了十一点了，她把门试着推一下就开门进去，准备迎接莱斯多的大怒，可是没看见他。灯点着，他忘记关了。她急忙看一看，屋内的确没人在，难道他已经走了，于是她呆呆地站在那儿，不动了。

"难道他真的走了。"她想。

这时，楼梯上响起了脚步声。他进来了，穿着件大衣，头上戴着顶帽子，拉下来盖在额头和眉毛上。他眼睛看都不看珍妮，先把大衣脱下来挂上，又摘下帽子，然后，才走到珍妮的身边。

"你现在要从头开始和我说说，"他问，"那孩子是谁的？"

珍妮想了一会儿，才慢吞吞地说："是参议员白兰德的。"

"参议员白兰德！"莱斯多回了一句，这个名人的名字他是知道的，"你们是怎么认识的？"

"我和我的母亲经常帮他洗衣服。"她回答。

莱斯多呆住了。她竟然能这么坦白，他的怨气都几乎被化解了。"参议员白兰德的孩子，"他心里想，"那么这个平民利益的伟大代表引诱了珍妮，真是一幕下层生活的真实悲剧。"

"那是什么时候的事情？"他继续追问。

"六年前的事情了。"她说。

"孩子多大了？"

"五岁多。"

莱斯多毕竟是善良的，听珍妮这么一说，他的声音已经没有先前那么严肃了。

"你一直把她放在哪儿？"

"开始是在我母亲的家里。后来，我和你到这儿来，我就把她带到这儿来了。"

"我回家去的那几次她都在这儿吗？"

"是。"珍妮回答。

"你和家里人说过，我们要结婚的，他们怎么看呢？"

"哦，"她说，"是这样的，我不愿意对你说孩子的事情，他们一直都以为我告诉你了呢。"

"那你怎么没告诉我呢？"

"我不敢。"

"你害怕？"

"我不知道我和你会是个什么样的结局，当初，你说你不喜欢孩子的时候，我就已经很害怕了。"

"怕什么，怕我离开你吗？"

"是。"

他有些发呆了,她太坦率了,根本不是他想象中的那种玩弄手段,他的疑虑都解除了。她毕竟是没有办法,环境和家庭的因素促成她的选择,她的家里人都是那样的,应该都是很不懂道德观念的,那种情况下,她又能怎么办呢?

"你不知道事情终究是藏不住的吗?你可以一个人就把她养大吗?你应该开始就和我说的,你知道,我不会为难你的。"

"谢谢,"她说,"我知道。"

"孩子现在在哪呢?"他问。

珍妮如实地对他讲了。

把一切都说了,珍妮就站在那不动,她感觉他的态度有点儿不大对,于是,她赶紧又解释了一会儿。但是,莱斯多更加同情她了,他认为,珍妮不是有意诡辩,只是当时不懂事罢了。但是关于参议员的事情,他还有一点耿耿于怀。

"哦,你和那个参议员是怎么在一起的呢?"

珍妮感觉他提的其他的问题,她都是可以如实回答的,但是这个问题太尖锐了,她有点儿受不了。原来记忆中最不好的都一起涌上来了,他好像是要她把一切事情都全盘托出一样。

"我那时很小,只有十八岁,我和妈妈替他洗衣服,每个周六我把洗好的衣服给他送去。"

停了停,珍妮才继续说道:"那时我家里很穷。他常常给我一些钱,叫我带给母亲。"

她不想再往下说了,但他还继续很感兴趣地在问,所以她又把参议员想娶她但是没等回来就死掉了的事情又都说了出来。

她全都说完了，莱斯多有几分钟的时间都是一言不发。他们俩就那样彼此默默地注视着，墙上的挂钟声都可以听得见。他很平静，脸上什么都看不出来。但是心里，他已经决定要怎么办了。

珍妮像个犯人似的站在那，等待着他的最终宣判。

像他这种身份的人，真的不想陷入目前的纠葛之中。但是，目前这个孩子毕竟是真实存在的，他也没有什么好说的。他又沉思了一会儿，看珍妮仍旧惨白着脸在那站着，就说："你先去睡吧。"

珍妮还是站在那没有动，她以为，他会给她一个最后的宣判，但是那个男人真的没有再说什么，很长时间过去了，他走到门口，说："去睡吧，我要出去了。"她转过身，看着他的背影离去，他就像没看见她一样，一个人走出去了。

她一个人就那么站着，听着脚步声渐去渐远，心里乱得不行，绝望到了顶点，不停地问自己："哦，我究竟做错了什么，我该怎么办呢？"无奈和悔恨一起侵袭着她那脆弱的心。

"那个人走了，他再也不回来了。"她对自己说。

天快亮了，她一个人坐在那儿，连眼泪都没有了。

三十

　　莱斯多，以他当时的表现是很让珍妮害怕的。他当时很气愤，不过他也不知道到底最生气的是什么。倒是那个孩子的问题，是不能容忍的。他不愿意看见珍妮从前所做的败行在他面前暴露，他认为，如果自己当初可以认真一点儿，珍妮就会对他把一切都说明。最开始，他就应该把她的过去了解明白。他当时没有做，现在却已经太晚了。现在，他已经想通了，自己是无论如何都不会和这个女人结婚了，如果分手，他会给她一笔补偿的。

　　一般情况下，想法是一回事，但是实践又是另一回事情。他们在一起的四年，情欲、安逸不是一下子就可以放弃的，他不会就那么轻易地放弃她的。白天工作的时候，他还想着要和她分开，但是夜里一个人的时候，他的空虚和寂寞，就不允许他那么决定了。

　　珍妮最开始的想法是，维斯塔的事情被牵涉进来了，孩子将来怕是不好办了。最开始，他也感觉那个孩子的事情真的不好办。以他的地位，日后如何和她继续相处呢？是离开她吗？他最后有点无法决定。

很快，他又有点儿好奇了，他真的想看看那个孩子，参议员长得不赖，珍妮也那么美丽，他们的孩子应该也不错吧？是的，他真的还不应该离开，他还要回去看看她。还有，再看看她的孩子，但是，事情已经这样了，怎么开头呢？他的内心不断地挣扎着。

真实的情况是，他真的是不能放弃她的。同居几年来，他已经忘不掉她，并十分地依恋她了。父母也爱他，但是他已经是个成年人了，他们现在与其说是爱，还不如说是对他更多的是期望。哥哥呢，和他的性格也不和，至于姐妹们呢，她们都有自己的生活，没有一个人是和他亲近的。

现在，自己的生活里，只有珍妮是和他最好的，朝夕相处的。他们在一起是最快乐的，他离开她越久，就越想念她。最后，他决定了，要回去和她好好地谈一谈，他要告诉她，可以把孩子带过来，他可以原谅她。

那天晚上，他回去了。珍妮听见他进来，心里怦怦跳了一阵，这才鼓起了勇气去迎接他。

"珍妮，你现在有一件重要的事情要做，"莱斯多说，"把孩子接到这里来吧，不必让别人带着了。"

"谢谢，"珍妮高兴地说，"我很愿意。"

"好的，你现在就去，"他说，"我想，我已经原谅你了。最开始我不知道事情的真相，那是我不对，你也很笨，不该就那么隐瞒我的。现在都过去了，不要去想它了，不过我要告诉你,我们以后应该彼此信任,如果再这样下去,那么就会给别人拆散我们的理由。"

"我明白。"珍妮说。

"现在,我们都不要太着急,我们还是可以再生活下去的,只是,你一定要明白事情的现状。"

珍妮叹着气说:"谢谢,莱斯多,我知道。"

他踱步到窗子那,向外看去。院子里的几棵树,正郁郁葱葱地生长着。他不知道,明天的事情会怎么样,但是,他确实是不喜欢就这么结束,他确实喜欢和珍妮一起生活。

一会儿,他说:"你去做饭吧!"他虽然看上去依然冰冷,但内心却并不是那么回事。他喜欢美满的生活,认为那是他的快乐。他去长榻上躺着了。她去忙了,一边做事一边想,想自己的孩子,想莱斯多,想到可能因为这件事情,以后他们就不能结婚了,是她的愚蠢破坏了一切。

她开始铺餐桌,还点上了银烛台,她摆了一盘莴苣叶子做的冷菜,还烤了一条小羊腿,做了他平时最爱吃的饼干。她本来就在母亲那学会了这些,所以有很不错的厨艺。她虽然做着事,脑袋里却想着,他可能要走了,要去和别人结婚了。

"哦,不要想了,他现在不会立刻就走的,并且,孩子也可以带到这里来了。"她把晚餐都摆好了,心里还在想,怎么把这个男人和那个孩子联系在一起呢,看来这希望是破灭了。

三十一

这件事情之后的第二天,珍妮就把维斯塔接回家了。母女团聚,珍妮高兴得把一切的不开心都忘掉了。她想,她要为自己的孩子尽一点责任了。

很快,莱斯多也回家了,他在外面的时候,也曾想过要不要回来,要和珍妮彻底分开,尤其是,家里还有一个别人的孩子,他想,他一定不会去理她的。

莱斯多没回来的几天前,珍妮就时常对那个爱玩的、淘气的孩子说:"你不要乱跑,不要多说话,不要什么都问,不要乱动东西,他是不喜欢小孩子的。"那毕竟是个小孩子,有腿有脚的,要管好她还真的不容易。

那时,维斯塔是一本正经地答应了,可是她的小脑袋还并不十分理解那一番警告的真正意义。

莱斯多七点到家的时候,珍妮已经把那孩子精心打扮了一番,自己也化了妆。莱斯多一进门,就看见那个孩子和她的母亲一起坐在那呢。他一转身就看见了她。

那孩子真的很可爱。她穿着一件蓝色的法兰绒衣服，软领软袖，脚上是白袜白鞋，她的头发是卷曲的，好看地披散在她的肩上。眼睛蓝蓝的，嘴唇和脸蛋也很好看，美丽得像一幅图画。莱斯多看了她一会儿，都想要和她主动说话了，但最后还是忍住了，那孩子吓得跑了出去。

他对珍妮说："孩子很可爱，你把她带到这里很费力吗？"

"没费什么劲儿。"她回答。

珍妮出去了，莱斯多听到了她们的一段谈话。

"那个人是谁？"维斯塔问。

"哦！莱斯多叔叔。我不是叫你什么都不问吗？"

"他也是你的叔叔吗？"

"不，我的宝贝儿。"

"那他只是我的叔叔。"

"没错。"

"哦。"

莱斯多被逗笑了。

假如那孩子很土气，很肮脏，脾气也不好，那么结果就没这么好了。假如珍妮没有那么高的手腕，那么开始他就会不高兴的。想到珍妮这些年和他在一起，还要偷偷跑去照顾孩子，尽一个母亲的责任，对他的爱还那么单纯，他的心就开始感动起来。她真好！他在心里赞美珍妮。

有一天早上，莱斯多坐在那看报，忽然他感觉有异样的声音，回头一看，一只蓝色的大眼睛正在门缝里对他偷看呢，那眼睛一动不动的，真有意思。他装着很严肃地把报纸翻了一下，继续看下去，那只眼睛仍旧没离开。后来，他累了，开始盘腿的时候，那只眼睛才消失了。这个事情虽然不大，很偶然，但是却像个小喜剧一样，逗弄着莱斯多的心，他本来都想放下架子和那小家伙说话的，但他并没有那么做，那幼小的孩子只是给他留下了一个好印象。

不久，还是早上，莱斯多一面吃饭一面看报，那孩子本来已经先吃了出去了，珍妮本来告诉她等莱斯多出去她再回来的。但是，珍妮刚坐下，那孩子就回来了，一本正经地进来了，莱斯多看着她，珍妮的脸红了。

"维斯塔，你想干什么？"她问道。

这时，维斯塔已经从厨房里出来了，还是一副认真的样子。

"我来取我的小笤帚呢。"她边说边大方地走出去。莱斯多看见了，嘴上不由得又浮现出一个微妙的笑容。

以后，莱斯多就不再对那孩子有一点儿的厌恶了，他已经容忍她的存在了，承认她是可爱的了。

以后的半年，莱斯多的态度变化更大了，他虽然不是那么十分地投入这个环境，但越来越喜欢了，他感觉这个地方很安乐，他在这里过得很舒服。

珍妮真的很了不起，能让他忘掉以前的一切生活和社会关系，让他可以享受这种单纯快乐的家庭生活，他一天比一天更舍不得离开了，他就希望这么一直过下去。

这时候，他和那个孩子的关系却越来越好了，他发现小孩子真的很有趣，做什么都那么有意思，虽然珍妮总是说她，她还是板不住，总逗人发笑。

一次大家在一起吃饭，她用一柄大人的餐刀在切盘子里的那块小肉，莱斯多就建议珍妮给她买一套小餐具。

"她还小，不会用呢。"

"当然了，"维斯塔说，"我的小手就需要一把小刀呢。"

说着，她举起自己的小手，珍妮唯恐莱斯多不高兴，就要按她的小手，莱斯多强忍着没笑出声来。

还有一次，她看见珍妮把两块糖放进莱斯多的咖啡杯里，就说："给我两块好吗？妈妈。"

"听话，我的宝贝儿，"珍妮说，"你喝自己的牛奶，你不用的。"

"可是，叔叔有两块呢。"她抗议似的说。

"没错，"珍妮说，"可你是个小孩子，不可以要求大人的。"

"那，我看莱斯多叔叔的糖好多呢，我也想要的。"她回答。

"哦，宝贝儿，我可没感觉多呢，"他实在忍不住了，插嘴进来，"你像个馋嘴的狐狸呢！"那孩子笑了。接着，他们就开心地交谈起来。

以后，更熟悉了，莱斯多就感觉那孩子很像自己亲生的，他甚至都愿意把自己的一切和她分享，前提是，不让他和珍妮分开。然后，他们的做法要合理，不至于遭到社会和世人的抨击，因为，他很在乎自己的地位。

三十二

第二年春天，陈列室和货站已经完工，莱斯多就搬到那里去办公。之前，他都是在旅馆和俱乐部里办公的。此后，他觉得芝加哥好像就是他的家了。

那时，他的工作很多，无数的琐事等着他去处理，许多人员要他来管理，很多的重要文件需要他审批。当时，他的哥哥正在扩展自己的势力，在笼络姐妹们，莱斯多这么忙，就没必要听从他的吩咐去陪某个女人去旅行了。

有几个和莱斯多不错的人，都有被他的哥哥排挤的危险。莱斯多也还不知道确切的消息，他的爸爸看着自己的年纪大了，很盼望有人出来接他的班，就没有干涉什么，莱斯多更是不大介意。他和他的哥哥罗博特的关系好像比从前好些了。

如果，莱斯多和珍妮的生活永远继续下去，不被别人发现什么不对，日子还是不错的。

有时，他们一起出去，也会被他的生意伙伴看见，他就认为，那没什么，自己是单身的，有交往的自由，珍妮看着也不错,他就把她介绍一下,说是格哈德小姐。这时,他总是让自己的马车跑得飞快,免去不必要的啰唆。

不过,他的某些朋友的眼睛也很尖锐,他们几次看见这两个人在一起,就认为他们是同居在一起的了,但是,这个也没什么,谁让他那么年轻呢?这很正常的。事情传到他哥哥的耳朵里,他也替他保守秘密,因为少了一个竞争的对手,他还很高兴呢!

那次,莱斯多和珍妮在北区住了快一年半了,那几天老是下雨,有一天,莱斯多的肚子忽然疼得厉害,刚开始,他还以为没事,只是吃了点药。但是第二天,他的病却严重了,他都不能起床了,头都要裂开了。

他们在一起那么久,一向都没什么大事的,所以他们就大意了,他本来可以一个人出去养病的,可是他却愿意待在家里,让珍妮照顾他,他打电话到办公室,说是自己病了,最近两天不会过去了。

珍妮呢,她是愿意他留在家里的,无论他好还是不好,她都精心地照顾他,很快他的病就没什么了。

这时,不好的事情发生了。原来莱斯多的妹妹蕾丝姬到圣保罗去看朋友,路过这里,顺便就来看她的哥哥。她到的时候,莱斯多正在家里养病呢,她在办公室里没找到他,就问起他住在哪儿。

一个说话不太谨慎的秘书回答:"他应该在旅馆里住吧!他现在病了。"他的妹妹不高兴地打电话到旅馆里去,人家说他不在。她又打去俱乐部,那里的人也不知道莱斯多的电话不可以说，一听到是他的妹妹，就告诉了她他的住址。

一小时后，蕾丝姬就亲自找到那个地址。那个房子很大，她上了台阶去按了门铃，正好是珍妮出来开门，她看见一个时尚的年轻女子，吓了一大跳。

"莱斯多先生在吗？"蕾丝姬看着珍妮问，她的心里也有点惊异，不知道这个女人和他的哥哥是什么关系？

"在。"珍妮说。

"他病了？他是我哥哥，我能进去吗？"

还没等珍妮反应过来，蕾丝姬就先进去了。进门之后，她就到处打量，随即来到莱斯多的寝室。那时，那个孩子维斯塔还在那儿玩着，看见有客人来也站了起来。

莱斯多正躺在床上，眼睛半闭着。

"哦，哥哥！"蕾丝姬叫道，"你病了吗？"

莱斯多听见妹妹的声音，眼睛就睁开了，他勉强坐起来，知道事情要不好了，就问："你怎么来了？"

"是的，我提前来了，"她不高兴地说，"你怎么在这呢？"她还要问什么，一回头，看见珍妮正在隔壁慌张地忙着呢。

莱斯多很无奈，轻轻地咳了一声。

蕾丝姬到处打量着，她感觉这里很像个家，很温馨。有一件珍妮的衣服放在那儿，看样子很平常的感觉。她回头看了她的哥哥一眼，他依旧冷漠、高傲、旁若无人，但多少还有一点儿狼狈。

"你不该到这来的。"莱斯多说道。

"为什么呢？"她听见他的哥哥这么说，不高兴了，"你是我哥哥，我来看你，有什么不对吗？为什么说我不该来呢？"

"蕾丝姬，"莱斯多继续说道，"你是个明白人，应该是很懂得道理的。我们现在不用争论。我真的不知道你要来，否则，我会另有安排的。"

"你另有安排，哼，"她冷笑着，"很好的主意呢！"

她想到自己就这么掺和进来了，她很生气。

"你怎么这么和我说话呢？"他道，"我说我会有安排的，不过是替你着想罢了，你如果真的生气了，那么你就随便好了。"

"你在说什么！"她红着脸嚷道，"我真的想不到你竟然这么公开地……"她后面的话没法再说下去了。"我们家在这到处都有朋友的，你还知道廉耻吗？"

"我管不了那么多！"他大怒，"我都和你说过了，你非要这么不讲理，那我也没有办法了。"

"哦！"她嚷道，"这是哥哥说的话吗！而且是为了那么个货色说的呀！那个孩子是谁的？"她又好奇地追问道。

"没关系，不是我的就是了。就算是我的，也和你没有什么关系。"

那时，珍妮就在隔壁忙着，听见他们的谈话，感觉很难听，但她也只是忍着，没说一句话。

"你别自己想着美了，我才不愿意管你呢！但是你也确实犯不上要这么做啊！"她还想再说什么不好听的话，可是，哥哥已经打断她了。

"你不要再管别人的事情，"他吼道，"她是我喜欢的女人，她比某些自以为是的上流社会的人要好得多呢，你不要再说什么了，我自己做的事情我自己会处理的，不用你来为我操心。"

"好的，我不会管你的事情的，"她说，"你分明是不管我们家的面子了，可是，你真不知道羞耻。为什么我要来这样的地方呢？我真的讨厌你，我想别人知道了，也会很讨厌你的。"

说着，她就怒气冲冲地走出去了。在门口碰到珍妮，她狠狠地瞪了她一眼。这时候，那个孩子已经不在了。

莱斯多一个人坐在那儿，生气地仰在枕头上。"真是个恶作剧！"他想。她现在回去，一定会把事情都告诉全家人的。父亲、母亲、罗博特、亚茱莉、鄂莉都要知道了。他还能怎么说，她都看见了，他简直都不知道要怎么办了。

那边，珍妮用心在想着，在别人的眼里，尤其是有些女人，她们竟然是那么看不起她呢。莱斯多的家庭对于她，是高不可攀的，就仿佛是太阳一样。在他们的眼里，她真的一文不值，简直就是一个坏女人。一个在任何方面都比不上莱斯多的下流女子，她本来还期待和她结婚呢，如今，这真的是不可能的了。

想到这里，她感觉有一种巨大的悲伤涌上来。她难道真的那么卑贱、下流吗？在他的妹妹眼里，在很多人的眼里，她真的是那样的人吗？

哦，她怎么做才能够挽回人们的这种偏见，让她堂堂正正地生活，规规矩矩地做人呢？这怎么可以办到呢？

三十三

蕾丝姬想到家族名誉受到损害，心中十分气愤，急忙回到辛辛那提，把她这次发现的事情全部告诉家里，并且添油加醋地加上了许多细节。据她说，她当时在门口遇见一个"傻头傻脑的像下人一样的一个女子"，她都吓得不肯让她进去。还说莱斯多也太不像话，竟敢对着她大吼大叫。她问孩子的事情，他只是说不是他的，其他的就什么都不说了。

"哦，真是那么回事吗？"最先知道这个事情的老夫人嚷道，"我的小儿子，莱斯多！他怎么那么糊涂呢？"

"就是，那是一个什么样的女人哦！"蕾丝姬故意加重语气地说，仿佛只有这样，大家才相信她的话都是真的。

"他说他病了，我本来是去看他的，没想到会碰到这种事情！"

"我可怜的莱斯多！"她的母亲嚷道，"他怎么会这样呢？"

老夫人把这问题在心中反复想过一番之后，觉得自己不懂，不知道事情要怎么办，就打电话把丈夫从工厂里叫回来。商量的时候，那老父亲始终一句话都不说，板着脸，自己的小儿子自己最疼爱了，他怎么会背着家人和女人在外面同居呢。他本来就很倔强的，这次就更不好管了，做父亲的也是没有什么办法。这次要劝他，只有想个好办法。

最后，没有商量出任何的结果，那老父亲一脸愁云地回去了，但是他还是想一定要管一下的，就去找大儿子去了。罗博特承认以前听人家说过几次，他只是不好意思说出来。后来，老夫人提议罗博特到芝加哥去一次，去跟莱斯多好好谈谈。

"他应该知道事情是瞒不住的，将来对他是不好的，"老父亲说道，"他以为他可以办得到吗？那是不可能的。一个是分开，一个是娶来，就是这么两条路，你就说是我说的。"

"是的，没错，"罗博特说，"可是谁能叫他相信呢？我是做不了这个事情的。"

"你一定要去，"老父亲说，"他最终会相信的。你无论如何都要去一趟试试看。这是不会有什么坏处的，他或许会明白过来呢。"

"那可不一定，"罗博特说，"他很倔强的。在家里的时候，谁都劝不了他，不过我去试试看，母亲也希望我去。"

"没错，你快去吧，"父亲急忙说，"你去一次最好。"

因此，罗博特就去了，是否可以谈好，他一点儿把握都没有，但他知道道德和正义很重要，就动身了。

罗博特去的时候，已经是他妹妹离开的第三天了。他打电话和弟弟约好见面。莱斯多的病还没全好，但他答应见面了，不是在他的家里。哥哥到后，他用一种什么事情都没有的样子，跟他的哥哥打了招呼。谈了一点事业上的事情,两个人就都沉默了。

"我想我此番的来意你总知道吧。"罗博特试探着开始说道。

"我想,我还能猜得到。"莱斯多说。

"你病了,大家都很担心你,特别是我们的母亲。你这病快好了吧?"

"我想是的。"

"蕾丝姬说她来的时候看见这里有一件特别的事情。你没有结婚,是吧?"

"是的。"

"那么,蕾丝姬看见的那个女子,她是——"他说时摆着手。莱斯多点点头。

"我并不是来查问你的,我的弟弟,母亲很关心你,家里的人都让我来看看你!"他的态度很诚恳,莱斯多被感动了,觉得自己真的应该对他礼貌一点儿的。

"事情是真的,我没什么好说的,"他小心地说着话,"真的,我不想多说什么,我很爱她,但是我们的家庭不允许,但是还是被你们发现了。我能怎么办呢?"

他不说话了,罗博特就把这个事情又想了一次。他认为弟弟是清醒地对待这件事情的,他什么都很明白。

"你并不打算要和她结婚,是吗?"罗博特问道。

"是的,我还没那么想。"莱斯多答。

他们都安静地不说什么了,哥哥开始看向窗外的世界。

"我想知道,你们之间真的是相爱的吗?"罗博特继续问道。

"我想,我们没必要在这里讨论这么深奥的事情,我只是想告诉你,这个女子,我的确很喜欢她!"

"好了,我也不想再多说什么了,这完全是你自己的选择。"罗博特说,"这个事情完全是你自己造成的,谈不到什么道德的问题,但是你要知道这关系你未来的幸福。至于我们的家庭,你也要有所顾忌的。毕竟,我们的父亲十分看重名声。你应该比我更清楚。"

"我也很理解父亲," 莱斯多说,"我自己的事情,我是最明白不过的,我只是还没有更好的办法。这样的事情,已经很久了,不是一天就可以解决的,女人已经是我的了,我是有责任的,这我一定会想办法,总不至于上法庭吧。"

"是的,你说得很对,我也不知道,你们的关系究竟怎样。但是,你想,你如果永远不和她结婚,那样公平吗?"

最后一句话,莱斯多听了,真的是感触很深。

"你的话我很赞成,事情现在是这样的,我们在一起,大家都知道了,我想你们帮我想个好办法吧,我要怎么办呢?"

莱斯多不说话了。

罗博特站起来在地板上来回地走着。接着,他又说:"你说还不想和她结婚,是没到时候吧?别怪我多嘴,无论怎么看,你们都是不合适的,以你的地位和家庭,你的牺牲简直是太大了!你的赌注很大,你将来要吃大亏的,尤其是你的事业,你在践踏自己的未来。"

说着，他就要去握他弟弟的手，这样才表示他的诚恳，他的弟弟也感觉到了，现在，他不是在批评自己，而是在为自己着想，这个是不一样的。

但是，那个做弟弟的仍然没有什么反应，于是，罗博特又想用另一种办法来说服他。说父亲多么喜欢他，他们会找当地的富户给他提亲，母亲也很惦记他，做儿子的应该理解。诸如此类的，做哥哥的说了很多。

"大家的心情我理解，"莱斯多说道，"但是，目前我真的没有任何的办法了。"

"你不能现在就离开她吗？"

"她很好，我在道德上应该对她尽义务，至于现在就分开，我还办不到。"

"一直同居下去吗？"罗博特问道。

"当然，那么久的事情，怎么能一下子就分开呢。"莱斯多说。罗博特知道，自己的话都白说了。

"你不能看在我们家族的荣誉上，让她离开吗？"

"那不行，我不会那么做的。"

"那么，你要怎么处理这件事情呢，我回家去也好和父母说。"

"如果我现在有办法解决，我就会答应你的。你知道，事情没你们想的那么容易，我们能分开，大家都没损失，那是不可能的。你们不是当事人，你们知道什么呢？我只有尽力去解决了，所以，现在我还不能答应你们什么，很抱歉。"

莱斯多说完了，罗博特又开始踱步，一会儿就又回道："你现在真的没有办法吗?"

"是的,没有任何的办法。"

"那么,我知道了,我想我该走了,我觉得没有必要再多说什么了。"

"我们一起吃饭吧,我送你回去。"

"不了,谢谢,"罗博特说,"我还要赶火车回去,我要试试看。"

哥俩就那么站着,莱斯多脸色苍白,人很不精神,罗博特呢,干净,精明,一看两个人就不一样。哥哥是个事业成功、做事果断的人,弟弟则是个做事优柔、怀疑世界和周围的人,两个人在一起比较,真的成了一幅对比鲜明的图画。

"好了,我没什么好说的了,我本来想可以说服你的,可是现在你有自己的想法,你始终不能醒悟,但是,我还是认为你是错误的。"

莱斯多没有一点儿反应,表明他的态度没有改变。

"我会在父母面前替你说好话的。"罗博特说完就走了。

三十四

在人类的这个世界中，一切动物的活动都似乎受到一定的限制，仿佛这是天理和常规。一条鱼，离开大海就要死亡；一只鸟，不能在海里生活。从一条小虫子到一只大老虎，我们都知道它们的生存也都是被限制的，有谁想要尝试脱离自己的环境，那一定会遭遇不幸。在人类的世界，这种限制不是很明显，但是，社会舆论的存在，却是真实的。无论男女，只要他们犯了错，虽然没有自然界那么严重的现象发生，但也是没什么好结果的。

毁灭性的打击虽然不那么明显，但是，他会受到限制，他会被排斥，他一旦离开了自己原来的圈子，就不会那么舒服地继续过日子了。

哥哥离开后，莱斯多就靠在一张椅子上坐下来开始思考，他在想，本来自己的面前是一个美丽、富有、快乐的人生，但是，现在他的前途和未来都被否定了，被一股恶风吹跑了。

他还能继续以前的生活吗？还能和珍妮一起过下去吗？他

的父亲还会那么疼爱他吗？现在，他的一切都要没有了。他以前拥有的一切，都因为妹妹的突然闯入而要发生变化了。

"真不幸。"他只能这么想。但是既然知道事情是这样的，他就要开始想办法了。

"我明天想要出去一趟，最迟礼拜四总要去了，如果觉得好一点的话。"他回家之后就对珍妮说，"我感觉有点不舒服，要出去走走。"是的，他要一个人待着，好好地把事情想一想，珍妮帮他收拾好了，他就一个人出门了。

一个礼拜的时间里，他都在思考。最后，他感觉，目前家里的人，是不会来逼他做出什么决定的。他的工作，也还会继续，因为这关系到工厂的利益。但是，他和自己的家人已经有距离了，这个是最糟糕的事情。虽然知道结果了，但是他的想法还是没有什么改变。

此后，足有一年多的时间，事情就那么尴尬地继续着。有一次，莱斯多半年都没有回家，还是一次重要的业务会议，他才被叫了回去。

当时回家，他的态度很自然，一副若无其事的样子。她母亲还是很高兴见到小儿子，很亲热地吻他、招呼他，略带一点伤感；父亲一样诚挚地和他握手寒暄；罗博特、蕾丝姬、鄂莉、亚茱莉，对他没有说什么，感觉他们已经都忘记了那件事情了。

可是，莱斯多心里明白，大家都对他疏远了，他们没有以前那么亲密了。后来，他就很少回家了。

三十五

在这段时间里，珍妮正在经历着一次心灵与道德的考验，一方面是莱斯多的家人对她的态度，另一方面是这个世界的其他人对她的看法。她是个风尘女子——她自己已经知道了。她曾经两次屈服于命运和环境。她为什么不能下决心向正当的道路上前进呢！如今莱斯多是不会跟她结婚的了。她虽然爱他，但是也可以为了他而离开他，她可以回到克利夫兰，她的父亲应该是会接受她的。他看见她终于规规矩矩地做人，因而就看得起她了。但她一想起要离开莱斯多，就不免有些担心，她的父亲到底会不会收留她，她还不知道。

自从蕾丝姬那次冒昧的访问之后，她才想起要攒点钱，她开始从莱斯多给她的费用里逐渐节省一点。莱斯多本来就不吝啬，因此她可以每礼拜省下十几元。此外，她再没有别的进款了。至于他们租的寓所，吃饭要用二十元，因为莱斯多事事都要精——水果、蔬菜、零食、酒，哪一项缺得了呢？房租是五十五元，衣服和零用钱没有固定的数目。莱斯多每礼拜给她五十元，差不多刚好够花。她从前也想过要节省一点，但当时觉得那是不对的。

蕾丝姬走了之后，她接连把攒钱的事想了几个礼拜，总想能够有勇气和莱斯多说几句什么，因为他始终都是宽宏大量的，待她不错。

有时，她觉得他也许愿意向她表示一下。自从蕾丝姬一闹，她觉得他似乎有点不同了。她恨不得要对他说明自己本来并不满意这样的生活，然后就离开他，但他当初发现维斯塔的时候，已经明明对她说过，对于她的感情怎么样，他是不大介意的。因为，他觉得这个孩子是他们结婚的永远障碍。他现在所以还要她，只是因为另外一种关系。他的话很有力量，她不能跟他辩论，她就决定自己先走开，这才开始写信对他说明理由。如果他明白了自己的意思，也许就会宽恕她，不再跟她计较。

在这同时，格哈德家里的情况也没有进步，珍妮走后，马蒂也结婚了。原来，她在克利夫兰公立学校里教书，遇到一个青年建筑师很快就结婚了。她一向都不喜欢自己的家庭，是个很势利、很自私的人，很早就想摆脱这个家了。她快要结婚的时候，才对家里人说，连珍妮都没通知。举行婚礼时，也就只邀请了斯蒂安和乔治、格哈德、维多尼亚和威廉，大家都对她很有意见。

格哈德没说什么，因为他的不开心事本来就很多。维多尼亚却真的很生气了。她希望将来一定给她点颜色看看。威廉在忙自己的事，那时，他的老师告诉他电气工程师很有前途，他正在努力着，没有时间管别人的事。

事情过去之后,珍妮从维多尼亚的信里知道,她的确也很不高兴,但是心里明白,大家是真的开始疏远了。

马蒂结婚后不久,维多尼亚和威廉就都找乔治去了,因为格哈德自从老婆死后,脾气更坏了,孩子们已经忍不了了。他自己呢,自从孩子们走后,更加抑郁了,虽然才六十多岁,但是心态却已经老得不行,对什么都没有信心了。那几个大一点的孩子离开后,就没有人给他钱用了,维多尼亚和威廉也都不满意他,他们都不愿意马上不上学去找工作。

现在,老父亲对于珍妮和莱斯多的关系已经很满意,因为要靠珍妮的钱来养家。起初,他相信他们是结婚了的,但看莱斯多经常丢下她,想要她跟他到哪里就到哪里,又看珍妮始终不敢提起维斯塔,就又怀疑他们是否正式结婚了,他总是不能相信他们是真的结过婚的。格哈德的问题就是心境一天不如一天,脾气一天比一天古怪,以致年轻人没有人愿意跟他同住。这种情况,维多尼亚和威廉都感觉到了。自从马蒂走后,家里的钱由他掌管,他们就不免气愤。他却还责怪他们在衣服和娱乐上钱花得太多,还主张换一所小一点的房子住,按月把珍妮寄来的钱节省一点下来,他们都猜不透他真正的目的。事实上,格哈德的意思是要省下钱预备将来还给珍妮。他觉得这样的生活是罪孽的,他要用这个方法来替自己赎罪。他总认为其他的孩子对不起他,因为他们如果有良心的话,他就用不着到老了还靠女儿的接济。所以,父子之间时常有争吵发生。

那种吵闹持续了很久。后来,乔治知道弟妹们在家老是与老父亲有争吵,就把弟妹们叫走了,说是给他们找工作。格哈德开始的时候有点无奈，但也没阻拦，还让孩子们把家具也搬走了。这一来，孩子们反而不好意思了，就请他一起去，但他哪会去呢？

孩子们都走后，他就去他守过更的那个工厂找那监事，那个监事很快答应他了。

从此，在繁华的城市最荒凉的一角，他一个人整夜地在看更，他睡觉的地方，只不过是工厂堆货的最高层的楼上的隐风的小角。上午，他在那睡觉，下午，就出去溜达，这时候，他已经变了，心情没那么好了，总爱一个人自言自语地说话："天晓得，原来如此。"

天一黑，他就急忙往回赶，因为他要工作，他的工作就是站在那守更。他吃饭也很节省，就是每天凑合。

那时候，那老人的沉思是属于精微而阴郁的。人生到底是怎么回事？这样的吃苦、奋斗究竟是为了什么？人死了，灵魂会去哪里呢？如今，老婆不在了，她的灵魂去哪了呢？

他仍旧相信宗教。他相信地狱的存在，认为有罪的人死了会去那个地方。老婆，珍妮，他相信她们都是有罪的人，但是他也相信好人会得到奖励，谁是好的呢，老婆不错,珍妮也很好。

至于他的孩子们，大儿子也不错，就是太冷酷了，对父亲也一样。马蒂呢，她最自私。只有珍妮不是，其他的孩子都是自私的。他们挣钱都是自己用，都不想再给家里帮什么忙了，那两个最小的孩子，只是花大姐的钱过活，都不出去找工作。

现在，一想到这些，他就要不停地摇头，人生真的是神秘的，看不透的，他虽然年纪大了，但是不愿意和任何一个孩子一起过。他觉得，孩子们之中，就是珍妮还不错，其他的真的是无法指望。

父亲那种悲惨的情形，珍妮还不知道。她往常的信都是写给马蒂的，但等马蒂一走，她就得直接写信给父亲。后来维多尼亚也走了，格哈德写信给珍妮，叫她不用再寄钱。他说维多尼亚和威廉都去跟乔治同住了。他在厂里有个好地方，打算在那里住了再说。他把节省下来的一些钱寄还给她，一共是一百十五元，说他现在用不着了。

珍妮并不明白其中的原因，但看见别人都没有写信，以为总没有什么事情——她父亲的态度原是那么坚决的。后来她仔细地想，才感觉其中一定有原因，一定是家里出了什么事情，想到这里，她就着急起来，想要立刻离开莱斯多或者暂时离开，回去看看父亲。

她一时决定不下来，他会来跟她同住吗？他是一定不肯来的。假如她已经结婚，他或者有来的可能；假如她自己住，父亲多半也是会来的。但她如果没有合适的工作，他们的日子就很难维持。老问题又来了，她有什么办法呢？但是她已经下决心要想办法了。她一个礼拜只要赚到五六块钱，他们就可以生活下去。

215

三十六

珍妮的计划有点问题，她没有把莱斯多的态度实际地想一想，他本来是真的舍不得她的。

但他要顾及的太多了，传统的东西束缚了他。要说他对她爱的程度，真的是可以放弃一切和她结婚的，但是要在世俗面前做到这一切，真的是太不容易了。他只要永远和她在一起，不分开，他只能做到这些。

他已经是个成熟的男人了，对于女性有着自己的理解，是无法改变的。目前看来，在他的圈子里，他还没有遇到一个像珍妮那样让他喜欢的女人，聪明，温柔，体贴。他已经把她调教得像他那个社会阶层的女子了，他们已经很般配了，他们在一起很舒服，他已经没有什么要求了。

但是，珍妮却在变化，她有着自己的心事，她试着把它写出来。开始，写坏了很多的信纸，后来终于有一张满意的了，感觉那可以表达自己的心情，那是一封很长的信。是这样的：

莱斯多，我亲爱的，当你看到这封信的时候，我应该不在这了，请你不要怪我，一定要看完我的信。我带着我的孩子一起走了，我想了很久，感觉还是离开你好。你知道，当初认识你的时候，我的家里那么穷，我想是没有人愿意帮助我们的。但是你出现了，还那么爱我，我真的很高兴，我也很快就爱上你了。

你应该记得，开始的时候，我告诉你我不好，我不会再做错事了。但是，后来我真的没有办法，你知道，那时候我的爸爸有病在家，家里一分钱都没有了，全家都没法吃饭了。我的妈妈急得不行，她如果不是那么操心，也许现在还活着呢。当时，我不知道你是不是真的喜欢我，只是我真的很喜欢你，而且，你还答应帮助我们，你知道，我们穷得都没法生活了。

现在，亲爱的，我就要离开你了，我很惭愧，好像我有点儿自私和卑鄙，但是我的心情也很不好受，你要原谅我。我爱你，我真的很爱你。但是上次，自从你妹妹见到我以后，我感觉很不对，不应该再这样和你在一起了，我知道这都是错误的事情。当初，我和参议员在一起的时候，是因为我还小，不懂什么。但是，我和你第一次见面，就想把孩子的事情告诉你了，后来，一直也都没有机会说，我很怕会因此而失去你。你妹妹来过之后，我更明白了，我们不合适，不会有什么结果的，我只恨自己，一点儿都不怨你。

你不必担心，我并不会要求你和我结婚，我知道你的想法，你和你的家庭，都是不想这么做的，所以，我不会要求你什么。但是，你也知道，维斯塔一天比一天大了，什么都懂了，他总认为你是叔叔，我感觉这样对我和孩子都不是很好。我很想在你在的时候，当面和你说，但是我又没有那样的勇气，所以才写信给你，希望你能明白。亲爱的，请你不要生气，我走了之后，你会明白的，这么做，对你和我都有好处，请原谅我，不要再想我了。我爱你，真的爱你，更感激你对我做的一切，不必为我担心，请原谅我，我真的很爱很爱你！愿你幸福、开心！

            珍妮

  我会到克利夫兰去，去找我的爸爸，因为他需要我。你不要来看我，千万不要来。又及。

  她把信封好了藏起来，等待机会再拿出来。一天下午，莱斯多打电话，说最近会有几天不回来了，于是，她就把自己和孩子的衣服装进箱子里，准备搬走，她本来要通知父亲的，但是又没办法，只有去了再去找他。弟弟妹妹们并没有把家具都搬走，她想自己还会组织起一个家的。

  谁知莱斯多却忽然开门进来了，原来莱斯多临时改变了计划，他本来要约朋友到芝加哥去打猎的，但是却忽然碰巧又不去了，他也说不清，为什么提前回家了。

  进门的时候，他感觉有些怪怪的，后来，看见珍妮放在那的箱子，他就被惊呆了。他见珍妮和那孩子都穿好了出门的衣服，就很是惊讶。

"你要到哪里去？"他问。

"怎么了你……"她说，"我要走。"

"到哪里去？"

"到克利夫兰去找我的爸爸。"她说。

"要干什么？"

"我本来要事先告诉你的，我写了一封信给你，我不想再这样过下去了。"

"信？"他大声嚷道，"你到底想干什么？信呢？"

"在那儿。"她指着一张桌子说。

"你给我留下这封信就要走了吗？"莱斯多的嗓子都有些发哑了，"我发誓，你很高深莫测，我都猜不到你要做什么，到底怎么了？别叫孩子听着。"说完，他把信撕开。

她没说什么，带孩子出去了，回来站在那儿，脸色惨白，什么都不说。莱斯多将信仔细地看了一遍，却不马上放下，又移动了几次方向，才把它扔在地板上。

"珍妮，你听我说。"他看了看她，好像才认识一样，慢慢地说道。其实，这个时候，只要他愿意，这真的是结束的机会，但是他还是爱她的，这么多年了，突然要分开，他真的舍不得。但是，他有没有办法让自己和她结婚，这个是两个人都明白的事情。

"你真糊涂，我不知道，你到底是怎么想的，我早就和你说过，我们是不能结婚，我有很多的事情没有办法解决，我的家庭，我的事业，我没法不顾及，这里面有很多复杂的事情。

但是，我确实是爱你的。我很舍不得你，你懂吗？当然，你有自己的想法，如果你真的要走，我也没有办法阻拦你，你是当真的吗？你别急，先坐下来，好吗？"

珍妮本打算偷偷离开的。但是，现在他回来了，向她这么袒露自己的心声，好像是在为自己辩护，她真的心软了，她毕竟是爱他的。

她走近他，他紧紧地握住她的手。

"你知道吗，你现在走真的不好，你刚才说，要去哪儿？"

"去找我爸爸。"她答。

"有什么打算呢？"

"我想和他一起生活，他现在一个人，很孤单，我自己会找点儿事情做。"

"那么，你能做些什么呢，女仆，店员？"

"不，我想过了，我想，我可以做一个女管家的。"

"不，珍妮，你错了。你以为自己想得很好，但是，你想我会放弃自己的良心，一点儿都不管你吗？我们的过去能那么容易就忘掉吗？是的，我现在是不能和你就结婚，我不能给你什么承诺，但是，也许将来我会做到的，我之所以没有说什么，是因为我不想随便许诺，我只是说不好以后的事情。如果我答应让你走，你真的要走吗？即使你走了，我会不管你吗？我会让你过那以前的生活吗？我会尽自己的努力赡养你的，珍妮，你不会真的要走吧？"

莱斯多太会表达了，那么自然，那么动情，还有，他的大手那么有力地一握，她真的不知道怎么办了，她哭了起来。

"不要哭，我的珍妮，"他说，"事情不是你想象的样子，你好好镇静一下，把衣服换下来，不要离开我，好吗？"

"好的！"她哭着回答。

于是，他拥她入怀。"你不要着急，事情没你想象的那么糟糕，总会有解决的办法的。"

一会儿，她平静了，对他凄苦地笑了一下。

"把东西都收拾起来吧。还有，你要答应我一件事情。"他说。

"什么？"珍妮问。

"以后，你有什么事情不要瞒着我，不要自己做决定，一定要先告诉我，我真的不会说你什么，相信我，我会帮你想办法解决的，即使很难，我也会尽力想办法的。"

"好的，我答应你，"她说，"我真的答应你，我会做到的，我以后不会瞒你了，我不怕你什么了。"

"这就对了。"他说。

几天后，珍妮在吃晚饭的时候，就把格哈德的事情提了出来："我的爸爸现在一个人，我本来要回去，然后和他一起住的，现在我不能回去了，我很担心他，我不知道有什么好办法可以解决这个问题。"

"你可以寄钱给他。"他说。

"他不会要的，真的，"她解释，"他总认为我没结婚，不喜欢我这样。"

"他想得倒还很对。"莱斯多说。

"他一个人睡在厂里。年纪那么大了，又那么孤单，我很担心他。"

"那么其他的孩子们都是怎么过的呢？他们为什么不帮帮他的忙？你哥哥斯蒂安到哪儿去了呢？"

"他们也许不愿意和他在一起，他脾气不好。"她如实回答。

"如果真的是那样，可怎么办呢？"莱斯多微笑着说。

"是的，"她说，"他年纪那么大了，没办法的事情。"

那时，莱斯多正玩弄着一把叉子，在沉思。"我有办法了，我想，我们可以不再过现在的生活了，我们可以再换一个房子住，到海德公园那边去。"

"那虽然离我工作的地方远点，但是我们可以不再租房子了，我们买下来，把你爸爸接来，我们大家在一起，他还可以帮我们做点什么。"

"哦，这对爸爸很合适，如果他肯来的话，"她说，"他会做很多的零碎的活儿，割草，看院子，但是，你要保证我们已经结婚了，否则他是不会同意的。"

"你不是要把结婚证书给他看吧，他有什么不放心的呢。难道，他一个人在那就很好吗？"

珍妮没有太在意他话里的讽刺意味，她只是认为自己很不幸，他的爸爸本来应该和他们在一起的，因为他很喜欢珍妮的孩子。可是，他现在却不来。

她不说话了。莱斯多看了看她说："你知道，我没有更好的办法，伪造证书是违法的事情，我没有办法做。"

"是的，我没那么想，莱斯多。爸爸太不好说服了，只要他决定了的事情，是不会改变的。"

他说："好吧，那就等我们搬了家再说吧，你可先回去一次，亲自和他谈谈，劝劝他。"他喜欢珍妮的孝顺，他觉得那老头儿不是很讨厌，他可以帮助珍妮了却这个心愿。他如果愿意和他们一起住，他没什么可反对的。

三十七

不久，他们就真的搬家到海德公园了。他们在那里看中了一套很大的房子，很不错，他们都感觉很合适。房子一共有十一间，草坪也很大，还有很多树，是新种的。里面也很华丽，让人感觉很安逸、舒适。珍妮一下就被它的乡村的感觉吸引了，但是，一想到自己的名分问题，就又忧郁了。

当初，写那封信要走的时候，她是存有一点儿模糊的希望的，以为那样，他就可以和她结婚。如今希望是不可能的了，她已经答应他不走了，她又开始全身心地投入到他们的生活之中了。

当时，她觉得那房子太大了，可是莱斯多很坚持，他认为，会有客人来的，把它装修一下，会很不错的。他们跟人家订了五年的租约，还订了可续租的条例。租定之后，他就立刻打发人去安排一切事宜。

没有几天，室内就都弄好了，草地也弄齐整了，他们很满意。房子内，第一层是一间图书室和起居室，一间大餐厅，一间接待室，还有一间客厅和一间大厨房，一间仆人的住处，完全是上层家庭的舒适装修和设计。第二层有卧室、浴室、女仆室，也都很舒适，很有格调。珍妮一面收拾自己的东西，一面感到无限的喜悦。

他们一搬家进去，得到了莱斯多的允许后，珍妮就写信给父亲，并没有提自己是否已经结婚的事情，只是不停地夸那房子有多好，有多方便。最后，她补充："我们很喜欢，这地方太美了，维斯塔每天从这里出去上学，你快来和我们一起住吧，会比你那好的，我们都希望你来呢！"

格哈德是个严肃的老头儿，他板着脸读着那封信。事情有变化了吗？他们怎么会住那么大的房子，他们应该是结婚了吧？他们这么多年了，这次应该不会是骗人的吧？自己想得对吗？自己已经被感动了，这次的机会很好，自己要去吗？但是，最后，他仍然决定先不去，他想，如果真的去了，自己也和女儿一样是个犯错的人了。

格哈德拒绝了，珍妮很失望。她又跟莱斯多商量了一次，就亲自到克利夫兰去找他。她来到克利夫兰，找到那家工厂，原来是在城里最荒僻地段的一家小厂，她就向人家问起父亲。那工厂的秘书把她带到一个很远的堆货的地方，通知格哈德说有个女人来找他。格哈德很奇怪，不知谁来找他。珍妮看见他从一个黑门里走出来，灰扑扑的衣服，白白的头发，乱蓬蓬的眉毛，她都想哭了。

"哦，爸爸！"她想。他过来了，严厉的样子因为看到女儿的突然到来有些被感动。"你怎么来了？"他问道。

"我是来接你的，爸爸，"她央求着，"你快和我们一起住吧，离开这吧。我不忍心你一个人在外面。"

"哦，"他为难地问道，"你是专门为这个来的？"

"是，"她答道，"你答应我吧！别住在这了，好吗？"

"我在这不错的。"他替自己辩解。

"是的，"她说道，"可是我和孩子现在在一起，我们有一个很好的家，我们都希望你和我们一起呢。"

"我要问你一件事，"他说，"你真的结婚了？"

"是的，"她无奈地回答，"我已经结婚了。你不相信，可以去问莱斯多。"他见她的样子不像说谎，就信她了。

"哦，就这样了。"他说。

"你答应去了？"她又问道。

他把双手向前一伸。女儿的一再要求他无法再拒绝了。"是的，我答应你了。"说着他转过了头，但她已经知道老人是怎么了，他哭了。

"你怎么了，爸爸？"她问。

他不说一句话，进去那个黑屋子去取自己的东西了。

三十八

格哈德住到海德公园珍妮的家了，他是个勤快的老头儿，立刻做起他应该做的事情来。他没闲着，管着火炉和院子两件事。他告诉珍妮，说院子里的树木很是糟糕。如果莱斯多给他一把修树刀和一把锯，他到春天就可以把它们整理好。他又要了些工具和钉子，把家中的棚棚架架都修理齐整。他还在不远的地方找到一个路德教堂，感觉比老家的那个还好，牧师他也很喜欢。

这种新的生活，又给珍妮和莱斯多带来了新的麻烦。以前，珍妮是不大和邻居来往的，如今在这样的环境下，他们的近邻都很热情，要来拜访呢。于是，她就跟莱斯多商量要怎么处理。莱斯多认为，就说他们是夫妇。维斯塔则是珍妮的前夫的孩子，生下来没有爸爸，莱斯多就是她的继父。

还好，这里离芝加哥市中心很远，他们还没有很多的熟悉的朋友，所以这样的安排也没什么。莱斯多把很多用得到的社交礼节教给珍妮，以便她可以招呼客人。还没到两个礼拜，就真的有客人来了。来者是雅格夫人,是那一带一位有些身份的太太。她家跟珍妮家相隔不远,他们的房子都是有大片的草地隔着的。她那天下午坐马车出去,回来路过就顺便来拜访了。

"有人在家吗?"她女仆说。

"是的,太太,"珍妮的女仆回答,"您有名片吗?"

她接了名片,递给珍妮,珍妮看了看。

珍妮迈进客厅,雅格夫人是个高个子,皮肤黝黑,外表看来很多事的样子,她很客气地先打招呼。

"我这次拜访很冒昧,"她礼貌地说道,"我是您的一个邻居,我就住在那一头,相隔不远。您应该看见过——那院子草坪很大的就是我家。"

"哦,我知道,不错,"珍妮答道,"我记得我们第一回来就看见了,我们都夸您家很不错呢。"

"您先生我们都知道的,我的丈夫是威克斯多轨道公司的。"

珍妮看雅格夫人说话的神气,知道她提起的那个公司是有点儿名气的。

"我们住在这很久了,你们刚到这里,一定很不习惯。我希望您哪天到我家里去坐坐,我是特别欢迎的,我的会客日是礼拜四。"

"一定会去的,"珍妮虽然答应,但是心里却很不情愿,因为去别人家做客,她是很不喜欢的。"谢谢您先来看我们,我很感激,我的先生最近很忙,一有时间,我们会过去看您的,谢谢。"

"有时间，你们两位都请过来，"雅格夫人答道，"我们那里很清静，我的丈夫是不大喜欢交际的，可是我们喜欢和邻居做朋友。"

珍妮送她到门口，微笑地跟她握手。"您真美丽，见到您我很高兴。"雅格夫人坦白地说。

"谢谢，"珍妮的脸红了，"您真的过奖了。"

"再见，我等着您来呢。"说着她就告辞了。

"真的不错，"珍妮看着雅格夫人的马车离去，心里想道，"她人真好，等莱斯多回来，我一定告诉他。"

以后，还有一些人来拜访，一次是卡默琪夫妇，一次是费蒙特夫人，一次是摩西多格夫人，大家留下名片，谈了几分钟就走了。至此，珍妮觉得自己很像个贵妇了，她竭力做得更好一些。

其实，她的应酬确实做得不错。她待客的态度非常殷勤、和蔼。她的微笑和态度都很自然，大家对她的印象都很好。她告诉客人，说他们才从北区搬来这住，说"她的丈夫"很喜欢海德公园，早就要来了，说自己的父亲和女儿也在这，莱斯多是孩子的继父。她还告诉所有的客人们，说很感激他们的光顾，改日一定回访，而且希望大家做个好邻居。

莱斯多总是晚上回去才知道今天有谁来拜访过了，他并不喜欢那样的见面。但是，珍妮却很喜欢，她感觉那很有意思，这样的应酬让她认识新朋友，还可以锻炼她，以后，莱斯多就会把他看作贤妻良母了，也许还会和她结婚的。

但是没多久，珍妮就发现不对劲儿了。当时一般邻居对她的称许未免太快了一点，因而不久就有流言了。原来珍妮有一个近邻叫赫莱格夫人，有一天，有个叫撒布维夫人的去看她，说她知道莱斯多是什么样的人"哦，是的，不错。你知道吗？"她继续说道，"他的名誉有点儿——"说着，她的面部表情变成很夸张的样子。

"有那么回事？"她的朋友问，"看他的样子不像那种人的。"

"是真的，是看起来很不错，"撒布维夫人继续说道，"他的家庭地位不错，但是他却勾搭上一个女子，他们没有结婚，以前在北区住的，他称呼那个女人为格哈德小姐。"

"哦！哦！"赫莱格夫人听见这惊人的消息竟口齿不清地说，"真有这么回事！那么她一定就是那个女人了，她的父亲就叫格哈德。"

"对，没错，"撒布维夫人喊道，"就是她，她还有个孩子，我想他们一定是没结婚的，他的家里人无论如何都是不会同意的。"

"多有意思的事啊！"赫莱格夫人说，"如果他们真的结婚，那就更有意思了。现在，我们这个社会的人简直是没法儿看透，你说是不是？"

"就是！现在的人有时真是真假难分。那女人长得倒是不错呢。"

"很好的一个人！"赫莱格夫人道，"很漂亮的，我很喜欢她呢。"

"哦，"她的客人继续说，"不过也许是我弄错了。"

"哦，应该没错。"

"那就是的，很奇怪，怎么说起她来了！"

"是有点儿怪。"赫莱格夫人嘴上说着，心里却在想以后怎么和珍妮相处。

此外，还有很多的其他的流言蜚语。有人说，曾看见珍妮和莱斯多以前在一起的时候，他是把她当作格哈德小姐介绍给别人的，很多人都知道莱斯多的家庭很不错。当然，现在的情况是，他们一家看起来很好，大房子、好看的女主人、可爱的孩子，这些足以让人羡慕，珍妮的表现也是那么有教养，别人也说不出什么来，但是她有过去，那是没法改变的。

风波又有新的变化了，一天维斯塔放学回来，进门就问："妈妈，谁是我爸爸？"

"他的名字叫白兰德，宝贝儿。"她母亲回答。她立刻就知道一定是有人在说什么了，她问："你为什么问这个，孩子？"

"我是在哪里出生的？"维斯塔不回答母亲的话，继续急着问道。

"宝贝儿，在科伦坡，怎么了？"

"我的同学，赫莱格夫人的孩子说我没有爸爸，说你养我的时候没有结过婚。她说我不是个好孩子，把我气死了，我打了她一个耳光。"

珍妮的脸色立刻变了，她心想，那孩子的妈妈是来过的，看着很和气，对她也很好，这个孩子怎么这么说话呢，到底是谁告诉她的呢？

"你不要那样，亲爱的，"珍妮最后说道，"那孩子不知道，你的爸爸是白兰德先生，你在科伦坡出生。你别同人家的孩子打架，你打人家了，她们当然要说你的坏话的——有时候她们是无心的。你别理她，以后别再跟她在一起玩就是了，你不跟她在一起，她就不会说你什么了。"这个解释并不很好，但是维斯塔感觉也很满意，她告诉她的妈妈说："我不管，反正她胡说，我就打她。"

"宝贝儿，你一定不要搭理那孩子，知道吗？"她的母亲说，"你读书就是了，别和她在一起，她不会对你怎么样的。"

维斯塔走开了，剩下珍妮一个人在那里想着事情，邻居们都在议论他们，她的历史他们很不喜欢，究竟他们是怎么知道的呢？

本来，旧伤口就已经叫人伤心了，偏偏时时又有新的伤害。一天，珍妮去拜访邻居费南德夫人，在那里遇到另一个夫人，也在那喝茶。她知道珍妮在北区的事情，也知道莱斯多家里对他们的态度。她很瘦，很有见识，属于廉蕉夫人那种类型的，很会社交，她以为费南德夫人也是态度谨慎的。她看见珍妮来拜访，心里很不高兴，当费南德夫人急着把珍妮介绍给她的时候，那夫人冷冷地看了珍妮一眼。

"莱斯多夫人吗？"她问。

"是的。"费南德夫人说。

"真的，"她接着说道，"莱斯多夫人，我早就知道您的大名了。"她把"夫人"两个字特别加重强调。

接着，她就不搭理珍妮了，自顾自地和费南德夫人谈话，珍妮一个人站在那，一句话都搭不上，看起来很尴尬。那夫人一会儿又站起来说："我要走了，我答应涅爱夫人今天去看她的，现在该告辞了。"

"现在到处都能碰到这种古怪的人。"她走出门时说了这么一句。

费南德夫人也不过是一个普通的妇人，在上流社会中并没有什么地位，所以她也不好替珍妮说什么解释的话。那个夫人的地位比珍妮重要多了，她没必要为珍妮而得罪她，她只能不好意思地对珍妮笑笑。珍妮真的是太没面子了，坐了一会儿，也告辞回去了。

经过这么一次，珍妮受到的打击非常沉重。她知道，以后和她来往的人会更少了。从此，邻居间拜访的事情是不可能的了。她有些绝望，觉得自己真的是很失败，这一生就这么完了，事情无法解决，莱斯多也没有说过要和她结婚，不愿意给她一个名分。

日子仍旧那么一天天地过去，住着很大的房子，看着绿绿的草坪、高高的树木和一些可爱的植物。院子里，格哈德每天都悠闲逍遥，维斯塔按时上下学，莱斯多也一样天天出去。无论谁看了，都会感觉这个家很富裕充实，没有一点不和谐的音符。

事实也的确如此，他们的生活是很顺利的。邻居们虽然往来少了，但也没有什么，社交活动就是那么回事。自己的家里当然有自己的快乐。维斯塔很有天赋，她在学弹钢琴。珍妮每天穿着好看的家常衣服忙里忙外，或者是做家务，或者是打发孩子上学，她的样子让人看起来就舒坦。格哈德呢，他像个管家一样，这个家里的很多事情都要经过他，他每天晚上还要负责熄灯事宜，到处走走看看，他很怕浪费。

莱斯多毕竟是个有钱的人，他的衣服和鞋子，往往穿了不久就不要了，格哈德一向是节俭的，看见那些好鞋子，都没怎么坏就不要了，他就拿去修理，但是等他再拿回来，莱斯多还是不要，他总是说穿着不舒服了。

"这么奢侈，"格哈德常常对珍妮说，"这么浪费！真的是没有好结果的。将来总要有受穷的一天。"

"没办法，爸爸，"珍妮替他辩解道，"他就是这样。"

"嘿！真是的。这些美国人，他们一点都不懂节俭。应该让他们到德国去住几天，他们就该知道钱有多宝贵了。"

这些话，莱斯多有时听见过，但他只是微微一笑，没有什么反应。他觉得格哈德真是好玩有意思的老头儿。

还有一件事情让格哈德很伤心，就是莱斯多使用火柴的方式，他总是一面说话一面划火柴，划了很多，然后就扔掉，却不用来点烟。有时候，他点一支烟，要划掉很多的火柴，要丢了划划了丢，几分钟后才真的把烟点上。

他们家有个走廊，他总是坐在那。夏天的晚上，他和珍妮一起坐在那，每次总是划着火柴玩，扔下好多。有一次，那老头儿发现，很多火柴根本都还没有用，就都扔掉了，甚至还有整盒的。他快被气晕了，一点点地都收起来，拿到珍妮的面前。

"你看看，我捡到什么回来了，这个人怎么这个样子呢？一点都不知道节俭的。哪有这么用火柴的，将来可怎么办啊，日子怎么过哦？真让人不明白，等着瞧吧！"

珍妮摇了摇头，没说什么，她也没有办法。

格哈德自己走了，把那些火柴带到地下室里，他用得上，那里他还攒着一些旧报纸，他用那些火柴来引火，这些都是浪费的证据，他感觉那太不好了。

这个老头儿，他真的很会节俭，因为他毕竟贫穷过，不浪费一点儿。他几乎没什么花钱的地方，几年来，他都是穿莱斯多的旧衣服，改改就好了。鞋子呢，也很合适，拿来就正好，从没扔掉过。还有衬衫、领带什么的，他都能用上。以至于那些莱斯多穿过的袜子，只要没坏，他都会穿，他一分钱都舍不得浪费。

至于莱斯多不要的其他的衣服，他就把它们收集起来。几个礼拜后，就拿出去卖掉，而且很会讲价钱。但是，每次回来，他还要说，那些人很过分，其实他们一点儿都不穷，他们赚他的太多了，他知道他们用那些旧东西做什么去。

"王八蛋！"他骂道，"他们给一点钱买了我的一双旧鞋去，我看他们挂起来，标价两元呢。简直是打劫，难道他们不该多给我一元钱吗！"

这种话，他也只能向女儿去抱怨，因为他的女婿，是一点儿都不会同情他的。他自己的那点儿钱，都花到礼拜堂里去了，在那里，他是一个虔诚、正直的典型，是一个诚实的信仰者。

虽然在社交的圈子里有了旋风，但是，这段生活却是珍妮一生中最惬意的日子。莱斯多呢，有时也会思考这样的问题，但是，他总是没什么脾气，他很喜欢这样的家庭生活。

"你今天很好吧？"每天，她总是在他回来的时候这么问他。

"当然了！"他回答，同时，还会亲密地拧一下她的脸蛋。

每次，她总是乖巧地帮他把衣服和帽子拿进去。冬天，他们会一起坐在火炉旁，其他的几个季节，他们就坐在走廊上，一起看屋外的草地，他抽着自己的雪茄烟，珍妮在一旁，会摸着他的头说："你的头发真好，不掉呢！"或者是："你有抬头纹了，你怎么不换一条领带，我都替你准备好了呢！"

他总是漫不经心地回答："哦，忘记了。"或者，开玩笑似的告诉他，自己可能要秃顶了。

其他的时间，他们在客厅或图书室里，当着孩子和老人的面，她也用不着掩饰，只是比较端庄罢了。他们经常一起猜谜，珍妮很聪明，莱斯多有时会很久才猜出来，有时候，她还会教他呢。

有时候，他们在一起站着，珍妮就会撒娇地搂着他的脖子，脸也搭在他的肩膀上。他似乎很享受这样的感觉，很高兴的样子。尤其令他欣赏的，是她的青春和美丽。他很爱说："一定不要烦恼，一定要保持年轻，年轻真好！"所以，珍妮也很喜欢这句话，她觉得，为了他，也该保持年轻，一定要让自己快乐。

他们的家庭生活中还有一种好现象，就是莱斯多对维斯塔的感情日渐加浓。晚上，他们经常坐在一起，那孩子在大桌子上读书，珍妮在旁边做针线活儿，格哈德看他的路德派德文报纸。老父亲总认为维斯塔应该进德国路德派教会学校，而莱斯多是很讨厌这件事的。

等到珍妮把老父亲的意思说出来时，莱斯多就说："我们的教育很好，德国式的那些东西多愚蠢啊。现在的公立学校都不错，对什么样的孩子都很合适。告诉他，别管孩子的事情了。"

有时，这个家里是很有意思的，莱斯多很喜欢那孩子，常常会把她抱在膝上逗她玩。他会变着法拿她开心，他会问那孩子："你知道水是什么吗？"等她回答"是人喝的东西"的时候，他又故意继续为难她说："可是，老师没对你说其他的吗？"

"没有，水本来就是我们喝的嘛。"维斯塔很坚持。

"就那么简单吗？"他反驳道，"你应该再去问问你的老师的。"就这样，那小孩子就很是着急了。

食品、用品、一切的东西，只要她认识的，他就教会她那东西的化学属性，从表面到实质。这样，她孩童的心就很崇拜他了。以后，早晨她去学校之前，也要来请教他，她的衣服是否好看什么的。他总是教会她很多的东西，例如，靴子要经常变换长短，头发束起来比较好看，衣服的颜色要合理搭配等。

"小孩子是活泼的，你不要给他穿深色的衣服。"他会这样对珍妮说。

珍妮也很佩服他的眼光。每次她都会对维斯塔说："快去，让爸爸看看好不好。"

于是，维斯塔就会跑过去，转着身子问他好不好。他会说："不错。""这就对了，快走吧。"她就高兴地去了。

他对那孩子越来越喜欢，每次他们坐车出去，他常要把她放在两人中间。他还要珍妮把她送去学跳舞，把格哈德气得不行。"那样是违背宗教原则的！"他对珍妮喊道，"那是什么鬼玩意。让她现在去学跳舞，有什么好的？不是让孩子变坏吗？"

"不，没那么严重的，爸爸，"珍妮说，"没有那么可怕的，那学校很好，莱斯多说让她去呢。"

"莱斯多，他只知道自己的事情！孩子该怎么样，他知道吗？他只会抽烟喝酒！"

"爸爸，不能这么说，"珍妮急忙劝他，"他人很好的，这个，你是知道的。"

"是好人，没错。但是，不是他说什么都对，有些事情不是他说的那么回事。"

说完，他嘀咕着走开，如果看见莱斯多在，他是不会这么说的。对于那孩子，他也很顺从。

"哦，过来。"维斯塔总是去拉他的胳膊，捋着他的白胡须，使劲地嚷道。这时候，格哈德就不那么厉害了，因为他知道那个孩子要做什么，他很害怕，因为维斯塔又要拧他的大耳朵了。

"不要！不要！"他喊道，"我很怕你呢。"

但是，那孩子此刻是不会听他的。格哈德真的十分疼爱这个可爱的孩子，他就像一个老奴仆，为她做什么，他都愿意。

三十九

  这段时期，莱斯多的家里对他的意见是越来越大了。他们都认为，这样一直下去，将来他个人和整个家庭都会身败名裂的。人家都在议论纷纷，话说得很难听。老父亲认为，儿子这样的行为真的是很难理解，如果那女人有些什么特殊的姿色，是个演员或者是文学界的名人倒还罢了，虽然也不好，但是毕竟还有一些理由。据蕾丝姬回来说，那是一个很普通的黄脸婆，他的儿子为什么那般迷恋呢，他们真的想不通。

  莱斯多是他们家的人，是他最疼爱的小儿子，却这么不听话，不按规矩成家，多么让人不理解。辛辛那提有那么多的好女人，比如罗蒂小姐，他为什么不和她结婚呢？她那么美丽，多情，有才。老父亲很恨这个儿子，他怎么能这样呢？他毕竟是他的儿子，他真的不愿意人家都去指责批评他。

  同时，他们家里也出现了一些变化，原来蕾丝姬那次到芝加哥后不久就结婚了，老太太不久也过世了。本来，女儿结婚的时候，也邀请了他的哥哥的，但是莱斯多没有去参加婚礼。

到他母亲去世的时候，他才回来了，那样的心情，他的爸爸也就没对他说什么了。如果大家都不回来，老父亲一个人很冷清的，匆匆地过了几个月，谁都没去提莱斯多的事情。

不久，老父亲就搬到罗博特那去住了。因为罗博特有三个可爱的儿女。老父亲的事业，现在完全掌握在他的大儿子的手里，除非他再做重新分配。罗博特很是聪明，为以后的一手操纵做准备。他的妹妹们以及她们的丈夫，他都很会敷衍。他很狡猾，是个精明的商人，比他弟弟宣传的还要坏很多，他怕被人妒忌，总是装作很没钱的样子。他的财产，是家里其他人的两倍还多。他一刻不停地在工作，他的弟弟却一直在放荡地生活。

罗博特十分排斥他的弟弟，不愿意让他参与事业中的很多事情，但那实在也是多余的。因为他的父亲，已经决定不给他的小儿子分配很多财产了，认为他不是一个做事业的人。在他看来，那个小儿子只是感情和知识比较丰富，但是其他的方面，比如社交等，是绝对不如他哥哥的，只有那个哥哥才是成功的。

如果莱斯多还不肯放弃目前的生活，那么他会到什么时候才改正呢？因此，老父亲早就要修改遗嘱了，他不会给他留下很多的，只会给他名分上的一点儿，如果他真的不改，那么就剥夺他的权利。后来，他决定再给他一次机会，要最后劝告他一次，只要他改变立场，抛弃过去的生活，还不算晚。但他不能保证，他的小儿子是否会抛弃过去的生活。于是，他写信叫他来，他们好好谈谈。两天后，莱斯多真的回来了。

"我想我们应该好好地谈谈，莱斯多，这要谈的主题我觉得有点儿难，"老头说道，"你能明白我的意思吗？"

"明白。"莱斯多回答。

"以前，我还年轻，没有想过你们的婚事和我的关系，现在我老了，看法变了。我从经验上来看，知道好的婚姻对人的重要性，因此，我很希望我的孩子们都有一个美满的婚姻。关于这点，你是最让我操心的，我实在是拿你没办法。现在，你的母亲已经不在了，她对于你的婚姻很烦恼，到死还惦记着。你难道不知道事情有多么严重吗？关于你的流言蜚语早就传到这里来了，具体情况我不是很了解，但是秘密是守不住的，这对你和我们家族的事业没有一点好处。事情已经很久了，对你的前途很有影响，你还不明白吗？"

"因为我爱她。"莱斯多答道。

"你这么说是不对的，"他父亲说，"如果你真的爱她，早就和她结婚了，这么多年了，你们就这样在一起，没有合法的婚姻，对你，对她，都是很不好的事情。我想，你不是真的爱她，只是一种肉体上的情欲罢了。"

"你为什么说我们没结婚呢？"莱斯多冷冷地问道。

"你要当真吗？"老父亲直起身来看着他。

"也许，但不是现在，"莱斯多说，"以后我可能要当真的，我会跟她结婚的。"

"不，我不信！"他父亲嚷道，"你很聪明，你会这么做吗？你如果要和她结婚，干吗一开始不结呢,干吗同居那么久？因为这事，家里的人都反对你，还气死了你母亲，社会上的人也都不理你,现在还说你们会结婚,可能吗?"

说着,老父亲激动地站起来。

"爸爸,您别生这么大的气,"莱斯多慌了,"我们现在还没准备怎么样,至于她,您都没见过,不要对她说那样的话,她没大家说的那么坏。"

"我很清楚,"老父亲说道,"我知道那是一种什么样的女人,她只是看上了你的钱。她还能图什么,这个大家都很明白的。"

"您不要这么说,"莱斯多很羞愤,"这么说是不对的。只因妹妹的一句话,你们大家都那么看她,其实她真的很好,并没有你们想象的那么坏。如果我是你,真的不会这么说的。你冤枉她了,那很不公平。"

"你还知道什么是公平!"老父亲更生气了,他说,"你还对我讲什么公平,你和那样一个女人同居,想到过你的亲人和家庭吗?你对我们公平吗?对你母亲公平吗?"

"快别说了,爸爸,"莱斯多急了,"我实话说了吧,我很不愿意您说这样的话,她不是什么坏女人,您这么说我的女人,也许将来我是要和她结婚的呢。您说的根本就不对,您应该知道,我有那么坏吗?我会去找一个坏女人吗?你们大家,应该公平地和我讨论这件事情,我很不愿意听您这么讲,我很对不起,您再这么说,我真的要走了。"

老父亲不说话了,他虽然很痛恨儿子的做法,但他知道儿子也有自己的道理,他生气地坐到椅子上,自问:"该怎么办呢?"

"你现在住哪呢?"他问。

"哦,我们搬到海德公园了。我在那里租了新房子。"

"听说那还有一个孩子。是你的吗?"

"不是我的。"

"你没有孩子吗?"

"是的,没有。"

"那还可以。"

莱斯多没说什么。

"你真的会和她结婚吗?"老父亲继续问。

"不,"他的儿子回答道,"不一定的事情,也许会的。"

"也许!也许!"老父亲怒气冲冲地嚷道,"这真的是一个悲剧!你到底怎么想的?你的前途啊!你想,我会把财产分给一个不顾家庭荣誉的人吗?儿子啊,我们的事业,你的家庭,你个人的一切,你都不要了吗?我真的不懂你为什么这么不顾一切地和那个女人在一起,难道她有什么魔力吗?"

"爸爸,我确实没有办法给您一个合理的解释。我也是没办法,我只知道事情是自己做的,我会想办法解决的。我也许不会和她结婚,现在还说不好。您别急,我始终会想办法。"

老父亲摇着头,没说什么。

"你现在的情况很糟糕!"他说,"真的是很不好,可是这个是你选择的,我的话已经没法说服你了。"

"爸爸,很对不起,我现在真的是没有更好的办法。"

"那好,我明白了,现在我要警告你,如果你顾及家庭的名誉,我的遗财还是会照常给你的;如果想要我默认你们的行为，那是不可能的，那会损害我们的名声。但是，你只有两条路可走的，一是选择和她分手，这个是大家都希望的，真的是那样，我们随便你给她什么补偿，我都不会反对，多少钱我都愿意花，只要你开口。而且，你的财产继承照旧，一分不会少。如果你还要和她在一起，要结婚，那就是没办法的事情了，你就不要怨我了。你仔细地去想想，尽快答复我。"

莱斯多明白，这番谈话只能是这样的结局了。他父亲是认真的，不会是开玩笑，他不会离开珍妮的，那怎么可以呢？他父亲对他的遗产继承也一定不会取消的，他的爸爸是爱他的，他很明白，只是不满意他目前的做法。但是，他真的不会离开珍妮的，这个是没有办法强迫他的，这个主意多差劲啊！他生气地看着地板，一句话也不说了。

他的爸爸却已经知道他的话切中要害了。

"噢，"最后莱斯多说，"我们不要再讨论这件事情了，我现在也不知道怎么办！我要好好地想一想，然后再给您回复。"

父子俩都不再说话，莱斯多也有点抱歉，老父亲对这事太认真了。老父亲也不痛快，他已经决定要贯彻自己的想法了，他不知道能不能让儿子回心转意，但是，他感觉还是有一点儿希望的。

莱斯多伸出他的手来说："我该回去了，爸爸。我还要赶火车呢。您没有别的话要跟我说了吧？我可以走了吗？"

"好吧，你回去吧。"

莱斯多离开后，他的父亲还继续想着。这件事多么可悲，多么讨厌啊！为什么年轻人就这么执迷不悟呢？相反，他的大儿子可就聪明多了，他打理家族的事业，他成熟，冷静，小儿子为什么不像他呢？很久后，他才站起来，内心深处，他仍旧是很牵挂那个让人疼爱的小儿子的。

四十

一回到芝加哥,莱斯多就知道自己已经严重地得罪父亲了。至于到了哪个程度,他还没有办法估计,父亲真的生气了。但是他认为父子之间还没有到不可补救的地步。他认为父亲很重要,但是,他也没有必要现在就采取行动和珍妮分开。至于其他的人,爱怎么说就怎么说去吧。

他是独立的,不需要别人的提携。但是,他真的有那么强大吗?人们都是那样势利,墙倒众人推。他们躲避失败的人,就和逃避瘟疫一样。不过,莱斯多不在乎,他可管不了那么多。

有一天,莱斯多偶然遇见贝勒先生。他是贝勒公司的首脑,贝勒公司在行业中的地位就好像他们家族公司在车辆行业的地位。贝勒是莱斯多最好的一个朋友。在克利夫兰,他有亨利·廉蕉;在辛辛那提,他和乔迪斯最不错。莱斯多曾经到贝勒先生在北梧桐路的家去拜访过,两人在事业上常有往来。莱斯多搬到海德公园之后,他们就渐渐疏远了。

"怎么,莱斯多,没想到在这里和你见面,"贝勒说着伸出自己的一只手，举止间有点儿冷淡，"听说，你现在已经结过婚了？"

"不，没有的事。"莱斯多不太认真地回答。

"你真的结了婚，为什么要保守秘密呢？"贝勒一面问，一面露出很勉强的微笑。他要假装一下掩饰这尴尬的局面。"老朋友有什么不能说的呢，你可以和我说实话的哦。"

"哦，"莱斯多感觉他的话有点儿带刺，"我是个很新派的人，我不想惊动大家。"

"这也是你感兴趣的问题，你说呢？"贝勒有点儿没劲地说道，"你现在是住在城里吗？"

"是的，在海德公园附近。"

"那里不错。其他的事情还好吧？"他转换了话题，又谈了几句，就没趣地告辞去了。

莱斯多立刻有一种最真实的感觉，老朋友有很多重要的话还没有问。因为一般情况下，大多数朋友都会更详细问起他的婚姻，例如夫人怎么样，什么时候带她一起来玩。如今，这个朋友就交谈这么两句就离开了，莱斯多能明白这意味着什么了。

后来，他又遇见伯合默尔夫妇，遇见鄂贝利夫妇和其他许多过去的知己朋友，他们都对他那样的态度。很明显，他们都知道他成家了，问他住哪，说他不该不告诉大家，但没人问起他的夫人，他这才感觉形势对自己是多么不利了。

一次，他遭遇到最难堪的事情了。在俱乐部时，他碰到了一个名叫维克多的老相识。有一天，他在俱乐部里吃过晚饭，维克多要去买香烟，他们不经意地碰上了。那是一个典型的社交人物，高身材，光面孔，得体的衣服，还有点儿狂态，那天他刚喝过几杯酒，那样子就更严重了。"嘿，是你！"他大声喊道，"听说你在海德公园有了新家了？怎么还到这地方来？回去夫人要怪罪你的哦！"

"不会，"莱斯多不愉快地应道，"你怎么知道我的事情？你是关在家里瞎想的吧，是吗？"

"哈哈！哪有的事情！大家都知道。你在北区住过，常常带着那个美人儿进出，你现在还没有跟她结婚吗？哈哈！我敢打赌，你们是没有结婚。"维克多粗鲁地说。

"你在这说什么疯话呢，"莱斯多说，"住嘴！"

"哦，对不起，"维克多无趣地说，好像酒已经醒过来了。"对不起！你知道，我真的是醉了。刚才我喝了至少九杯威士忌呢。真对不起！我们以后再谈吧。再见，莱斯多！哈哈！我是说错话了，不好意思。再见了！哈哈哈！"

莱斯多听着那几声刺耳的"哈哈"声远去，这话虽然是一个醉汉说的，却给他带来一种钻心般的刺激。"你常常带着的那个小美人儿进出。你们还没结婚吧？"他想起维克多那几句貌似无礼却很真实的话，就气得不行。莱斯多的一生中还从来没有受到过那样无礼的取笑和挖苦。这就引出他的想法来了，他感觉真的是为珍妮牺牲了很多。

四十一

还有更坏的事情呢。原来美国上层社会最喜欢谈论著名的人物，而莱斯多的家族正是财产和门第都很闻名的。于是，就有消息说，他们家的继承人之一跟女仆结婚了。他们都在议论，一个百万富翁的儿子，怎么会这样呢！没用几天，关于这事的新闻就更多了。

有一家很有名的小报，名叫《费城新闻》，首先披露那个消息，没提他的真实名字，只说"辛辛那提百万富翁之子"。除了叙述大家知道的事迹梗概外，还郑重报道："××夫人之身世不明，曾是克利夫兰一名女仆，最早是科伦坡的一名女工。这等浪漫的爱情故事发生在上流社会中，真是奇怪。"等等。

这一段新闻，莱斯多确实看见了，但并不是自己买来报纸，而是某个好事者把那张报纸上关于他的报道圈过以后，邮寄给他的。他看后很烦恼，认为是某人要毁坏他的名誉，但他还没有办法。这样的事情，他能怎么办呢？如果去阻止，可能会更糟糕。

《费城新闻》的报道，却被其他的报纸注意到了。有人把它作为素材，夸大渲染后又发表了，标题为"为女仆牺牲百万财产继承权"，又配了很多的照片，写得很是轰动，吸引人。

莱斯多所在的公司，平时根本是不关照报纸生意的，如果他们事前知道，可以照顾那报纸一些广告之类的，和编辑疏通一下，也不会这样严重了。这次的那个编辑很敬业，他和各地的通讯员沟通后，得到了很多关于珍妮的历史报告，还派人去过廉蕉夫人家里调查，关于珍妮一家的情况，更是得到了一段最全面的资料，因此，他很写成了一篇很完整的报道。但是，他并非对莱斯多恶意中伤，相反，还是恭维的语气呢。

对莱斯多不利的几点，都隐去未说，如那孩子的事情、他们同居的不道德，都未加评论。初衷只是要写成一个现代版的《罗密欧与朱丽叶》。他们只是强调莱斯多是多么多情，珍妮是多么美貌，还配了很多的图。

因此，这个大新闻就晴天霹雳似的出现了。表面上看着全部是赞美之辞，但是实质上却揭露了全部的事实。莱斯多偶然看到后，就把它撕掉了，免得被珍妮看见，他真的是太生气了，一句话都说不出来。他一向是不爱捣乱的，这种报纸却和他过不去。

因为烦心，他就决定出去走走，他不愿意去人多的地方，就坐上了电车。他想，那些熟悉自己的朋友，会怎么想呢。他的脸皮真的是很厚的，只能装着什么都没发生了。后来，他又想到了律师，但是等见到律师，他们商量之后，都认为这个官司还是不打为好。

"可是，我真的无法忍受了。"莱斯多说道。

"不用担心，我会想办法的。"律师安慰他。

莱斯多站起来。"真奇怪——什么破报纸！"他喊道。

"一个人做什么，关别人什么事呢！"

"一个人稍有点钱，"律师道，"就像猫脖子上系着铃铛，耗子们就想知道它在做什么。"

"这个比喻很妙。"莱斯多痛心疾首道。

好几天，珍妮还不知道有那段新闻。莱斯多觉得还是不告诉她好。格哈德是向来看不惯那种小报的。但后来珍妮的一个女邻居告诉她，说她看见了她的故事上了报纸。珍妮开始还很不明白。"是关于我的吗？"她问。

"是的，关于你和你先生的，"那女人回答道，"你们的浪漫史。"

珍妮脸上登时变了色。"什么，我不知道啊。"她道。

"是的，是真的啊，"对方笑道，"我没看错呢。那张报纸还在。等会儿我回去拿来给你看。上面还有你的照片呢。"

珍妮强忍着心里的痛楚。

"谢谢，我想看看。"她无力地说道。

她心中不解，她的照片人家怎么会有呢？新闻都说些什么呢？对莱斯多有影响吗？他看见了吗？为什么不告诉她呢？

一会儿，女邻居就把报纸送过来。珍妮只那么一瞥，就呆住了。天啊，那上面都写了一些什么呀！

那上面，他们俩的照片都有，标题大大地夹在照片中间。内容里，很可怕地描写大富翁的儿子如何牺牲事业和地位，与

251

女仆结婚,还有很多的其他照片:莱斯多到廉蕉夫人公馆和珍妮会面的照片,他们一起站在一个牧师面前的照片,二人坐四轮篷车出游的照片,以及珍妮一个人眺望远方的照片。

　　珍妮看了,都要羞死了。她在想,莱斯多看了会怎样呢?他的家人看了又会怎样呢?这个社会太可怕了,为什么老是打击他们呢?她实在是忍不住了,不禁又哭了出来。她真的不愿意别人那么对她,她不希望那些人来管她的闲事。现在,她已经不再做错事了,他们为什么还不放过她,反而苦苦逼她呢?

四十二

那天回来，莱斯多准备要让珍妮知道这件事，就把报纸带回来了。珍妮是知道的，原来他早就看到了。本来，他们有约在先，互相不隐瞒任何事情，这次正好是一个考验。

他当时是想，一定劝劝她，不要把这件事放在心上。这件事情，对于他们本身没有什么大的影响，只是看的人如果聪明一点，总会明白的，因为那上面写得很详细。关于珍妮如何从克利夫兰来到芝加哥，以及他经过多么长的时期才勾引到她。表面上看着没什么，其实是存心揭露他们的同居事实。

到家之后，他就把那报纸从兜里掏出来，珍妮看着他，她已经知道那是什么东西了。

"有点东西给你看看，珍妮，你一定会感觉很有意思的。"他淡淡地说。

"我都看过了，莱斯多，"她无力地说，"邻居已经给我看过了。"

"这里面写我的部分很过分呢，我有那么多事情吗？"

"我很难过。"珍妮说，她觉得，莱斯多表面上看没什么，其实内心是很痛心的，只是没说出来而已，不是特别不能忍受的事情，他都是谈笑对待的，他最后这句话听着幽默，其实是无可奈何的表现。

"宝贝儿，你不要那么难过，他们也许没什么坏的意思，只是因为我们的地位引人注意的缘故呢。"

"我明白，"珍妮走到他身边说，"可我还是有点儿想不开。"莱斯多没说话。

但是，莱斯多却因为这件事情而很不开心，本来，上次父亲的警告他就已经受不了了，如今被这么一披露，满世界的人都知道了。从此，他要失去很多的朋友了，他们不会再搭理他了。

可是，也有少数未婚和已婚的青年男子以及已婚和未婚的特别女人，虽然知道一切，却仍旧喜欢他，但是，他却不愿意和那些人做朋友，他已经够坏的了，如要挽回一切，只有把珍妮彻底抛弃。

但是，那是最后的一步，他不会做的。现在的珍妮已经和以前不一样了，她很有见识，并不是一个普通的女子，她伟大善良。他现在四十六岁了，她才二十九岁，看起来却像二十四五的样子。要抛弃她，真的是做不到，对他也是一种羞辱。

这事情不久，他就接到父亲病重的信，当他急忙放下事情要赶回去的时候，噩耗已经传到了。莱斯多悲痛异常，他带着追怀和悲悼的心情回到辛辛那提的家。他的父亲，即使对他来说是陌生的，他也觉得他是一个了不起的人物。

小时候，父亲抱着他，给他讲爱尔兰的故事；大一点，又给他讲自己奋斗的过程；到他成人，父亲的经营智慧又给他很深的印象和榜样力量。老父亲一向也很纯朴善良。莱斯多说话痛快，就是他的遗传。

"不要说谎，"是老父亲最爱说的一句话，"任何事情，你看见什么样，就怎么样说。真实是人立身的命脉，是价值的基础，是商业成功的秘诀，一定要坚守它，要成为拥有好习惯的人。"这是人生的教训，莱斯多没有忘。他对于父亲言传身教的精神，很是牢记，如今父亲不在了，他更悲痛怀念了。

他知道，父亲临死还在生他的气，他很后悔没和父亲和解，他也恨自己没带珍妮来见父亲，如今是没有机会的了。

他下车时，正下大雪，雪片如同棉花一般掉下来，到处都毫无声息。他最先遇到鄂莉。他们虽然有隔阂，现在见面却也都很高兴。在他的姐妹当中，鄂莉是很温柔的。莱斯多过去抱着她，吻她。

"谢谢你，"他说，"大家怎么样，都在吗？父亲怎么这么快就去了？好可怜啊，但是他的一生也够辉煌的了。"

"哦，是的，"鄂莉回答，"母亲死后，他更寂寞了。"

两人回到家，见大家都到齐了，亲戚们也都在，莱斯多同大家一一打过招呼，他感觉父亲的死很自然，就像苹果熟了从树上掉下来。当看到父亲躺在那黑棺材里的遗容时，不免一番悲痛。

"父亲真伟大，"他对旁边的罗博特说，"我们见到这样的人是不容易的。"

"是，没错。"罗博特严肃地说。

葬礼过后，大家决定立刻宣读遗嘱。因为蕾丝姬的丈夫急于要回到布法罗，而莱斯多也得马上回芝加哥去。于是出殡的第二天，就要在老父亲的顾问法律事务所里举行家族会议。

在莱斯多赴会的途中，他在心里想着，父亲会怎样对待自己呢？上次刚和父亲见过面，时间还很短；他和父亲都在考虑之中的。他认为除了珍妮这件事，对待父亲他还是没有什么不对的，他在业务上还是很不错的，父亲对他不应该有什么区别轻重的决定。

他一到那，父亲的法律顾问杜德林就出来招待，跟他们一一握手。他在老父亲这做法律顾问都二十年了。他很了解老父亲的想法，他就像一个牧师一样爱为别人解决问题。他喜欢他们家的孩子，特别是莱斯多。

"好了，大家都到齐了吧，"他从口袋里抽出一副眼镜，严肃地向四周看了一遍说道，"好的，我们就开始吧，我宣读遗嘱。"

于是，他走到书桌边，把一张纸拿在手里，清了清嗓子就开始宣读。

从某些地方看来，这个遗嘱很别致，因为它先说小宗遗产的分配，先是给雇工、仆人和朋友们的小款项，其次是捐赠的部分，最后才是家族的继承，却先是对女儿的分配，

亚茉莉、鄂莉和蕾丝姬分得车业公司股份的六分之一，其他财产，除不动产外，约计八十万，同样，外孙辈长大后，如果品行优良，也可得到奖励金。最后才是对罗博特和莱斯多的分配。那律师念道：

因为小儿子有某种事情，所以他的财产应该在某种条件下得到分配。

制造公司股份的四分之一，其余动产、不动产、现金、股票、公债票的四分之三给爱子罗博特，因其平日孝顺；制造公司股份的四分之一，动产、不动产、现金、股票、公债票的四分之一，罗博特代其弟莱斯多保管，到莱斯多能符合附列之条件时止。关于制造公司之经营等一切事务，所有子女，都须听从罗博特的指挥，除非罗博特自愿放弃管理权。

莱斯多听了，脸色都变了，但是他却没有表现出来，他装作什么都没发生一样。

但是那"附列之条件"，是为他而定的。杜德林并没有当众宣读。

后来，莱斯多知道内容了：即三年之内每年给他生活费一万元，但是，他还必须选择其中一个条件：其一，不和珍妮结婚，和她断绝关系，符合父亲的心愿，如果做到，他的一份财产立刻就可给他；其二，如果他和珍妮结婚，每年可以领一万元的生活费，直到终死，但他本人死后，珍妮无权享受。每年的一万元，指定由两百股股票的利息支付。如果莱斯多不和珍妮断绝关系，也不跟她结婚，三年之后，不再享受一万元之生活费。那二百股股票，等莱斯多死后分摊给其余的家属。

莱斯多很是惊奇父亲这么对待他，他很怀疑哥哥参与其中，给了父亲某些建议，但是他没有证据。

"这个遗嘱起草的时候，都有谁在？"他问杜德林。

"哦，我们大家都在。"杜德林有点不好意思地回答。

"这是件很为难的事情，你应该知道，老先生是一点也无法说服的。其中的句子，是他斟酌的。遗嘱贯彻的是他的精神，跟我们都没关系，你应该理解。那是你们父子之间的事情，我们是无权干涉的。"

"哦，我明白！"莱斯多说。

于是，杜德林很感激他了。

当宣读那部分的时候，莱斯多很顽强地坐在那里。

最后，他才和大家一起站起来，竭力装出很自然的样子。罗博特、鄂莉、蕾丝姬和亚茉莉，大家都很惊异父亲的决定，却并没为他惋惜。他们都认为是莱斯多本身不对。他惹恼了父亲，罪有应得。

"爸爸的决定很鲁莽，"罗博特说，"我没想到他会这么做。"

莱斯多冷笑一声："没关系。"

亚茉莉、鄂莉和蕾丝姬都本来要安慰他几句，但是又不知道说什么好。最后，鄂莉先说了："我想爸爸做得不是很对，莱斯多。"但是莱斯多并不领她的情。

"只要我受得了就可以了。"他说。

于是，他默默地把自己不依靠父亲后的收入计算了一下。二百股的股票，那么每年最多有两万的利息。

一会儿以后会议结束了，大家都离开了。莱斯多怕人家请他吃饭，借口说急于要回去，要赶最早一班火车动身。上了火车，一路上他都在不住地想：原来，父亲竟这样对他！难道他忍心吗？他每年才只有一万元，还只是三年的期限。"每年一万元，"他想，"三年的期限！"上帝，一个机灵一些的管账的人都可以得到的，何况他是他的儿子！

四十三

对于这样的遗嘱,没法不引起莱斯多对于自己家庭的反感,至少暂时是这样的。自从受了这个打击,他就认为自己是大错特错的了。第一,他觉得应该早同珍妮结婚,流言不至于这样散布;第二,当时珍妮要走的时候,他应该放她走的。总之,事情都是他弄砸了。最近,珍妮也很不快乐,都是因为他的缘故。现在,他即使跟珍妮结婚,也只有区区一万元。但是,丢掉珍妮又能怎样?他现在真的是决定不了。

奔丧回来后,珍妮就看出他一定出了什么事了,因为他那萎靡的样儿,不仅仅是悲伤。是什么事呢?珍妮猜不到。她试着去体贴他,可是心灵的伤是无法痊愈的。他最近很容易发怒,好像谁惹到了他,他就要拼命一样。她真的没有任何办法为他分担,因为她不知道是怎么回事。他不高兴,她就陪着他一起苦恼。

几天之后,因为财产的分配,工厂的管理也要改组了。罗博特要升任总经理了。莱斯多的业务关系也要调整。如果他不和珍妮断绝关系，他就不是一个股东了。事实上，他现在只是公司的秘书和会计。但是，他继续做，大家会同意吗？谁肯不听大哥的而来帮他呢？

要想解决目前的局面，只有和珍妮断绝关系。真那样，他就没必要求任何人了，否则，他就要违背父亲的遗嘱。现在，不是抛弃珍妮，就是抛弃前途和希望。这是一种两难的选择！

罗博特现在是高兴了。这个是他的梦想，他的计划，早就这么制定过了。

不但要彻底改组公司，并且还要向外扩展。他如果能和东西部两三个大组织联营，那么销售费用可以减少，几年来，他已经开始收买其他车业公司的股票了，现在都差不多准备就绪了。第一步，他要做甘氏公司的总经理，可选鄂莉的丈夫做协理，还要另外找人代替莱斯多做秘书和会计，根据遗嘱上的规定，莱斯多的股份他也可以支配。父亲的遗嘱，分明是强迫莱斯多听他的。不是他卑鄙，是父亲的遗命要遵守。如果莱斯多不痛改前非，一切就都是罗博特的了。

那时，莱斯多还在做着对芝加哥分公司的事情，他知道自己对于公司已经没有参与的权利了，只不过在给他的哥哥打工罢了。罗博特的提议就是法律了，他即使烦恼也是没用的，只有每年领到那微少的薪水。

几个礼拜后，莱斯多忍不住了。以前，他是自由而独立的公司代理人，公司的选举是父亲一个人决定的。现在，哥哥是主席了，姐妹们的丈夫是代表，唯独他不可以继续参与，现在就要开股东会，一定会有个新的决定的，他一定不会再是公司的一员了，他还不如自己趁早辞职。

这样，他就可以向他哥哥表明自己的立场，他并不想争他不该得到的，他哥哥尽可以放心，即使以后和珍妮分开，他也不是分公司经理了，他会用一种新的资格进入，他开始写信给自己的哥哥：

亲爱的罗博特：

我明白，公司就要在你的领导下重新改组了，我已经没有资格参加了，不能继续担任任何职务。这是我的辞职书，我不想保留我的分公司经理，希望你们加以考虑，至于妨碍你的一切我也都愿意放弃，我目前还不想接受父亲的遗嘱，我想知道你对这事的看法，希望你回信给我。

莱斯多

罗博特坐在自己的办公室里，把那封信严肃地看了一次。他的兄弟看来是不会回头的了。他这种直接痛快的表现很了不起，让人佩服，但是他不谨慎，缺乏心机，没有谋略。罗博特则很了解，一个人要成功，一定要动用谋略。"你要残忍一点，你要有点儿手段。"罗博特常对自己这么说。他是这么想的，也是这么做的。

罗博特虽然认为莱斯多不错，还是自己的亲兄弟，但不喜欢他的性格，认为他太直了。如果莱斯多肯回头，就可以恢复财产，参与公司的事务。

但是，罗博特却不愿意这样，弟弟是他的障碍。他情愿莱斯多和珍妮继续，至少目前要这样，这样就没有任何人限制他了。

经过长时间的考虑之后，罗博特就回了一封信给他的弟弟，官腔十足，说暂时还不能决定，要征求大家意见，开过会后才有结果。至于他个人，只要能做到，很愿意莱斯多继续留任目前的职务。

莱斯多看见回信，暗暗地咒骂哥哥无耻。罗博特到底是什么用意？其实事情是很简单的。只要给莱斯多一股的股份，莱斯多就有资格回公司。罗博特很怕他来参与。

好吧，他没什么留恋的，他会立刻辞职的。他又写了回信，说他都考虑好了，要暂时处理一下个人的私事。如果可以，希望罗博特尽快派人来接替他，最好一个月之内解决。几天后，他的哥哥就回信了，说既然莱斯多已经决定了，他也同意了，叫亚茉莉的丈夫暂时担任分公司经理去接替他。

莱斯多看了，就笑了，他早就看透哥哥了，他哥哥也知道他其实是不愿意这样的，只是故意让事情逼紧一些，给报纸一些材料去写。

不过，目前他和珍妮的事情已经是沸沸扬扬的了。他要解决的首要问题，是把珍妮彻底地抛弃。

四十四

莱斯多已经是四十六岁了,目前的收入是每年一万五千元,但是叫他一点事都不做,他是不情愿的。他很明白除非有什么新的幸运,否则他这一生就完了。和珍妮结婚,他可以领到终身的收入,但从此对于家族产业不会再有合法享有的机会。

如果,他把自己七万五千元的股票卖掉,他可以另外去投资,可是,他不愿意同父亲开辟的家族企业去竞争。他的七万五千元,也不够资格竞争。他的钱做什么都不够,无法开辟新的事业。

莱斯多的问题是,他虽然有思想,有眼光,却缺乏心机和毅力。那是成功者必须具备的。一个人要成功,就必须做一个有毅力的、贯彻目标的人,还必须具备上帝赐予的想象力,可以像烈火一般燃烧起来。

一个人如果要有那样的理想,还需要贫穷的帮助,需要精力充沛。他要做的事情,必须有机会和快乐相伴。否则,那火焰不会那么强烈地燃烧,人就不会轻易地成功。

莱斯多所不具备的，就是这种成功的热心。他目前的生活就是他所见的最大的幸福了。普通的快乐，他已经得到了，钱，他已经有了一点，足够舒服地生活。但是，他也不甘心，不愿坐在那看别人赚钱而自己待着。

最后，他就决心要行动起来，他要让同行们知道，自己已经脱离家族公司的关系，可以和他们联合了。他要宣布自己的决定，然后和珍妮去欧洲，珍妮也没去过，一定高兴去的。维斯塔交给格哈德和女仆照顾，他们俩去，看看欧洲究竟多么美。他要去游威尼斯，以及几处闻名的海水浴场。开罗、米兰和柏林，是一向在他的想象之中的，他打算回来后就开始他的事业。

第二年春天，他就排定了一个旅行日程。他和珍妮商量好，就从纽约坐轮船到利物浦，在英国逗留一段时间之后，就到了埃及。从埃及回来，经过希腊、意大利，又到了奥地利和瑞士、法国的巴黎，最后到德国的柏林。一路上，莱斯多看到种种美丽的景色、新鲜的事情，就把心事都忘了，但还是有点不舒服，感觉自己是在浪费时间。

珍妮呢，一路上不胜欣喜，尽情享受这种旅行的快乐。在埃及——她生平梦想的地方——她看见了一种古老的文明。无数的人曾经生在那里，死在那里，那是另外一种神、另外一种文明方式、另外一种生活情景。

生平第一次，珍妮开始明白世界的广大。从战败的希腊到灭亡的罗马，她看到了历史的浩大，知道人是多么渺小。甚至她父亲的信仰，都是毫无意义的。她的母亲常常担忧死亡，如今，这里有无数死人的世界，有好的，有坏的。莱斯多很博学，给她讲解各处居民的道德标准的不同,是由气候、宗教信仰和特殊人物等造成的。

莱斯多喜欢给她指点很多她不知晓的事情,她大部分能听懂。她承认自己不是很好。从局部来看,好坏与否或许很重要,但就文明的总和进化而言,那又算得了什么呢?在宇宙中,一切都不过是暂时的存在,如过眼云烟一般,万物都是要死亡的,她、莱斯多、所有的人都是要面对死亡的。除了正直和善良,还有什么是更重要的呢?这个世界,什么是最真实的呢?

四十五

莱斯多和珍妮这次旅行，他又遇到在珍妮之前真正爱慕的那个女子了，第一次是在伦敦的卡尔登戏院，后来又在开罗的一个旅馆。他已经很多年没有见过她，她已做了四年的莫可拉特的夫人，也做了两年的年轻寡妇。莫可拉特是个富人，曾是辛辛那提的巨富，死后由夫人继承遗产，所以她很富有。

她现在有一个小女孩，孩子现在是由保姆兼女仆照看，而她到处旅行，总会成为爱慕者注目的中心。她很有才，美丽，文雅，会写诗，很博学，还是莱斯多的爱慕者和崇拜者。

她没结婚前，真实地爱着他，因为她是很懂得男人的，她认为莱斯多很正直。她认为他明智，冷静，不虚伪，她就喜欢他这一点。当初，他们经常一起跳舞，会悄悄地逃开，一起躲到阳台上去，莱斯多一面吸烟，一面和她聊天。他曾和她辩论哲学，他也认为她很有见识，而她也希望他向她求婚。她很喜欢看着他那长着褐色头发的大脑袋，恨不得伸手去摸一下。后来他走了，对她确实是一个大打击，她不知道珍妮的事情，可是她觉得已经失去他了。

于是，那个爱慕她的莫可拉特对她进行热烈地追求，第七十几次的求婚后，她就答应了。她不爱他，但是她该结婚了。他当时已经四十四岁，婚后只活了四年。这时候，她是一个有魅力的、温存的、博学的女子。可是他还是得肺炎死掉了，而莫可拉特夫人就成了一个具有同情心的、有见识的、人人喜欢的有钱的寡妇了，除了享受之外，无事可做。

但是，她不甘心死心塌地地这么生活。她的交际范围很大，她遇见很多的侯爵、伯爵、子爵、勋爵们，但她都不喜欢他们。她感觉那些人很虚伪，是为了她的钱而向他求婚的，她讨厌他们。她已经看透了那些人，看透他们的文化底蕴了。"要是我能跟在辛辛那提认识的那个男人结婚，那么即使是住在乡下也是可以的，"一次，她对一个上流社会中的女友那么说，"我爱他。他如果求婚，叫我做女佣，我也愿意的。"

"他那么穷吗？"那女友问。

"实际上他不穷，他很富有，贫富对于我不重要，我喜欢的是他的人。"

"时间长了，贫富总要有分别的。"女友说。

"你错了，"莫可拉特夫人说，"我在等待他，我爱他的一切。"

莱斯多本人，对于莫可拉特夫人——也是保留着美好印象的。他本来很喜欢她，为什么他们没结婚呢？他也经常问自己。对于他，她是最理想的妻子，他的父亲和全家都会高兴的。但他拖延又拖延，终于有了珍妮。

此后，他就忘记她了。经过六年的离别，他们又见面了。他知道她结婚了，现在是个寡妇。她也好像知道他的一些事情，好像终于跟那女人结婚了，现在在芝加哥一起生活，她不知道他失去财产继承的事。

第一次，他们是在卡尔登遇见的。那时是春天，繁花盛开，到处是新鲜的味道。他们偶然碰面，她很激动，差点儿要哭出来，镇定下来后，向他伸出一只手。

"哦，"她喊道，"你好！见到你我好高兴哦。这位就是你的夫人吧？她真的很迷人。哦，请原谅我，见到你的丈夫我真的很高兴。莱斯多，一晃六七年过去了，我都要老了呢，结婚了，生了孩子，先生也不在了，哦，我们都变了！"

"你一点儿都没老。"莱斯多微笑着说，他们久别重逢，他心里真的很高兴，看得出来，她还是那么喜欢他。当然，他也很喜欢她。以前是，现在也一样。

珍妮在旁边笑着看，她很喜欢莱斯多的这个朋友，在她的眼里，这个女人是漂亮的。平时，她和莱斯多都喜欢看美貌的女人。他们走在一起，看到漂亮的女人，她常会问他："喜欢吗？去和她谈谈吧？"他笑着说："不，有你我很满足了，我不年轻了，否则我可能会去勾引她的。"

"没关系，"她怂恿他，"我等你回来。"

"我真的去了，那你呢？"

"哦，我吗，我在这等你，你也许会回来的。"

"你不介意吗？"

"我当然介意。如果你要去，我也不会阻拦你。"

"你怎么这样想呢，珍妮？"他曾经问过她，意思是探探她的思想的深浅。

"我不知道。"

"你的思想很宽厚、宽容，不是一般的女人具有的。"

"我感觉人不应该很自私，也不知道怎么这么想。我认为，男人和女人在一起，应该自愿，互不干涉，男人暂时走开，是没关系的，他愿意的话，会回来的。"

莱斯多微微一笑，觉得她的话真的和她的人一样可爱。

那天，她看见他们两个久别的人在一起高兴地谈话，她就很理解，因此她微笑着说："原谅我离开一会儿，好吗？我房间里还有一点儿没弄好，我要先回去呢。"

于是，她回去了。莱斯多和那个女人就敞开心扉地开始谈论着各自的事情。她大方地说："我知道，你结婚了，有些话我要对你说。以前，我一直都盼望你向我求婚，但是你却没有那么做！"

"当时也许是我没勇气吧。"他边说边看着她，他感觉，她比以前更美了，她现在真的是一个很完美的女人，是一个好的社交人物，高雅、自然、机灵，很会顾及他人的感受。

"哦，你怎么这么说，我知道，你没有说出真实想法。"

"亲爱的，不要这么判断我，你并不了解我。"

"你不必这样。难道你不承认，她真的很美吗？"

"珍妮的确不错。"他回答。

"你们在一起很快乐？"

"是的，我们很快乐，起码我是这样认为的，我好像看破了人生，没有太多的幻想，所以也就没有什么烦恼。"

"哦，我想你也是这样的。"

"不错，没有幻想，我却宁愿自己有点儿幻想，比现在还更快乐。"

"我也一样，莱斯多。我认为自己的人生很失败，只是有点儿钱罢了。"

"不要这么说，你多么美丽！"

"可是这一切我并不喜欢，旅行，到处玩，和一些笨蛋胡说八道！"莫可拉特夫人看看莱斯多。虽然他现在有了珍妮，他们不可能再继续，但是他们在一起真的很合适，就像一对情侣一样自然。她想，自己要比珍妮好呢！她看着他，很深情地，要把自己眼睛里的意思表达出来。他也微笑着回望着她。

"你看，她回来了，"他说，"我们说点儿别的吧。"

"哦，好的。"她说着，便微笑着去看珍妮。

珍妮的心里有一种不安的感觉，她恍惚觉得，他们很合适，她好像是他的旧日恋人，如果他们结婚，应该很不错，也许会比她和莱斯多在一起更好，更快乐。想到这里，她很不开心，感觉自己要有嫉妒心了。

莫可拉特夫人对他们夫妇的态度很亲切。第二天，他们三个人又同游了，然后一起在一家豪华的饭店吃了饭。之后她去巴黎赴约，她希望和他们后会有期。她很妒忌珍妮的幸运，看起来，莱斯多比从前更英俊，更深沉，更健康了。她很想他是自由的，莱斯多呢，好像也是同样的想法。

确实，他们都想到一处去了。如果他们结婚，无论哪一方面，都是最合适的，他们之间思想相通，有说不完的共同话题。对于社交中的人物，他们都是一起认识的，但是珍妮却都不认识。他和她可以更深入地谈论问题，珍妮的思想就不可以了。

事实上，珍妮也有她自己的优点，她很直率，很深沉。但是，她的知识是有限的，不能把这些完全在谈话中表现出来。现在，这些都是她的弱点了。莱斯多觉得珍妮不如她好，比不上她，如果珍妮可以，他也就不会为自己的将来而苦恼了。

后来在开罗，他们跟莫可拉特夫人又再次相遇了。在旅馆的花园里，莱斯多一个人正在那抽烟，他们突然又见面了。

"噢，真是巧了，"他嚷着，"你怎么会在这儿？"

"我从马德里过来的。本不打算到这，是临时才决定的。因为爱德考利夫妇在这里，我都忘记你们要去哪儿了。你们没去埃及吗？你夫人呢？"

"她这时在浴室吧。这很热，珍妮一直想洗澡，我也很想洗一个呢。"

他们一起散了一会儿步。莫可拉特夫人穿着一件浅蓝色的小礼服，打着一柄漂亮的小阳伞，很有魅力的样子。"哦！"她突然有些感慨，"我不能总是这样下去，很没意思的，我想回美国呢。"

"为什么没回去呢？"

"哦，我不想再结婚了，没有我想要结婚的人了。"她看了莱斯多一眼。

"你总会遇到一些人的，没有办法逃避的，尤其是像你这样才貌双全的人。"

"哦，不要这么说，莱斯多！"

"真的，我说的是实话。"

"你还跳舞吗？"她旅馆里要举行舞会，就问他。

"我还会跳舞吗？"

"哦，你是说自己早就戒掉跳舞了？你夫人不跳舞吗？"

"不，她真的不喜欢。至少我还没教会她，我也很久都不跳了。"

"今天我们一起去吧，那里不错的，我早上看到了，你不会介意你的夫人吧。"

"我想想看，"莱斯多回答，"我已经荒废很久了，我已经老了。"

"哦，不要这么说，"莫可拉特夫人嚷道，"你还年轻，你这么说，好像我们都老了呢！"

"但是我们都成熟了，亲爱的。"

"哦，真的，我们很动人的啊。"她说。

四十六

晚饭后,当音乐从舞厅里响起来的时候,莫可拉特夫人看见莱斯多和珍妮在一起,他一个人在抽烟。珍妮一身白衣,穿一双白鞋,头发梳得很美。莱斯多想着,想着古老的埃及,想起尼罗河的广袤,想着种种的历史奇观,以及附近的时髦的旅馆。

早晨,他和珍妮刚去看过金字塔,看了狮身人面像。他们看见一群群衣服破烂、裸着身子的男人和孩子,在臭气熏人的小路里走来走去。

"这地方很糟糕呢,"珍妮说,"他们太脏了,地方是不错,人很杂呢!"

莱斯多痴痴地笑着:"你说的很对。这是气候造成的,这里很热,这是一些热带居民。这种环境之下,他们的生活是没有办法的。"

"哦,我没别的意思,只是感觉奇怪罢了。"

于是,他就一直那样冥想着,月亮在他的头顶闪烁。

"哦，你们在这！"莫可拉特夫人嚷着，"我们今天回来晚了，饭还没吃呢。你的丈夫已然答应一起来跳舞了，夫人。"她微笑着对珍妮说。

她同他们一样，已经被这个环境所吸引了，到处都是异国的味道和空气，远处，骆驼的铃声叮当响着，伴着"喔唏！喔唏！"的人的呼声，仿佛一群怪兽在呼喊一样。

"你们一起跳舞吧，"珍妮回答，"他是应该跳的，我有时也想要跳呢。"

"那么我会教你的，"莱斯多说，"虽然我的脚步不如从前轻巧了，可还是会跳几步的。"

"哦，我现在还不想跳，"珍妮笑着说，"你们先去吧。"

"你到舞厅里坐着等我好了，我不过就跳几圈，然后我们一起看别人跳。"莱斯多说。

"哦，你去吧。莫可拉特夫人，你带他去跳吧。"

莱斯多和莫可拉特夫人一起去了。他们站在那，很般配的样子，莫可拉特夫人穿了一件漂亮的舞衫，亮晶晶的，美丽的胳膊和脖子都露在外面，红嘴唇配着她那迷人的微笑，雪白的牙齿可爱极了。莱斯多强壮雄健的身上是一套合体的晚礼服，显得高贵出众。

"他们真的很般配呢！"珍妮在心里默默地对自己说。她又开始在回忆过去的生活，那仿佛还是一场梦一般。今天晚上的事情，好像在对她唤醒这一切呢。她在想，真的是有太多的奥妙了，男人们为什么那么欢喜她呢！莱斯多为什么那么留恋她呢？她能留住他吗？她想起在科伦坡的生活来，今天晚上在埃及，在这大旅馆里，她是一排房间的女主人，四周的奢华围绕着她，而莱斯多仍那么专心对待她。为了她，他曾经忍受过那么多烦恼！为什么？难道她真的那么了不起吗？白兰德和莱斯多都曾经这样赞美她，但是她觉得还是自卑的。

于是，她又回到第一次和莱斯多到纽约时的那种感想，以为美好的生活对于她是不会长久的，她的命运是注定的，这一切只是偶然的遭遇。她还会过简单的生活，穷苦的日子，穿破衣裳。

接着，她又想起芝加哥，想起那些人对她的态度。即使他们结婚，那些人也是不会接纳她的，她很明白，刚才的女人才是他的同类，尽管自己也很美，但那是不一样的，她听到他们要一起跳舞，她就很明白那是他需要的女人。

她认为，他所需要的女人，应该是他那个环境里的。她呢，和他总是有距离的。虽然，她也尽力习惯他们那个环境里的服装、风俗、礼仪等，虽然她也很快都学会了，但她毕竟还是有距离的。

如果她离开，莱斯多就会回到他那个世界，回到和他有相同习惯的女人的世界。想到这，她的眼泪涌出来了，她很想立刻就死去，死了可以结束一切。这时，莱斯多正同莫可拉特夫人在跳舞，在间歇的时间里坐下回忆旧日的时光，老地方老朋友。

他看着莫可拉特夫人，不禁被她的美貌吸引住了，她还是那么年轻，丰满，苗条适度。她身上散发着一种迷人的魅力，漆黑的眼睛是那么吸引人。

"我真的发誓，"他有些冲动地对他的舞伴说，"你真的更美丽了，你真算得上是绝色倾城。你不仅没老，反而更年轻了。"

"真的吗？"她微笑。

"是的，我不会随便恭维女人的。"

"哦，你好笨，你不知道女人爱害羞吗？"

"你这是什么意思？"他问道，"我说错了吗？"

"哦，你真心直口快，我也是喜欢你的。你知道吗？"

"我知道。"他说。

音乐停下来时，他们一起散步到外面，他轻轻地捏了一下她的胳膊，感觉自己要主宰她一样。而她，也愿意这样的。当他们坐在一起的时候，她心里想，如果他获得自由，她会接受他的。

后来，莱斯多先告辞。他说明天早晨要带珍妮到尼罗河上游的一些地方去玩儿，打算一大清早就动身，得先去睡了。

"你什么时候回去？"莫可拉特夫人问他。

"十一月。"

"船定好了吗？"

"是的，九号的，汉堡的福尔特号。"

"我要秋天才回去，"她笑着说，"但是你在船上看见我，别惊异哦，我的主意变得很快的哦。"

"那好极了，"莱斯多答，"我很愿意一起走的，明天一早我再去看你。"

"不要伤感，"他握住她的手说，"人生是变化的，有时候,什么都错了,不过那没有什么的。"

他们都舍不得离别,她和他不能如愿,她很遗憾,他呢,意思是说自己也没有解决的方法,他早几年已经错了。

几年之前,她也没有现在这么美,这么迷人,这么富有。也许,太多的也许。但是,他不愿意就这样放弃珍妮,她已经够命苦的了,她已经很勇敢地承受命运安排了,他怎么忍心再去伤害她呢!

四十七

在船上，他们又相遇了，因为莫可拉特夫人经过考虑，决定回美国了。去芝加哥或者辛辛那提，希望跟莱斯多能常常见面。珍妮见到她很吃惊。她想了很多，她知道，不管什么原因，如果莱斯多没有遇到她，莫可拉特夫人一定会和莱斯多结婚的。

各方面来看，莫可拉特夫人和莱斯多都是最般配的。但是珍妮感觉莱斯多喜欢自己多一点。无论将来怎样，现在三个人是好朋友。到芝加哥后，莫可拉特夫人自己回去了，珍妮和莱斯多也重新过他们的旧生活。

从欧洲回来，莱斯多开始热心着手他的事业。很多大公司没有一个和他合作，主要的原因是大家怕跟他在一起，怕受他的操纵。他的财产上的事情，还没有人知道。小公司也都没能和他合作。后来，印第安纳北部一个小镇的一个公司的经理，跟他父亲当初一样很有前途，准备与他合作了。

那时，他用一万五千元的现金、大约价值二万五千元的装置投资，获取少许利润；莱斯多觉得在那里运用一点营销的谋略，是有一点事业可做的。虽然未必能在那发大财。但是，他的一切还没看到，就听到了一个新的消息。

原来，罗博特的行动很快。他曾联合同行强调团结的好处、竞争的害处。他的主张很吸引人，没多久，大一点的车辆制造公司都和他联合了。几个月后，罗博特已经是车辆业联合公司的总经理了，资本一千多万，资产六七百万。

这样的变化，莱斯多是一点也不知道的。在欧洲旅行时，他没有看到报纸上的事情。回到芝加哥后，知道亚茉莉的丈夫仍在做分公司经理，他因跟家庭有过不合，不愿直接去找他打听什么。不久后，他知道详情了，很是烦恼。

告诉他消息的不是别人，是克利夫兰的廉蕉夫人。她来芝加哥了，有一天晚上，莱斯多和她在俱乐部里碰到。

"听说你不在你们的公司了。"廉蕉夫人说。

"没错。"莱斯多说。

"那你现在在哪？"

"哦，我在做自己的事业呢，我要办一个独立厂。"

"你不知道你哥哥的事情吗？他在发起车业的联合运动呢。"

"联合？我不知道，"莱斯多说，"我刚在欧洲旅行回来。"

"哦。你该清醒了，他现在是这个行业里的老大了，我还以为你知道呢，现在，像莱曼、武兹公司等大的公司，至少五六家统统都联合了。你的哥哥是新联合的总经理，他应该已经捞到了几百万了。"

莱斯多说不出什么了。

"很好吧，罗博特运气很不错。我为他高兴。"

廉蕉夫人知道，他又受到刺激了。

"哦，先再见了，朋友，"她道，"如果你到克利夫兰，就去我家里，我们都很喜欢你。"

"谢谢，"莱斯多答道，"再见。"

他不停地抽着烟，他被这突来的打击击倒了。他的哥哥太厉害了，提前做了他要想做的事情。他的一个小厂能怎么样呢？如果他还年轻，还有足够的勇气去应付和拼搏。如今，自己已经是中年人了，人生已经是一半的光阴没有了，到处是荆棘密布，寸步难行。还有珍妮的事情，报纸对他的诋毁，爸爸的死亡，财产的落空，哥哥的态度，还有，新的车业联合对他的不利，这一切，都让他沮丧，他再装得勇气十足，这个大的打击，他也有些承受不住了。

那天回到家中，他颓丧得很，珍妮也一下就看出来了。她知道一定是有什么事情了。但她还是没有问出来，她想，不要给他增加烦恼，要装作没事，和他很亲近才是最好的。

"维斯塔的成绩不错，"她说，"她在学校里的表现很好呢。"

"哦，那很好。"他严肃地回答。

"她的舞也跳得更好了。今天晚上她跳给我看，姿势很美呢。"

"好的，"他含糊答道，"她的跳舞学好了，我想她该去一个好的女子学校读书了。"

"今天晚上，她惹爸爸生气了，她故意硬要教他跳舞。如果爸爸不是那么爱她，真的要揍人了，太好玩了，我都被逗笑了。"

"是很有意思，"莱斯多笑了，"教他跳舞！真好玩！"

"他很生气，她可不着急呢。"

"哦。"莱斯多回答，他很喜欢维斯塔那孩子。

珍妮这样逗他开心，到快睡觉的时候，他才说出了自己的心事。"我们旅行的时候，哥哥居然做车业联合的事情了。"他主动地说。

"你说什么？"珍妮问。

"是的，他组织好了一个车业托拉斯了。他是这个组织的总经理，大家都要听他的呢，廉蕉夫人告诉我的。"

"那是真的吗？"珍妮问，"那你的新公司怎么办？"

"现在，什么都晚了。不过，这种事情谁也不知道将来会怎么样的，我先等一等。"

珍妮听到了，很为他难过。她认为他灰心了，她想要去安慰他，但知道那是没用的。她说："没什么的，世界上的事情说不准的，如果我是你，我就不会着急，以后的日子还长着呢。"

他们都不说话，他知道着急是没有用的。两年之内，自己的收入还是可以维持的，再多一点儿，他也可以办得到。只是，他的哥哥速度太快了，自己的懒散很不合适呢，太可惜了，一步都不动，他感觉很糟糕，好像已经失去做事情的把握了。

四十八

目前，莱斯多还没有开始自己的新计划，他哥哥的联合成功，对他原来的那个小投资，是个致命的打击。他不能不顾及自己的实力，不能和那样的一个大的组织去竞争。那个组织太庞大了，有大量的资金可以运转，可以把他们的小厂扼杀，他就是挣扎都没有用的，那太不明智了。

他必须去努力，用一个新的组织去对抗他，自己那么点资本，现在是不行的，要等待机会。好在他还有独立的收入，只要他愿意，还可以回到家族的公司去做，但是他不愿意，那是他永远不想去面对的问题。

莱斯多在犹豫徘徊，突然地产经纪人洛斯拉拉来拜访他。他做的广告到处都可以看见。在俱乐部里，莱斯多曾经见过他，人们都说他是一个冒险而成功的投机家，他在富兰克林路和华盛顿街都有办公的事务所。洛斯拉拉五十岁左右，高个儿，黑胡子，黑眼睛，大鼻孔，有着一头天然卷发，好像刚烫过一样。

洛斯拉拉说有一桩地产生意要向他建议。莱斯多当然接待了他。洛斯拉拉说完全知道他的事情，他最近同辛普森批发杂货行的勒门·耶鲁先生合资开发了"耶鲁林"。他问："你知道吗，莱斯多？"

"是的。"莱斯多知道那回事。

只有一个半月的时间，耶鲁林已经卖出去了大半圈，总利润有百分之四十。他又列举自己经营过的其他许多当地著名的产业。他承认自己的事业也有失败的，就那么一两次，但是很多时候是成功的，失败很少。现在，莱斯多已经和他们的家族公司脱离关系，正在寻找有利的投资。所以，听了洛斯拉拉的建议后，莱斯多表示很有兴趣，于是洛斯拉拉眨一眨他的眼睛，开始滔滔不绝地谈起来。

洛斯拉拉建议他俩要一个临时的股份，因为哈斯代街和西南边亚非南路之间，有四十亩地要出卖，他打算合资开发。他说这一块地产可以投资，已经现出很健全、自然、持久的特征。市政府正要铺砌那里的街道，还要扩充哈斯代街街车的路线。芝加哥等地的铁路经过这附近，将来还添设一个新站点。他估计开头地价需要四万元，他们两个人平均分担。铺地、装灯等费用需二万五千元，还需要十分之一的广告费，先以两年或三年计算，需要一万九千五百元或二万元。两人合资的总额，应该是九万五千元或十万元，需要莱斯多投资五万。起运资本算完，于是洛斯拉拉就开始估算利益。

他们投资的地皮的销路和它的价格一定会上涨的，只要看新扩建的地皮就可知道了。在哈斯代街附近，1882年，地皮只卖四十五元一亩，1886年就涨到五百元一亩，1889年，就是现在的千元一亩了。试想这里面有多大的利益?

莱斯多不得不承认,那真的是有利益的。洛斯拉拉于是就详细地说明地产的生意应该如何做。他说自己经营地产已经快四十年,很多的外行不敢像他这么做的。这种事情,需要威信、鉴别力、理解力。地产生意里面,他是做得最好的了。他手下有很多能手和捐客,他在市政府的一些重要的部门都有朋友,经营起来很方便。如果莱斯多同他合作,他可以最少弄五万的,十万二十万也有可能。

经过几天慎重的考虑,莱斯多就决定答应洛斯拉拉的请求,他要把事情认真地研究一下。

四十九

洛斯拉拉既有经验,又有眼光,他所负责的所有事情几乎都有成功的希望。他如今建议的事是他的内行,有成功的因素在内。只要人家肯听一听他的规划,就一定会相信的。

最初,莱斯多不是很相信,但是他对这个项目很感兴趣。他也很喜欢做地产生意,他感觉只要不是很贪,就是个不错的投资项目,他以前没做过,是因为不懂那行的行情。现在,他还没有所从事的行业。

他欣赏洛斯拉拉和他的经营哲学。他所说的应该是可以得到证实的,有几点是可以证明的。首先,到处都有他的广告招牌。最近,各种日报上又开始有他的广告。反正也是闲着,能一起去做点事情,赚些钱回来,他感觉并不是什么坏事。

莱斯多的问题,是他对一切的事情都不会考虑得精细一点儿。近几年来,的确是这样的。因为他在自己家族里担负的都是一些重要的事情,大批采购材料,大批订货,都是一些大量的批发生意。他对于一些小生意是不感兴趣的,不像他的哥哥,锱铢必较。他就是大手笔，如今的这项生意，他也是看在大处，他认为那地皮一定会升值的，只要买到手，价格不会跌的。洛斯拉拉这么看，他也这么看。

现在，他只有几件事没有考虑清楚：一、洛斯拉拉的寿命和健康的问题；二、邻近的地面如果发达起来，他们投资大的地皮就要受到不良影响；三、如果金融吃紧，地价也会跌的，洛斯拉拉一流的投机家策略也会完全失败的。

他考虑了很久，觉得妥当了，才把自己所得的六厘利息的股票卖掉，来做这种新投资。第一批用来购地的二万元现金，凭他跟洛斯拉拉签订的合同交付。第二步，把一万二千五百元作为经营之费，缴纳二千五百元税款和一些临时费用。当时，有很多的事情要做，树木、自来水和煤气公司事先"疏通"等种种杂务。但是，一切都交给洛斯拉拉去负责办理了，至于进行中的各项费用，莱斯多也参与商议的。

一年后，地面的经营有了一些规模，只等招揽买主了。于是，要付出第三笔款项，所以莱斯多就把证券卖了一万五千元。

这时，莱斯多对于自己的这项冒险事业还觉得很满意。因为，洛斯拉拉办好了种种琐碎的事务，地皮的开发已经像模像样，栽上了树，起了一个吸引人的名字——"繁茂林"。莱斯多不是很喜欢这个名字，觉得不很合适，洛斯拉拉则以为凡是买房的人都喜欢树木，这个名字很还不错，莱斯多也就不反对了。

最先给他们的计划泼了一盆冷水的是一个谣言的开始。原来，在哈斯代街和三十九条街上有一家包装公司，忽然传出来口风，说是他们要搬家。报纸上说，那家公司要向南迁移，会迁到五十五条街和亚非南路一带。那里就在莱斯多的地产附近，可能会破坏他们住宅区的安静。

洛斯拉拉知道了消息，不由得暴怒。他和莱斯多商量，要在那家广告公司搬来前，把他们的地产鼓吹一番。目前为止，他们已经投入了三千元的广告费，现在，准备十天之内再登三千元的广告，要把"繁茂林"是个理想的住宅区宣传出去。谁知因为那家包装公司要搬来的谣言太多了，大家都观望不前。现在，他们的地产只有一个卖点，就是与外国侨民区为邻。除此之外全盘失败。

莱斯多因这个又受到一次大的打击了。他投在这里面的数目，除他每年的收入外，实际是他三分之二的财产了，至少是五万元。而且还有每年的纳税、修缮费用、跌价损耗。他和洛斯拉拉商量，那地皮可以照本卖掉，把目前开发的事业放弃。但是那个地产经纪人却很迷信，认为凡事开头不顺利，一开头就受挫折，就一定不会顺利的了，他决定不再干下去了。

就这样，三年后，法庭公开拍卖那块地产。莱斯多投资了五万元，只收回不到两万，但是他的朋友们还夸他的运气是不错的呢。

五十

地产生意没结束的时候,莫可拉特夫人就决定搬家到芝加哥了。她先在辛辛那提住了几个月,关于莱斯多不合规矩的生活的消息已经知道不少了。只是不知道究竟他和珍妮是否真的结婚了。关于珍妮的一切,和芝加哥报纸所宣传的那些事,以及他和自己家族断绝关系的事情,她都打听到了。

她很替他惋惜,认为他的牺牲太大了,他已经闲荡了快一年了。再过几年,他就什么机会都没有了。

他曾经对她说,他现在并没有太多的幻想。她想,那么什么是他的幻想呢?珍妮吗?他真的爱她吗,还是只是可怜她呢?她要亲自证实一下。

莫可拉特夫人在芝加哥租了房子,在得悉比克路上。她写信对莱斯多说:"我要搬家去芝加哥,希望能和你多见面。周六,我见到我们的老朋友了。人家问起你。你应该记得她,她的女儿要同西里伦斯结婚了。"

莱斯多看到信,快乐和猜疑的感情都有。他们要住到一个城市了，以后会常见面的。她的意思很明白，只是他们俩的会面，不包括珍妮在内。他决定一定要和她好好谈谈，那么他们的将来就是她选择的事情了。

于是，莫可拉特夫人刚到的那天下午，他就坐在她家了，他决定把自己以前的一切事情都对她说。他的地产生意正遇到问题，他很烦恼，她是他的知己，会帮他解决问题的，至于珍妮，他还不想对她说什么。

"哦，莱斯多，"莫可拉特夫人怂恿他说（那时女佣已经走开了，房间里只有他们两个人在），"我回来后，听到很多关于你的事情，我是真心关心你的，希望你能都告诉我，好吗？"

"你都听见什么了，我的朋友？"他问。

"哦，很多呢，关于你的一切，你脱离公司，你夫人的闲话，你不想解决事情，恢复你的财产吗？你的牺牲太大了！莱斯多，你真的那么爱她吗？"她狡猾地问他。

莱斯多想了一会儿，说："我真的不知道该如何来回答你。有时候我真的很爱她，有时候我也说不清到底是怎么回事！我也知道，这种感情很奇怪，你也是知道喜欢的事情的，就如你很喜欢我一样。但是，我坦白告诉你，我真的还没有结婚！"

"我没有结婚，是因为我真的不知道事情应该怎么做。我第一次看见她，真的特别喜欢她，她那么迷人。"

"哦，我知道那时你对我是什么感觉了。"她插嘴说。

"亲爱的，不要插嘴，听我说下去。"他微笑着说。

"你要说真话，"她说，"那是你在克利夫兰的事情吗？"

"哦，确实是的。"

"是那样，我也听见过的。"她说。

"珍妮，她那时那么——。"

"你对她一见倾心，是吗？"莫可拉特夫人又冒昧地问，因为她感觉自己的心很不舒服。

"你能听我说完吗？"

"哦，莱斯多。我很受刺激呢。"

"真的，我那时很迷恋她，我认为她是天底下最完美的，虽然我们还是有距离的。但是，那时，我只想立刻和她在一起，这使我犯下最大的错误，我想不到事情那么严重。坦白说，我那时是不想和任何人结婚的，我想我们只是暂时在一起，事情过去了，我一样要离开她，给她赡养费就是了，我们不至于彼此留恋得不可以分开，你能明白我的意思吗？"

"哦，我很明白。"她答道。

"但是，事实上，我们在一起后，她的表现真的很伟大，她很特别，很富于感情，她所受的教育水平不高，但是她很聪明，也很有才情。她是一个好管家、好母亲。她对她的母亲和父亲是那么好。她对待自己的女儿也是完美无缺的。她并不很会社交，不怎么机灵，不那么对答如流，但是她的思想你可以感觉到，她是有思想的好女人。"

"你给她的赞美好夸张哦，莱斯多。"她说。

"是真的，"他说，"她真的很好，可是，我有时候感觉自己也只是同情她而已。"

"真有那么回事？"她问。

"是真的，我和她在一起，遭遇了很多的不幸。一开始，我就应该和她结婚的，因为没结，就受到那么多的毁谤、纠纷，我一点都没办法。后来，我的父亲又定下那样的遗嘱，我再跟她结婚，我就要失去八十万元的财产。现在，公司已经是个大组织了，我大概损失的数目会有二百万。两年后，我会什么都失去的。当然，如果撒谎说和她分开，我又不愿意那么做。那样是伤害她的感情，她对我一心一意的，我不忍心。我总是在问自己，不知道到底还愿不愿意抛弃她。真的，我不知道要怎么办。"

莱斯多说完，就点上一支雪茄，把视线移到窗外。

"你真的没有办法解决吗？"她反问他。几分钟后她就站起来，走到他的身边，伸手去摸他的脑袋。她的衣服碰着他的身体。"我可怜的莱斯多，"她说，"你的确把自己陷入绝境了，你为什么不和她好好地谈一次，商量一个结果呢？像对我这样坦白。"

"那样好像有点残忍。"他说。

"你必须狠一点心，亲爱的，"她劝他说，"你不能一直这样下去，你会把自己耽误的，实在是对自己不负责任。坦白说，我不会劝你和她结婚的，我这话不是自私的说法，虽然我至今还爱着你，无论你是否接受我，我真的永远都会爱你的。"

"我明白。"莱斯多一边说一边过来抓住了她的手，愣神地看着她的脸，很久才走开。她不平静了，他的举止让她心神荡漾了。

"哦，莱斯多，你这样的一个男人，每年那么点的收入是不够的。你是一个上流社会的人物，你应该回到你自己的世界里去，不应该再耽误下去。只要你回到公司里，你的一切就会恢复的，你还是有前途的。如果，她爱你，就应该做出牺牲，还你自由，至于她的赡养费，你可以付给她足够多的。"

"珍妮是爱我的，她要的不是钱。"莱斯多忧愁地说。

"那也好，她如果不要钱，她离开你，也可以自己生活的。"

"就是我帮她，她也不会要的。"他又严肃地说。

"可是你们分开，你必须尽快地决定，一天都不能再耽误下去了。真的，你为什么不现在就行动呢？"

"那是不可能的，"他说，"老实说，我可不想那么快地决定，那太残忍了，我以前也想过的。但是，我连自己的父母都没有说过的，我自己的事情，我不愿意和别人去商量，我之所以和你谈起，是因为我感觉我们的知识和感情很相通，我很关心你，你要相信我，我说的都是实话，你知道吗？"

"我不是和你争论什么，"她牵着他的胳膊说，"我爱你，你的事情我都知道了，我替你们难过，尤其是她，她是个好女人，美丽，善良，我也很喜欢她，但是你们真的是不般配的，我们这么说她，不是不合乎道德的，我们的身份也允许我们这么说。"

"我想，你应该把刚才的事情向她再说一遍，她会理解你的，她爱你，就会希望你好，不会害你的。如果我是她，我会放过你的，我想，有良心的女人总都应该那样做的。我们都是女人。我想她会那么做的，"她停了停又说，"我恨不得亲自去同她谈一谈这件事，她会通情达理的。"

看着她，莱斯多深深被她的热心所打动了。她美丽，有魅力。"事情总不能那么快解决的，"他说，"我要好好地想一想，我还要考虑考虑。"

她等了一会儿，又说："你该快点儿行动了。"

"好的，我一定会考虑的。"他不安地说着，就和她告别了。

五十一

莱斯多已经很认真地想过了，而且就准备行动了。谁知事情又有了新的变化，珍妮爸爸的健康又出现了问题。

现在，格哈德已经不能下床了。每天，他都躺在房间里，珍妮伺候着他，维斯塔和莱斯多也会去问候他。老父亲常常望向窗外，心想他这一病，马夫会不好好看马，送报的人会不注意时间，管炉子的人会浪费煤。

这个家的事情，以前都是他来管理的，他对于自己的职务都很认真，总怕事情做得不好。珍妮给他做了一件羊毛浴衣，一双又软又厚的羊毛拖鞋，他都舍不得穿。他让它们躺在床上，和《圣经》以及路德教的报纸放在一起，他每天都要看看报纸，问珍妮外面的事情如何了。

"你快去地下室去看看，那家伙连暖气都烧不好了，"他总是抱怨，"我知道他在做什么，一个人在看书，不去添煤，炉子都快灭了。啤酒你一定要锁起来，放在那儿他会偷喝的。谁知道他这个人是好人还是坏人呢，我们可看不准的。"

但是，珍妮会反驳他，说暖气很好，那人也不错，一点儿啤酒，喝就喝了，没什么的。"你们懂什么？"他会很生气地说，"你们太浪费了，什么都不管，那他就会很随便的，不生炉子，不扫院子。不看着他，他乱动，那和坏人就一样的了。"

"好了，爸爸您别说了，"她安慰他说，"我一会儿就去，你就别操心了，好好休息吧。"

"哦，"格哈德说，"我很不舒服。我不知道怎样才会好受一点呢。"

玛金斯丁是有名的内科医生，很有经验，水平也不错，珍妮把他请过来。他告诉珍妮：热牛奶、滋补的酒、休息对老人很有用的，但是希望也不太大了。他说："他已一大把年纪了，身体很虚弱。假如他二十岁，办法会很多。他的病很严重，只能维持一段时间，这是我们迟早要面对的事情。"

珍妮不免有些伤心，但是，想到现在的环境，他会很舒服地度过剩下的日子，她就很欣慰了。

很快，格哈德病得更严重了。珍妮就分别写信通知弟妹们。斯蒂安回信说，自己很忙，抽不出身来，还说乔治在外地，也在忙着工作。马蒂和她的丈夫去波士顿了。威廉在奥马哈的一个电气公司工作。维多尼亚已经结婚，丈夫是做药材生意的。很快，维多尼亚和马蒂也回信了，却都很简单。她们希望父亲病重时珍妮通知她们。乔治回信说最近也没时间，不能到芝加哥来，但希望时时告诉他消息。事情过后，威廉说，根本没有接到珍妮的信。

格哈德的情况更糟了，珍妮非常痛苦，虽然过去父女曾有过一段不快，但现在相处久了，他们的感情非常融洽。格哈德知道女儿是最善良的，是最无可指责的。她对他很好，从来不指责违背他。

现在，他生病了，她每天都到他的房里照看，一天要几十回，无论多忙，不断来问他是否舒服，是否要吃点儿东西。后来他更虚弱了，她就干脆坐在他身边，一整天都不出去。

有一天，她又来了，他拿着她的手用嘴亲着。她吃惊地抬起头来，喉中像有一块东西在塞着说不出话来，他的眼中也含着泪。

"你真好，我的孩子，"他说，"你待我真好。我曾经那么对待你，让你受委屈了，我老糊涂了。你要饶恕我，好不好？"

"爸爸，快别那么说，"她央求着老人，同时哭了，"我知道自己不对，是我对不起你。"

"不，是我不好，"他说，她就跪下来，抑制不住地大哭起来。他把自己的瘦手搁在她的头发上。"听，珍妮，"他断断续续地说，"很多不懂的事情我现在懂得了。我现在也聪明了。"

她装着要出去有事，离开父亲，出去大哭了一场。他真的谅解她了吗？她曾经那么让他没面子！她要服侍他一辈子的，现在是没有机会了。经过刚才的和解，老父亲很高兴。

于是，父女二人又度过了几个小时的快乐时光。

有一阵，他说："我感觉自己像个小孩子一样了。如果可以动，我要爬到地上去跳舞呢。"

珍妮强装笑容，内心却在哭泣。"爸爸，你就会好起来的，别担心。"她说，"你会慢慢好起来的。明天，我们坐车去兜圈子。"

莱斯多，对他也是有感情的，很挂念他的病情。

"他今天好点儿了吗？"每天，只要一回到家，莱斯多就要这样问，并且要到老父亲的房里去看看。"他气色还可以，"他说，"他会多活一些时间。不用担心。"

那小外孙女也会花时间去陪伴他，她那么爱他。有时，她会把她的书带到他那去背，有时把房门开着，给他弹琴。莱斯多送了她一个百音盒，她会拿到他房里去听。有时候，他对任何东西都厌烦，珍妮就一个人陪着他。她知道他活不了多久了。

格哈德很古板，他对珍妮吩咐了自己的身后事。他要葬在他常去的那个路德教堂的小坟场，还要那个可爱的牧师来替他举行葬礼。

"一定要俭朴，"他说，"我只要我的那套黑衣裳、黑领带、礼拜天穿的鞋子。"

珍妮不想让他说这些伤心话，他仍旧还继续说。有一天四点钟，他的病忽然重了，五点钟就咽气了。弥留之际，珍妮看着他费力地呼吸，他曾睁开眼睛对珍妮微笑。最后他说："我尽我的能力了，死而无憾了。"

"别说了，爸爸。"她央求他。

"我要走了，"他说，"你对我最好，你是一个好孩子。"然后，他就没再说过话了。

对于父亲的去世，珍妮很是悲哀，他父女的感情最深，他是个好父亲、好老师。他更是一个勤劳的德国老人，他曾经那么努力地支撑一个穷苦的家。到死，她还在骗他，他不知道她是没结婚的，他还说她是个好孩子，他会饶恕她吗？

珍妮打电报通知了所有的弟妹，斯蒂安第二天就到了，其余的都没来，珍妮把详细情形回信给他们。牧师来祈祷，择定了下葬的日期。

一个肥胖干净的殡殓员来料理后事，几个和他家最不错的邻居也来吊唁了，第二天早晨举行了葬礼。莱斯多、珍妮、维斯塔、斯蒂安一起到了一座路德教堂，沉闷地做那枯燥无味的葬礼仪式。莱斯多厌倦那长篇演讲，斯蒂安也听得很烦，只有珍妮一直在哭泣。她在回忆过去的一切，想起爸爸当初是如何颠簸地过日子，住在工厂的顶楼，一直那么苦。还有这最后几年的事，他为她担心，为母亲的死悲哀。

"啊，爸爸是个好人，"她想，"他的心很善良。"当听见大家在唱"上帝是我们的雄壮的堡垒"时，她开始大声地哭泣了。

莱斯多拉了拉她，见她那样悲恸，自己也几乎要哭出来了。"不要这样，"他低声说，"上帝，我也快不行了，我先出去了。"

在坟场，莱斯多已经替他买了一片地。全家一起送棺材落入穴中，埋上泥土。莱斯多好奇地看着那一切，觉得这里很平常，很简单，是一般的工人的墓地。但这是死者自己要求的，也只好这样了。

他又看了看斯蒂安，不知道他究竟是什么行业的。珍妮呢，她正在擦着自己红肿的双眼，他想："她真善良。"

回去的时候，在街道上，莱斯多跟斯蒂安和维斯塔说了一会儿话。"珍妮太认真了，"他说，"她很忧郁，也很敏感。

大家都有自己的烦恼，只不过有大小之分，忍耐一下，一切都会过去的。"

"我是忍不住，"珍妮说，"有些人是值得我们想念的。"

"珍妮小时候就很忧郁。"斯蒂安说。他觉得莱斯多是个人物，珍妮现在也确实很得意。他想起自己当初对珍妮的预言，真的都应验了，人生就是这么富于变化。开始，他还认为珍妮一无是处呢。

"你振作些，人总是要离开这个世界的。"莱斯多劝她说。

珍妮不说话，望着窗外。一会儿，她就远远地看见了自己的家，那所大房子，现在回去，父亲却不在那里了，以后他们无法见面了。

进了家门，懂事的女仆送上茶来。珍妮坐了一会儿，就自己走开了，忽然，她有一种怪念头，如果她死了，会葬在哪呢？

五十二

　　格哈德的死，让珍妮很悲伤，莱斯多并没感到什么不好的，只是有点同情珍妮。他对那老头儿并没有什么感情，只是喜欢他的勤劳。为了安慰珍妮，他就带她到海水浴场去了些天。

　　他打算这次一回来，就和珍妮把一切都说明白。现在，问题很明显，地产生意的事情，珍妮也是知道的。

　　珍妮知道，他现在对那位夫人很感兴趣。莱斯多曾经坦白地对她说，他和莫可拉特夫人以前确实不错。开始，莫可拉特夫人曾经让他带珍妮去做客，她却从来没来他家拜访，珍妮也知道她是不会来的。

　　现在父亲不在了，她也开始想到自己的未来出路，她知道莱斯多可能不会和她结婚，至少他还没这么说。

　　事情又很巧的，这时，罗博特也要有所行动了，他知道是劝不动弟弟了，他可以在珍妮的身上下功夫。他认为她还是懂得道理的，至今他们还没结婚，她应该明白，弟弟是没有和她结婚的意思的。如果找个中间人和她去说，给她赡养费的事情都说明白了，也许是行的。这个纠纷也许会解决的，他毕竟是他的弟弟，哥哥已经都拥有一切了，他要对弟弟负责和慷慨一些。

所以，他就决定叫他的合组法律事务所里的律师去做这件事情。那个律师为人温和，脾气不错。他会把一切的情况都对她讲明的，他为她受理财产损失，他们是否结婚，律师是可以知道的，如果她同意，可以给她很多的生活费，十万都可以。

想好了，他就把律师叫来，面授机宜。

他到芝加哥后先去找莱斯多，刚巧他不在，他很高兴，就直接到海德公园，他把名片送进去。珍妮不知道怎么回事，几分钟后就出来接待他。

"是莱斯多夫人吗？"他略一点头问。

"哦，是的。"珍妮答道。

"我是法律事务所里的律师，受罗博特先生的委托，估计您在名片上已经看见了，"他说，"我是你先生的父亲的法律顾问。今天冒昧前来，是有点儿事情的，因为你丈夫的父亲在遗嘱上立了条件，是关于你和你先生的。如果你的先生没有对你提起过，我有必要通知你。"

"我一点儿都不知道！"珍妮说，"那遗嘱是怎么回事？如果和我有关系，我先生应该会告诉我的，可是他从没对我说起过。"

"哦！"那律师很满意，换了一种口气来说，"真的？"

"如果允许，我先大概和你说说，你来最后决定，你先坐下来，好吗？"

于是，珍妮就坐下来，律师也拉了一把椅子一起坐下。

"我们从头开始讲吧"他说，"有一点我想你该知道的，就是老先生对于你们的关系始终是不同意的。"

"哦，这我知道——"珍妮停住了，她不想再说下去了。她有些眩晕，烦闷，害怕。

"老先生生前，就已经坚决反对你们俩的结合。后来，在遗嘱中，他就这么决定了，因为你的先生不会轻易得到自己的股份，那是甘氏制造公司财产的四分之一，至少值一百万元，此外，还有其他财产的四分之一，也价值五十万元左右。老先生实在是很疼爱他的小儿子的，是希望他有继承权的，但是因为你，他要答应父亲一个条件，否则他就无法得到遗产。"律师不说了，转动着他的眼珠，虽然，他开始也是有成见的，但是看见珍妮，也为她的美貌打动了，他明白了那个莱斯多为什么不顾所有人的反对而守住这个女人。

"到底是怎么回事呢？"她问道，她很紧张。

"我很高兴你能这么问,这个问题我实在是不好意思说的，我是家族财产探访人，也是遗嘱的执行者。我知道你们的事情，你先生对你也是很……"他停了一会儿，继续说，"我真的不想说出来，但是又必须要说的，老先生在遗嘱里规定，只有你们分开，否则，他不能享受任何的财产，每年只有一万元的收入，而这一万元的前提也是，他必须跟你结婚。那遗嘱上还规定只有三年的考虑期限，现在时间没多少了。"

律师不说话了。但是，珍妮也没有那么冲动，只是呆在那了，她的眼里充满惊愕、苦恼的愁云，她什么都明白了。因为

303

她，莱斯多牺牲了很多，他近来之所以投资，是要独立和成功。几年来，他时常烦闷的原因，就是他丧失了财产的继承权，他很不快乐，但是他没有对她说。

律师就坐在那，他看见她表情复杂，也很替她难过。"很抱歉，"他又说道，"我亲自和你说这些，我对你没有一点儿的恶意，我这么说，自己也很痛苦，你要谅解。他们大家对你都没恶意，当时，遗嘱宣读的时候，我们也都很同情你先生，认为不公道，但那是老先生的意思，我们是要执行的，大家都没有办法。我想，你要了解内情，做出决定，也好帮助你的丈夫，他如果把财产完全丧失，就太可怜了，他家里人也都很可怜他，才派我来的。"

这时，珍妮转过身说："是的，他不能失去，那不公平。"

"听你这么说我很高兴，夫人，"他第一次无所顾虑地用到这个称呼，"我坦白地对你说，我来的时候还很担心你的态度呢。你应该知道，他们家族的风俗，他们一家人，包括老夫人，他的兄弟姊妹们都不同意你们的关系，认为那是不正常的事情。几年前，老先生就很动怒，觉得他的儿子败坏了家族的名誉。所以，那遗嘱上的条件就是，他的儿子如果不肯跟你断绝关系的话，那就不要想继承他应得的财产，每年只有一万元的收入，这个前提，还有三年的期限，就是三年后，你们必须结婚。"

珍妮太痛苦了，她感觉，这个人好残忍，当着她的面这么说，实在是太残忍了。本来他们非法同居，她已经够痛苦的了。如今这不幸的解决办法，她是彻底看明白了，他们必须分开，没有第二条路可走。今后,靠莱斯多每年那区区一万元生活吗!那是太不可能的事情了。

律师看着她在想,莱斯多应该是错了,她这么迷人,他们为什么不早结婚呢?

"我还有一点要对你说的,虽然和你的关系不是很大,但我奉命前来,就不得不说了,我希望你能接受。我不知道你对于你丈夫事业上的事情是否了解?"

"不了解。"珍妮回答。

"好的,我简单说,以便使你明白,如果你决定帮助你丈夫摆脱目前的困难局面,你就应该自愿离开他,你们各走各的路,那么,你开口,无论多少……"

珍妮昏沉地走到窗口,艰难地摇着自己的手,律师也站了起来。

"真的,如果你现在决心断绝目前的关系,他们会听你说个什么数目的,五万、十万,"律师面有得意地说,"给你存起来,随你支配。"

"不要再说了,"珍妮无力地说,她已伤心到失去谈话的能力,心理上和生理上都不能再继续下去了,"真的不要再说了,请走开吧,我一个人待会儿,放心,我愿意,我会离开这里的。现在,请你不要再说了,让我自己静一静,好吗?"

"我也很难过的,夫人,"律师继续说道,"我很明白事情是怎么回事,请你原谅我,我只是个办事的,我的差事也不好做,我是奉命而来的,很遗憾。名片放在这,我的名字在上面。你需要的时候,我随时还会再来的。不耽误你了,很对不起你。希望你不要对莱斯多先生说我来过这里,我们是很要好的朋友,我很对不起他,希望你尽早拿定主意。"

珍妮瞪着地板不说一句话。

律师急步离开了。女仆也走开了,珍妮才用自己的双手托着下巴瞪视着地面,感觉一切都有了幻觉。

忽然,她仿佛看见,她和维斯塔住在一个小屋里;莱斯多一个人在另一个世界,离她很远,和莫可拉特夫人在一起。她现在待的这个房子已经空了……

"啊!"她大喊一声,用力擦去脸上的每一颗泪珠。

"就这样吧,"她自言自语着,"就这样吧,早就应该这样的。哦,还好,爸爸已经不在了!我不用再欺骗他了。"

五十三

其实,莱斯多已经下定决心,要和珍妮讲明白的。

律师来的那天,他到威斯康星州一个小城市去参观新发明的一种新发电机了,他去看看是否可以投资。回来后,他就打算同珍妮开讲,谁知一进门,他就感觉气氛不对,因为珍妮虽然已经做出严肃而明智的决定,却很难掩饰心中的感情。

她在考虑应该如何做,离开是最好的,但是又鼓不起勇气去和他说。不可能不告而别了,她已经知道他为自己牺牲那么大了,但是她也没有勇气,她很惊讶他能这么久什么都没对她说。

珍妮勉强用自己那种习惯性的微笑迎接他,可是已经很不自然了。

"很辛苦吗?"她还是那句惯说的语句。

"不,"他回答,"家里还好吗?"

"没有什么事。"他们又一起到图书室,他用火筷拨壁炉中的火,然后看了屋子一眼。那时天快黑了,珍妮在放窗帘。

转身的时候，他看了一眼她。

"你有什么事情吗？"他感觉她有点儿反常，就问道。

"哦，没什么啊。"她虽这么回答，嘴唇上却有些颤抖，他能看出来。

"你在瞒我什么？"他呆呆地盯着她，"你到底怎么了？"

她转过头去，喘了口气，定了定神，勉强开口说："我要和你说点事儿。"

"哦，"他带着一点微笑问，"你要说什么事？"

她无法开口，咬着自己的嘴唇，不知道该如何开头。最后才说："昨天有人来了，他是你们家的律师，你应该认识他的。"

"哦，我知道他。怎么了？"

"他告诉我遗嘱的事情。"

她不说话了，她看见他的脸变色了。"见他的鬼，他来跟你谈什么遗嘱啊！"他使劲嚷着，"他对你说什么了？"

"不要那么生气，"珍妮说，她知道，目前要解决问题一定要心平气和，"他告诉我一个事实，你为了我，做出了那么大的牺牲，你父亲规定的期限已经临近，你没想过什么吗？你不愿意行动吗？你还要和我在一起吗？"

"不像话，"莱斯多嚷道，"关他们什么事情，为什么他们爱管我的闲事，都该死呢！这一定是罗博特搞的。讨厌，他们要做什么！"说话时，他脸色发紫，眼中冒火，一副怒不可遏的样子。

珍妮看见他那样，吓得发抖，一句话也说不出。

很久后，他的气才消了些，问："你说，他到底都说了什么？"

"他说，如果我们结婚，你只有每年一万元的收入。如果我们不结婚，你就什么都没有。如果我们分开，你就可以得到一百五十万元的财产。你现在还要和我在一起吗？"

她本来没想马上提出这个问题，但是话到嘴边，自然就说出来了，当时，她想，如果他真的爱她，他就会说"是的"。如果他不爱她，他就会犹豫，拖延，回避问题。

"我认为，"他不耐烦地回答，"我的事情我自己来处理，没必要要他们来干涉。"珍妮听出来了，他的话对她很冷淡，没有挽留的意思。她伤心极了。

他所强调的，分明是自己想要行动的，不想别人来牵着自己的鼻子走，他恨的是别人干涉自己。她呢，虽然知道事情的严重性，却仍旧抱着希望，以为这么多年的感情，他会不忍心分离的，他没和她结婚，是有原因的，她是可以谅解的。

如今，都到这个时候了，即使要离开她，也应该有一点留恋的，但是，他却那么冷漠，他们是同居很久，但是她还是不了解他的，他应该是个自私的人，他不会真正爱别人的，他最爱的只是他自己，他想法把她弄到手，只是自私的动机，一旦有了重要事情，他就只顾及自己了。

这次，她是真的受伤了，在自己的一生中，这次的事情一定是要有个了断的。无论怎样，她是要离开他的，她留在这里已经没有任何意义了。现在只有一个结局。

他竟然没有一点儿挽留的意思。"你不想马上行动吗？"她希望激他一下，继续问道，"你父亲规定的期限要到了，是吗？"

她说话的时候，很不自然，有点坚持不住了。她觉得自己的行动和言语都很为难。莱斯多发现如今他已经有了莫可拉特夫人，他要离开，应该是很愿意的，无论她过去曾经为他做了什么，他的财产还是比她重要的。

"你别说了，"他回答她，因为他对他哥哥那帮人的怒气还没消，"我都不知道怎么办呢，以后再说了，他们真无耻，我可不愿意再谈这件事了。该吃晚饭了吗？"

那时，他觉得自尊心大受伤害了，完全忘记了他们之间的感情，连起码的礼貌都忘了。他恨不得对他哥哥和法律事务所里那帮人报以一顿铁拳。

事已至此，珍妮不想再耽误下去了，吃晚饭的时候，因为有维斯塔和女仆在，他们说话断断续续的，珍妮隐约地偶尔插进话。

"我可以到外面的一个地方去，找个房子住的，"她委婉地说，希望他可以接受，"我不想在这里了，这么大的房子很浪费呢。"

"我不想再讨论这件事情，你听着，"他大声说，"我不愿意再说它。我真的不知道要怎么办呢，我想我会去做的。"他正为律师的事情气愤着呢，所以很固执，珍妮只好不再说了。维斯塔见他发起脾气这么吓人，很是惊异。

忽然，珍妮有了一种想法，她认为，只要自己愿意，还是可以留住他的，因为他也是犹豫未决；但是，她也知道自己是不会那么做的，那样对两个人都是不公平的。

"哦，莱斯多，你一定要做决定的，"一会儿，她又央求他道，"我以后不会求你什么了，这个是我求你的最后一件事，答应我好吗？"

以后，几乎每天，珍妮都要提起这个问题。卧室、图书室、餐室，或是吃早饭的时候，珍妮是一直在担心着，她的心事又都写在脸上。她知道一定要逼着他行动。

最近几天，他对她格外好，她就知道他要行动了。他会怎么做呢，她不知道，但是她希望他尽快有个决断。

她料想，自己以后一定会快乐的，因为分开之后，他可以快乐，那么她也就可以快乐。他很好，就是没有爱，因为他从来不曾爱过她，或者因为很多的事而不能爱她，虽然她那么爱他。他的家庭一直影响了他的态度。他那聪明的脑子一直在那绕圈子想办法。他是因为心眼儿好，不忍心一下子就把她抛弃，又想得太多，不能只顾着自己。

"你快点儿做决定，我一定要离开的，你必须答应，你不用为我担心，这个事情解决了，我有我的去处，你要找我，我还在的。"

"我还没想好呢，"他总是那么说，"我还没想过会离开你，钱不是最重要的。如果可以，有每年一万元也够了。钱不是一切。"

"哦，你以为一万元真的够吗？"她问他，"仅仅维持这个就要很多呢。一百五十万元，那么多，你不应该丢掉的。你如果不答应，我就自己先走。"

"如果真是那样，你要到哪儿去？"他有些好奇地问。

"哦,我有办法的。你记得我们去过的那个小镇吗?我觉得那不错呢,我会去那住的。"

"我真的不想那样的,这样对你不公平,遗嘱上都是对你不利的话,我很后悔,一开始没有和你结婚!"

珍妮听了他的话,很难受。"无论如何,还不能最后决定,我还会想办法的,"他说,他本来想过不去理他的哥哥,也许,还可以假装和珍妮分开,但是他又不愿意用阴谋诡计。

后来,他们就彼此妥协了。二月底,她要出去找房子了。他说可以给她一大笔的赡养费,她可以提出一些条件。又说,他会去看她的,而且他会惩罚那些搬弄是非的人。他要把那可恨的律师叫来,骂他一顿。

但是同时,他的心灵记忆中,那个身份地位都不错的莫可拉特夫人的影子在那里走动。他并不是要刻意想念她,但她的样子老是难忘。他想了很久。"不如就先这样决定吧。"他这么对自己说,已经决定一半了。后来,他就彻底下决心了。

五十四

珍妮说的那个小镇，离芝加哥很近，一小时多点的火车就到了。镇上大约有三百户人家，他们住的小屋都分散在一片风景优美的地面上。他们都没什么钱，那些房子也很便宜，但是却建得不错，四周的树木长年碧绿，总是和夏天一样。珍妮第一次是同莱斯多一起去的，经过那地方时，她看见湖中有小船轻轻荡漾着，还有白色的塔尖，就赞叹不已。

"这地方不错，我很喜欢住在这呢。"她曾经对莱斯多说，莱斯多却不喜欢，认为那太幽静。

"我将来也许有一天会喜欢的，但是现在不会。"莱斯多当时那么回答。

后来，珍妮自己烦恼的时候，就想，如果以后她一个人，她可以住得起的话，她一定来这住。她要在那里种地，养鸡，装一个美丽的鸟房，至于花木和绿草，那是会到处都有的。

如果临湖的一个小屋是她们的家，夏天，她可以对着湖水缝纫。维斯塔放学回来，就在四周玩耍。她可以读书，如欧文的《见闻杂记》、勒姆的《伊丽亚》、霍桑的《故事新编》一类，都是有趣味的东西。

维斯塔，她的女儿，已经快成为一个音乐家了。她对于乐曲很敏锐，自己也唱得好，弹得好。虽然不过只有十四岁，却很了不起了。她是母亲和父亲的优秀结合，珍妮的温柔美丽和白兰德的活泼干练。她很有自己的见识，能跟母亲谈论很多的事情。学校里的特点和种种知识，通过维斯塔的介绍，珍妮也了解很多了。她认为维斯塔很有能力，将来一定可以自立自强的。所以，她对维斯塔的将来寄予很大的希望。

不久，珍妮在那小镇找到一个小屋，不是很高，红砖墙基，绿色的格子壁，四面是游廊。屋子的形状是狭长的，五大间，全部面向湖面。一间餐室，窗子也很大；一间大图书室和一间客室，三个大窗都是向阳的。总共占地有一百多平方左右，四周都是树木。这个屋子都是白色的，百叶窗和屋檐则是绿色的。

既然分离已不可避免，珍妮是不肯住海德公园的了。她认为一个人住在那不好，触动回忆的东西太多。开始，珍妮不想多带东西的，莱斯多一再劝告，她就拣了几件银器、一些挂物和简单的家具。

"你现在是不知道需要什么的，"他说，"一起都拿走吧，我是什么都不需要的。"

房子的租期是二年，五年的续租选择权，出价购买的优先权。莱斯多对她很慷慨。他不忍心让她缺少什么。但最为难的事，就是对维斯塔那孩子如何解释。

"可以送她到学校去寄宿。"他曾经提议她那样做；但寄宿的时间已经过了，也就没办法了。后来他们商量一下，说他有事情要出外一些日子，她不得不搬家。等到搬家后，珍妮就可以再找个理由对维斯塔说明一切。让珍妮最伤心的都是莱斯多的冷淡，他真是没有什么舍不得她的，竟然那么狠心。

人们平常最不能忍受的就是那样的一种男女关系，在最美满融洽的时候，被一种外力所拆散。当最后的那几天，就要搬家的时候，珍妮是很痛苦的，因为像她那种性情，她是愿意和一个人永久地生活下去、永远不分开的。她的一生中有很多的回忆的元素，很多的神秘的和可纪念的事情，她最希望持久的就是她的家。这个家是因为她对每一个人、每一件东西的爱和顾念结成而后美化的。如今，这个家就要不存在了。

珍妮的爱情不是以物质观念为基础的，但是如今真的要离开，她确实很痛苦。

离开之前，她在房间里的各处走着，看着，不忍分离。想想以后，他们就不在一起了，她不会为他再做一切的事情了，她不会再听到他回来的马车声了，从此就要分离，不再相见了，她的痛苦就来了。珍妮一个人在房间里最后走走看看，脑中在辗转想着。

他没办法，只能最后一次领略她的痛苦和忧愁了。这几天，这个女人真的很伟大，没有表现出任何的异常，不过分激动，不假装悲伤，仍旧很平静，很温和，很体贴他，只是自己一个人猜想他要做什么，到哪去，从不拿话去问他。

他呢，被她这种泰然自若所感动，很佩服她。这个女人确实很不一般，究竟是为了什么这么冷静呢？她也很命苦，遭遇这样的命运。然而，此刻有个伟大的世界在唤召他前去，那声音已经传到他耳朵，不能再等待了。

该结束了，和邻居告别后，就又放出了口风，说他们要到国外去，已经在那边定好了房间，现在要跟这海德公园的住宅诀别了。他们一同到珍妮选的那个小镇上看过几次，他曾经很留心观察过。他觉得还很满意，只是寂寞一点罢了。春天了，花是美丽的。她打算雇一个园丁，一个管杂务的。

"不错，"他说，"我希望你开心。"

这会儿，他在安排着自己的事。他叫律师通知合组法律事务所那讨厌的去他和珍妮的家的那个律师，要他们把他那份财产的证书交给他。他已经下了决心，已经很残忍了，何妨去得到自己应该得到的东西。他是要跟莫可拉特夫人结婚的，还要去做联合车辆公司的理事。如果他和莫可拉特夫人结婚，以他们的经济实力，他可以做辛辛那提联合拖拉机公司的管理人，可以去管理西部的制铁厂，他哥哥也是那儿的一个领袖。他比起过去几年中的自己，将会是了不起的人物！

这时，珍妮几乎到了绝望的地步了。她太寂寞了，这个家对她太重要了。最初，刚搬来的时候，她以为自己会很幸福的，他们会结婚的。如今，什么都没有了，家没有了，父亲不在了，仆人走了，她和莱斯多实际上也已经没有任何关系了。

她知道，他是永远地走了，不会回来了。自由后，他会干他自己的事业，会很快地忘记她。是的，他们本来就是不般配的，他们的爱是不充分的。这个世界需要的是教育、财富、训练、奋斗、策划的能力。她什么都不具备，所以，最后她失败了。

终于离开了，一切旧生活都结束了。莱斯多送珍妮到那小屋。"这还不错的。"他说，还说不久会来看她的，但是他走了，一切都无效了。

那天，珍妮目送着他离去，那个背影披着一件新外套，胳膊自信地晃动着，浑身都是自立和发达的字眼，她不由得一阵伤心，想立刻死去。他们已经亲吻、话别，彼此也曾祝愿，她还是那么受不了这样的分别，她回到卧房就躺着不起来了。

一会儿，小女儿进去找她，她的眼泪已经哭干了，一切都是过去的事情了。她要开始一个新生活，没有莱斯多，没有爸爸和仆人，一起和女儿相依为命的新生活。

"我这是什么遭遇哦！"她很苦闷，但是还要继续活下去的，她要亲自下厨房来解闷，避免无聊空想。她不愿意待着，如果没有维斯塔，她就要出去工作了。但凡可以减少她胡思乱想的机会，她都喜欢，因为疯狂就在思想的道路上滋长。

五十五

在和珍妮脱离关系后,一两年中,莱斯多在芝加哥、辛辛那提、克利夫兰等城市的社交界商业界活跃着,人们能看见他的精神好像返老还童一般。他和珍妮同居的时候,他的态度是疏远、淡漠的,现在他不一样了,重新出现,俨然是一个金融界和商业界的要人。当然,他已经不年轻了,更成熟了。

在他和珍妮一起生活之前,他是充满着无穷的自信力的。因为他的环境和家庭的原因,人们很难看见他的不幸的一面。他做的事业是大规模的,他是事业的创造者,是事业的一部分,享有天生的支配一切的权利,如同人们享有空气的权利一般正常。

因此,他有着某种优越的幻觉。人们不知道和没经历过的事情,是不了解它的真实性的。

由于不了解那种创造力,就会觉得自己的世界坚实耐久。如今,他经历过那么多的事情以后,大的风波,艰难的逆境,他觉得自己已经变了,对于自身的评价是有错误的,个人的欲望和意见在社会面前是一文不值的。

社会风尚，尤其是某种约定俗成的制度，某些社会组织，他是决不能与它们对抗的，他决不能故意存心去蔑视它们。那个时代，人们是相信社会是一个特种组织的；除非他顺从这个组织，否则，他就很容易成为一个被社会唾弃的人。父母、兄弟、姐妹、社会、朋友就都排斥他。

上帝，他的新决定多么来之不易啊！以前，命运已经抛弃他了。他那地产的投机，就是他生平最不幸的事例。为什么呢？难道上帝也在帮助他所认为不重要的那种社会组织吗？应该是的。现在他已经抛弃过去的一切了，又恢复本来面目，又是一个雄健坚强的人了，又是有力量的、有价值的人了。

于是，他开始回忆以前的事，他不免有点儿痛心，他很丑恶残忍，终于抛弃珍妮了，珍妮是那么地爱他，虔诚地对待他，他和她比起来，真的很惭愧，她是不该有那样的结局的。

确实，他很自私，总是用不得已的理由为借口。他本可以靠一万元过日子的；他还可以不要那一百多万的财产。但是，社交是他最喜欢的，是最忘情的一种引诱，然而没有社交的时候呢？他还不是一样和珍妮一起生活？现在另外一个女人又走进他的世界了，事情更加复杂多变了。

她有珍妮那样好吗？有她一样善良吗？她故意在他面前表现，希望和那女人争夺他！这种行为正常吗？这是一个好女人应该做的吗？他们是般配的吗？他们应该结婚吗？

他虽然在法律上对珍妮没有责任，但他是负心的，她还值得跟他结婚吗？他的脑子里不停地想着这些问题。他总觉得自己很残忍，是个负心的人，他无法原谅自己。

最初是物质上的错误，如今是精神上的，事情就更复杂了。两种错误都是不好的。他能替自己解脱吗？心理和精神上的事情能够相抵过失吗？以后他能心境平淡吗？他不停地想，竭力要自己去适应旧的或是新的环境，但是他总是不快乐。

有时他想，如果跟莫可拉特夫人结婚，不过是要利用她的财产而已，这样的结合是他所痛恨和鄙视的。他一个人住在外面，每次到辛辛那提，总有一种不好的感觉，坐在那开会，也总是没精神的样子。

莫可拉特夫人对莱斯多是非常关心的。她故意等些时候，没跟他联系，后来才写信问他："你在哪里？"这时，莱斯多对于新生活刚刚有点习惯了。他正想要一个女性的伴侣。

现在，他不和珍妮在一起了，业务和宴会也渐渐多起来，但是他的确是单身的，出入只有一个仆人陪同，对于过去，谁都没有向他问起过。

他看到莫可拉特夫人的信，就想去看她了。他知道以前自己对她很怠慢，他和珍妮分开很久，都没有去看她一次。现在还是要拖延的，就等她打电话来请他过去呢。

他们终于见面了，晚餐席上，莫可拉特夫人以主人的身份出现。同席的都是他们以前认识的不错的一些朋友，还有一位刚从英国回来的绅士。莫可拉特夫人看见莱斯多之后，就用知己重逢般高兴的态度问他："你还好意思见我吗？你对我太冷淡了，我一定要惩罚你呢。"

"怎么罚？"他微笑着问，"打我一百鞭子吗？"

"一百，哦，可以！"她说道，"那也便宜你了。外国的犯人是怎么罚的呢？"

"扔进油锅里吧。"

"好的，无论如何，鞭子太轻了些，我要想办法重重地罚你。"

"等你想好了再来通知我。"他笑道。这时候，帮莫可拉特夫人做招待的格兰特夫人过来了，把他介绍给其他的客人，大家就兴奋地交谈。莱斯多一向机敏，在这样的场面，更加有兴致了。一会儿，他就去跟一个老朋友打招呼。

那老朋友对他非常客气。"你现在哪住呢？"他问道，"我们没见你很久了，记得最后一次是什么时候见过的吗？"莱斯多觉察到了，他的态度跟以前不一样了，没有挖苦和讽刺了。

"是有很多日子了，"他回答道，"我自己住外面。"

"我前些天还在打听你呢。你认识杰斐逊吧？当然你认识的。我们正打算到澳大利亚去打猎，你来参加吗？"

"我没时间的，"莱斯多答道，"现在手边的事情太多，以后再说吧。"

他很想继续谈下去。原来他知道莱斯多已经被举为公司的理事。显然，他又回到社会上来了。但是那时要入席了，他就不能再说什么了。席上，莱斯多坐在莫可拉特夫人的右边。

"有时间，我一定要请你吃晚饭，肯赏光吗？"莫可拉特夫人趁其他客人不注意时诚恳地对他说。

"当然"，他答道，"说老实话，我早就想要来看你了，我现在的情形如何,你知道了吗?"

"知道了。我知道很多。我们应该谈一谈。"

不久后他去看她。好像非要和她谈谈,他很是烦闷寂寞。跟珍妮过了这么多年的家庭生活,旅馆生活实在太难过下去了。他必须找到一个可以同情他的、有见识的人去抒发心中的郁闷,那么还有谁比她更好呢?她是最能体谅他的人了。如果情况允许的话,她是会立刻抱着他的脑袋宽慰他的。

"哦,"一番客套话后他就言归正传,"你要我说什么呢?"

"你已经真的放弃她了?"她问。

"十分准确,"他严肃地答道,"但是我并不很快乐。"

"我很理解你的心。我看见你很辛苦地跋涉,莱斯多。我在关注你,关心你,希望你能够舒适快乐。事情开始的时候总是有些难的,但那是唯一的办法。你不能再重新陷入那种孤单的生活。我们一样,天生厌倦那种生活。现在,你虽然也有遗憾,换个做法也都要有遗憾的,你该承受的,你不能那样过一辈子,你说是吗?"

"我还不知道,亲爱的。我真的不知道。只是,我早就想来看你了,现在事情终于解决了,你听得懂我的话吗?"

"懂,我懂你。"她安慰他说。

"但是,我还是放不下,我不知道我的选择是否正确,我虽然不那么全心爱她,但我真的对她有歉意,这是真的。"

"她已经有了一笔不错的赡养费了。"她说。

"是的,她什么都不缺。她的脾气很特别,什么都不肯多要。她不喜欢铺张。我为她在小镇租了一幢小房子,就在这儿的北边那个临湖的地方；钱也替她存了很多，希望她生活得开心。"

"你们的感受我都能理解，亲爱的，我更理解你，她暂时会伤心的，但是这个是大家都要面对的问题，时间会冲淡一切的。至少，她还能继续生活下去，我们都一样的。过些时候，她会好的，她不会恨你的。"

"是的，珍妮不会，我知道，"他回答道，"但是，我会责怪自己。我将要有很长时间的自责。我很矛盾，我自己都说不清，有多少是同情，又有多少是其他的。有时，我都不知道自己是怎么回事，怎么那么没主意。"

"我可怜的莱斯多啊！"她温柔地问他，"有一件事我很了解，你现在一个人很寂寞，是吗？"

"是的。"他回答。

"那你就到巴登烈去住几天好吗？我也要去了。"

"你是说什么时候？"

"下周二。"

"我看看，"他答道，"不一定，我要到周四以后才有时间。"

"那就周四好了，我们一起到那里去玩，一边散步一边聊天。多好啊！"

"好的。"他回答道。

她穿着一件淡绿色的长袍，她向他走过去。"你是一个严肃的哲学家，"她批评道，"什么事情都要想到，干吗那样细心呢？"

"没有办法的事。"他答道。

"好的，你要告诉我一件事——"她拧着他的耳朵道，"你不会又是同情心在作祟吧?"

"我想你把自己要做的事情好好想想,你是必须要做的。我呢,希望你能来做我的顾问,我把我自己交给你。"

他回过头严肃地看着她。"我不知道你在说什么?"他说。

"你真的不懂吗?"她追问着,带着一点儿轻蔑的神气看着他,"你说,你是真的不懂吗?"

"你知道自己在做什么吗?"他说,眼睛还在看着她,被她的样子吸引了,觉得她虽然不年轻了,却依旧动人,聪明,美丽,懂得友谊和爱情。

"亲爱的,"他说,"你要打算和我结婚吗?我不值的,真的不值的。"

"到底哪里不值呢?可是我却知道你是值得的,"她道,"我了解你的人。不,我不管那么多,我就要你呢!"

他把她的胳膊抓过来。最后,一把搂住她的腰。"亲爱的!我知道不值得的,你将来不要后悔哦。"

"不,我才不会后悔,"她答道,"我很清醒,不管你怎么说。"她把脸贴近他,"我就是要你。"

"如果你真的坚持,我敢保证,你会得到我的。"他一面说一面弯下身子去吻她。

"哦。"她热烈地喊着。

"这很不对,"他虽然搂着她,心里却想,"我真不应该呢。"

但是,他仍旧没有放下她,等她的嘴唇凑上来,他就开始亲个没完了。

五十六

一段时间以后，财产已经到手了，风波也过去了，他知道，他是很容易找个机会和珍妮复合的。但是还有其他势力在阻碍他的思想，尤其是那个莫可拉特夫人，他时刻对她有一种倾向。她有钱，漂亮，还是个社交人物。他很矛盾。珍妮呢，比较起来，不具备这些，只是很自然、很生活的伴侣。假如没有莫可拉特夫人，那么他和珍妮的事情也许还有可能，现在莫可拉特夫人对于他，已经不单单是一个女人，而是一种十分重要的社会机会。

对于这些，莫可拉特夫人也很明白，她没有贬低珍妮，只是为他们没有结合而遗憾罢了。但是，现在她和他如果可以结合，他的一切就极大地丰富了。经过很久的考虑后，莱斯多终于下了决心，他认为，自己已经很对不起珍妮了，现在再做什么，已经不重要了，珍妮只是没有自己的陪伴，她是什么都不缺的，而且她自己也认为他们就应该分开的。他对于自己的新想法，就要实践了。

莱斯多是不可能和珍妮复合的,莫可拉特夫人这时期经常出现在他的面前。他自己一个人,经常去拜访她,她总是替他开导疑虑。莫可拉特夫人很容易为他提供一切。如果他们结合,他们无论在哪安家,都会过得很好,她很了解他喜欢什么样的生活,他们都很爱玩,这不,他已经接受她的提议游巴登烈了。

在芝加哥,他总是陪她去赴宴会、跳舞、游泳。他很习惯去她那里,他们常常一起商量关于家庭的事情,她很喜欢听他的意见,她不愿意看到他寂寞,想让他思考问题。她会给他带来快乐和舒适,他还会带朋友到她家去玩,所以他们要结婚的谣言就传开了。但是莫可拉特夫人知道别人还在谈论他的过去,所以她绝不声张他们的婚事。

"我们四月到外国去结婚吧?"她在彼此心照不宣之后问道,"我们到日本去吧。等秋天再回来,在那找个房子住。"

莱斯多离开珍妮已很久了,已经失去了自责的情绪。"不错,"他回答,"但是不要惊动别人。"

"你说的是真的吗,我的宝贝?"她盯着他嚷道。

"我早就想到了,"他说,"我认为可以那样。"

她走到他身边,坐在他的膝盖上。

"我有点儿不相信呢。"她好奇地说。

"那算我没说,好吗?"他问道。

"哦,不,不。我们都说定了,你千万别后悔,不会惊动别人的。我的上帝,我要准备结婚礼服呢!"

当她用她那双柔软的手拨弄他头发的时候,他微微一笑。他感觉缺少了一个快乐的音符,他想,自己老了吗?

五十七

这个时期,珍妮在那个新的环境里也在开始自己的生活。最初,那种和莱斯多分离的生活似乎是可怕的。因为她虽然很有个性,这么多年来却跟莱斯多相处得非常融洽,认为他们是不会被拆散的。现在,她的思想仿佛还在跟随着他,就像没分离一样的。他在哪儿呢?做什么呢?现在好吗?

每天,她一个人有些不能入睡,她感觉他会回来,醒来后,感觉他就在自己身边睡着。但是,看一看,才知道那是做梦呢,这个环境里真的没有他了,他不在了,是她叫他离开的。

很多的小事,珍妮也觉得很不习惯,因为这种生活的变化很彻底,她无法轻易地忘掉。最难做的,就是不知道怎么给孩子解释。原来那孩子已经很大了,已经知道怀疑事情了。

她记得报上登过的事情,知道母亲没有结婚。那时候,她在学校回来没敢问母亲,这次,莱斯多突然离开她们了,她很惊异,但她已经看出母亲的不开心,所以也就没再问什么。

最后,珍妮就告诉维斯塔实情了,说她和莱斯多身份不配,只有分开,他才可以得到财产。维斯塔听着却还有点儿怀疑,她也很替母亲难受,但看见她那么郁闷,她却装出很高兴的样子。珍妮提出送她到寄宿学校的事情,她不同意。她总是找有意思的书本跟她一起看,劝她去看戏,她还弹琴给她听,教她图画和手工。她常常把学校里的朋友带回家,希望家里热闹一些。

女儿很懂事,她们就更亲密了。虽然莱斯多走了,但是至少她还有女儿陪伴,她的生活虽然无聊,但是女儿是她的安慰,她最为难的,就是没有办法和别人倾诉心事,因为她不能让邻居们知道自己的过去。

大多情况下,普通人都有爱打听的习惯。后来,她只有把一些事情告诉她的邻居们了。她说,自己的丈夫暂时不在,以后还会回来的。因此,邻居们就不再问什么了,这样,对内对外,她就没什么难处了,她就开始过安静日子。

小镇很美,对于她这个爱好自然的人很合适,女儿维斯塔又那么爱她,珍妮感到很欣慰。那湖上常常有小船在荡漾着,给人无穷的乐趣。在那一带驾车游玩,也是一种消遣。

珍妮有自己的马和游览轻车,马是在海德公园带来的那匹。她还有很多的宝贝,例如:一只牧狗,维斯塔管它叫贝利,在芝加哥带来的时候,它还很小,现在已经能灵敏地分辨人并会看门了。那只猫叫莫咪,那是维斯塔取的名字,因为她说这猫跟一个孩子很相似。还有一只会唱歌的画眉,莫咪总是对它徘徊觊觎着。这样,她们的小小的家就很温馨了。

他们分离后的几个礼拜里,莱斯多都没有写信;一是因为他的事情很多，二是因为他很谨慎，感觉现在和珍妮通信很不好，会让她伤感。他愿意暂时缓一缓，打算过些日子再写信给她，一个月后，他才写了第一封信，说他很忙，常常要出去，以后会有很多时候不在芝加哥。他问起维斯塔和她们的一般事情。

"我过些天会到你那去的。"他说。珍妮心里很明白，他并没有要来的意思。

又过了一个月，他的第二封信来了，没有第一封长了。珍妮也曾写回信给他，向他说自己的近况。她把自己的感情完全掩饰起来，并说很喜欢目前的生活，过得很快乐。她祝愿他所有的事情都如意，还说对这种解决事情的方式很满意。"你不要以为我不快乐，"她说，"我很快乐。"

"这样真的很好，否则我就没这么快乐了。你要想着自己的事情，使自己也快乐。"她又说，"你真的应该快乐的，无论怎样，你对我都没有不好的地方。我是不会怪你的。"

但是，在她心里，却想着那个莫可拉特夫人。他也想到了，认为她虽然那么说，却总有着自己无法表达的不快乐。他所以没有尽快和莫可拉特夫人结婚，就是因为她。

他信中写的和他的思想的矛盾是很大的，半年后，他的信就很少了，第八个月的时候，就没有了。

一天早上，她看了一眼当天的日报，社会简讯如下：

　　莫可拉特夫人与莱斯多已经订婚，在女方礼拜二的挚友宴会席上正式宣布，并会在四月举行婚礼。

报纸从她的手里滑落。随后她坐在那一动不动,眼睛直愣愣地盯着地面。真的吗?她问自己。他真的订婚了吗?她知道那是迟早的事情,但是她总希望不要到来。她为什么这样希望呢,不是她让他离开的吗?是她先提出来的啊。现在一切都实现了,她该怎么办呢?他已经给了她一大笔款子,那都是她的了。在城里,现在他还替她存着一些股票,七万五千元,年息四千五百元。她会拒绝吗?她是不重要的,但她要替女儿着想。

看见这样的大结局,珍妮心里自然十分痛苦,但她仔细地想了想,觉得那是没有办法的事情。她的人生一向都是这样的,以后也还会这样的。她很明白,如果她出去工作,对他和莫可拉特夫人又有什么不一样呢?现在,她在这过着一种无声无息的生活;他呢,在一个宽广的世界里尽情地享受人生。太糟糕了!她为什么要哭呢?有什么可哭的呢?

现在,她的眼泪已经流干了,肝肠寸断的她重新站了起来,拿起那张报纸,放进箱底永远地锁起来。

五十八

莱斯多和莫可拉特夫人的订婚是真的,他们是圆满的了。他现在有点替珍妮伤心,莫可拉特夫人也一样;但是,她也有其他的想法,认为这样对珍妮和莱斯多都有好处。

他现在和将来都是快乐的了,珍妮也会明白,事情就该如此的,她会为自己的无私而快乐的。

至于莫可拉特夫人自己,本来对老莫可拉特就没有爱情。年轻时,就爱着莱斯多,现在终于实现了,现在她是最快乐的了。和莱斯多一起生活,一起出游,那是她最大的快乐。冬天,她将以莱斯多夫人的资格在芝加哥度过,那是值得纪念的。至于去日本的旅行,那就没什么大的意义了。

莱斯多写信告诉珍妮将要跟莫可拉特夫人结婚的事。他说没什么可解释的,一切都是不值得的了。他只想跟莫可拉特夫人结婚,觉得应该让珍妮知道。

他说,他是永远把她放在心上的,希望她开心。他会尽自己的能力让她生活得快乐舒适,希望她原谅地。他还向维斯塔问好，提议她进高级一些的学校去读书。

珍妮知道，莱斯多自从在伦敦的戏院跟莫可拉特见面之后就被她吸引了。她也一直都在勾引着他。他们现在在一起了，那是很好的事情。她祝愿他幸福，她说在报纸上已经看见他们订婚的启事了。

莱斯多把珍妮的回信仔细读了一遍，字里行间的意思他很明白，他觉得她很伟大。尽管现在和以前他都很不对，珍妮依然是理解他的。她一直都是个高尚迷人的女子。如果环境可以改变，他是会和她结婚的。

四月的中旬，结婚典礼在莫可拉特夫人家举行，天主教的牧师来证婚。莱斯多本来是一个无神论者，但他认为由教堂来证婚也是可以的。来宾大约有二三十人，都是知己之类的朋友。大家都热烈庆祝，福米和彩纸如同大雨一般撒在四周。喜筵还没结束，一对新人就已先逃出去，他们坐着一部马车先离开了。

一刻钟后，大家追到芝加哥铁路的停车场，他们已经稳稳坐在专车里，大家无可奈何了。大家又开了一些香槟，等到火车启动，快乐的一对就出发了。

"哦，我现在是你的了，"莱斯多拉着她说，"你有什么打算呢？"

"就这样，"她靠近他，开始热烈地亲吻。四天后，他们到了旧金山，两天后，他们就在开往日本的快船上了。

这时，珍妮一个人在家，心潮起伏。最初，报纸上说他们会在四月结婚，她看见后，就继续留心后面的消息。不久，她知道婚期是十五日正午，在新娘家。她虽然不想那么难过，但是失望的心情无法补救，像一个要饿死的孩子一样继续关注下文。

婚礼那天，她一个人凄苦地坐在家里，等着钟声敲响十二点。她想象着，那美丽的房子、客人、筵席、欢笑，所有的一切。很奇怪，她好像一切都看见了，他们在婚礼上，他们去旅行了。

报纸上说他们去日本，去度蜜月！莱斯多和那个动人的莫可拉特夫人一起。她好像看见了那个迷人的新夫人，正躺在他的怀抱里微笑，就像以前幸福的自己一样。是的，他曾经爱着自己，那是真的！啊，我亲爱的莱斯多！她叹息着揉搓自己的双手，但一切都没有用，无边的痛苦丝毫没有减少。

第二天，她的心情才稍微好受了一点，事情已经是注定的结局了。对于这事，维斯塔心里也很明白，她已经看见报纸了。一两天后，珍妮的心又平静了许多，因为她知道事情是不可避免的了。几周后，那种深深的刺痛已经转化为麻木。

她想，他们要过一段时间才回来，但那和自己已没有关系。想到他们去了日本，好像那太遥远了，她认为，莱斯多还是和她近点儿好。转眼间就是十月了。天气转冷了，一天，维斯塔回来就喊头痛。珍妮喂她喝了点热牛奶，拿一块冷毛巾放在她的脑后，看着她去房里睡了。

早晨醒来，维斯塔还是感觉有点发热。珍妮又给她服了退烧的药，热仍旧没退下去，大家怀疑是伤寒症，因为那时村里已经有几个人得了那病。医生对珍妮说维斯塔的体质不错，应该没问题的，但是可能要受罪的。珍妮很害怕，就特地到芝加哥请了一个经过训练的看护来，和自己一同伺候女儿。

后来的诊断确是伤寒。珍妮想要通知莱斯多,却很犹豫;报纸上说他那时在纽约,准备在那里过冬。一个礼拜后医生宣告病情严重了,她就想一定写信给他,因为莱斯多很喜欢维斯塔,应该让他知道消息的。

他没有收到信,那时候,他去西印度群岛了。珍妮的邻舍家心好,开始有人来帮助她照料病人,但是他们不能给她心灵的安慰。有一段时间,维斯塔的病情好像有了起色,医生和看护也都那样认为,但是,后来又一天天地不好了。医生说病人的心脏肾脏已经衰竭。

最后,大家都知道死是不可避免的了。医生很严肃,看护的话也很暧昧。珍妮开始坐立不安地祈祷,一心祈求维斯塔的病可以好转。这几年,她们母女是那么亲热!她很懂事,珍妮有一种更宽大的责任感了。她知道做个好母亲和赡养孩子的意义。如果莱斯多不反对,如果他们结婚,她是愿意再生个孩子的。她认为,自己亏欠维斯塔的地方很多。

最近几年,珍妮心里正宽慰女儿已经长大了,谁知,她又要死了! 最后,那医生从芝加哥请了个医术高明的朋友。那是个老年人,严肃,同情而明理。他只是摇头。"治法是不错的,"他说,"她的体质是特别容易生这毛病的,医生们都认为,如果三天之内没有转机,那就没救了。"

他们建议告诉珍妮实话,但是珍妮非常紧张。她脸色苍白,两脚不停颤抖。她似乎是在有意识地跟着女儿的变化在颤动哆嗦。看见她略略有点起色,她就会有所感觉。如果她要衰弱,她那心情的风雨表也会体现。

和珍妮的家距离不远,有个奥丽斯夫人,五十岁左右,身体健康,人也善良。她体谅珍妮的心境,自从维斯塔得病,她就陪伴着珍妮。

"到房间里去休息一会儿吧,"看见珍妮无可奈何地侍候着或者奔来奔去的时候,她就要那么说,"把事情交给我,我会尽心的。上帝保佑你,我是知道的,我有七个孩子,死掉了三个,你想我是懂得一切的。"

一天,珍妮把头靠在她的肩膀上大哭起来,那夫人就陪着她哭。"我知道你的感受,现在,你太可怜了,快别哭了,去休息吧。"

但是,珍妮怎么能长时间地离开女儿呢?她在房间里不能休息,一会儿就又回到病人那儿去了。一天半夜,看护对她说,无论如何不会有事的,劝她去睡一会儿。于是,珍妮去了隔壁房间,躺了不到几分钟,听到声音就慌忙起来。奥丽斯夫人也来了,和看护在嘀咕着什么。珍妮心里一下子明白了。她急忙赶到女儿那,一看,她的脸色惨白得同蜡似的,呼吸快没有了,眼睛也闭上了。"她很虚弱。"看护说。奥丽斯夫人急忙握住珍妮的手。

一会儿,钟敲了一下。看护几次拿一块酒精软棉布去擦维斯塔的嘴。等到钟敲一点的时候,那孩子虚弱的身体略动了一下,深沉地叹息一声。珍妮扑上去,奥丽斯夫人把她拉了回来。看护摆手叫她们退后,原来孩子已经死了。

奥丽斯夫人牢牢抓着珍妮。"哦,哦,可怜的人,"她说话时,自己也颤抖着,"没有办法的,你别哭了。"

珍妮跪下来，抓住孩子尚有余温的手。"孩子，不要，"她央求道，"你不该走的呀！你不该呀！"

"好了，好了，夫人，"奥丽斯夫人安慰她，"上帝会好好对待她的！你要知道任何事情都是不得已的啊！"

瞬间，珍妮仿佛觉得天都塌下来了，一切停止了。

五十九

珍妮本来就是忧郁的，自从和莱斯多同居后，过上几年好日子，才渐渐改掉，如今这残酷的打击，她就又回复到当初的那种状态了。足足几礼拜后，她才相信维斯塔真的死了。她在孩子死后看见了一副憔悴的面容，似乎不是维斯塔了。她那么快乐、高兴、敏捷、健康，这些都没有了。就只剩得一个花开过后的躯壳了。珍妮已经没有泪了，那巨大的打击和痛苦袭击着她，她不知道，人间是否真的没有死亡！

医生、看护、奥丽斯夫人，以及几个邻居，都是对她极其表示同情和关心的。奥丽斯夫人打电报给莱斯多，说维斯塔死了，但是莱斯多没有回音。家里的事情暂时由别人替珍妮料理，她一天到晚地到处乱走，看维斯塔所用的和喜爱的东西，她没有一刻儿不伤感。

珍妮要把维斯塔的遗体运到芝加哥的一块墓地，因为莱斯多在那买了一片地。

她邀请为格哈德送葬的那个路德教堂的牧师，在维斯塔下葬的时候前来。棺材未动前，在家里也举行了一点儿简单的仪式。本地的牧师来读了一段《圣经》，维斯塔的一些同学来唱了一会儿赞美诗。

棺材上是很多的花，经过许多同情的吊唁后，才把维斯塔的尸体运上火车，最后到达芝加哥路德教堂的墓地。

当时，珍妮都像做梦一般眩晕，几乎毫无感觉。邻居中的几个人和奥丽斯一起陪伴她到芝加哥。举行葬礼的时候，珍妮眼看着棺材始终都呆呆的，不发一言。葬礼结束后，她和大家一起回到小镇，但是却不想在那待了，声言要回到芝加哥去，和父亲、女儿离得近一些。

之后，她决计要出去找点事做。她想做看护，还想起威廉。他至今未婚，或者愿意来跟她一起住。但是她不知道他在哪，就连斯蒂安也不知道在哪。最后，她决定出去工作。她想住在芝加哥去找工作，或者到坟场附近找一所小房子住，以减轻自己的悲伤。她还想领个无家可归的孩子养养，芝加哥的孤儿院里有很多那样的孩子。

维斯塔死后的三个礼拜，莱斯多夫妇回到芝加哥，才发现报告维斯塔死亡的条子。他得到消息，真的也很伤心，因为他和那孩子是有感情的。他很替珍妮伤心，他告诉夫人，说他要去看她。

他就坐火车到了小镇，但是珍妮已经到芝加哥了，住在一个旅馆里了。他就又赶到旅馆，那时珍妮又到女儿的坟上去了，等到再去才碰到她。当看到他的名片的时候，她顿时很冲动，她是那么地需要他。

莱斯多虽然新婚宴尔，又恢复了财富和地位，但对珍妮还是有感情的，他的自责也始终没完全消失。他虽然知道珍妮的生活不错，也还是觉得不安，因为他知道她需要的不是金钱。她所期待的是爱情，他知道她需要他，但他知道还是要屈服于环境的，他很惭愧。

这天，他到她房间去的时候，心里特别难过，知道事情是无可挽救的了。他始终不能谅解自己，怨自己最开始不该去勾引她，不能一直保护她。他现在没有任何的办法，只有待她好些，为她想办法。

"喂，我的珍妮。"当她开门时，他就那样亲昵地叫她，同时他看见她身上由于死亡带来的痕迹。她很瘦，面无血色，眼眶深陷。"我很难过，"他笨拙地说，"我没有想到事情会这样。"

这是第一句对她来说有点儿价值的话，自他走后，女儿死后。

她抑制不住地哭了。

"不要哭了，珍妮，"他搂着她，"我真的很难过。你现在怎么办？她被葬在哪儿？"

"我爸爸那。"她哭着说。

"那太糟糕了。"他说。

最后，珍妮终于镇定下来，用手帕擦干了眼泪。

"我真的替你难过，"他说，"偏偏我当时不在芝加哥。如果我没出门，你也不至于一个人的，你现在还愿意住在那儿吗？"

339

"不，莱斯多，"她答道，"我受不了。"

"那你打算怎么办？"

"哦，我不知道呢。我不想再在那住下去了。我想，领个孩子来养，或者出去找点事儿做。"

"这个主意很好，"他说，"领个孩子不错的，你知道怎么领养吗？"

"去孤儿院，对吗？"

"没有这么简单吧，"他沉思着说，"我也不知道是什么方法，大概有个领养的规矩。我同律师商量商量，叫他帮帮你。我这就回去同他说。"

莱斯多看出她不想一个人。"乔治在哪儿？"他问道。

"不远的地方，斯蒂安说，他结婚了。"她说。

"没有一个家人能来跟你一起住吗？"

"也许可以找威廉来，可是我不知道他在哪。"

"你如果要在芝加哥的话，为什么不再找找房子呢？"他建议道，"有很多美丽的小房子，不用买，租下来就可以的。"

因为这是莱斯多提出的，珍妮就感觉这个建议很好。她很感激他还是那么关心她，他们还不是完全地分离，她问了他一些话，诸如他夫人和旅行的事情，他感觉很对不起珍妮，他看向外面：川流不息的车辆，匆匆来往的行人，凝望之间，天色黑了，外边的灯火陆续出现。

"我有话对你说，珍妮，"莱斯多说，"你可能感觉我很怪，但是我是真心关心你的，自从离开你，我总是没有忘记你。我所以离开你，都是环境的原因，我后来感觉自己喜欢她了，就结婚了。但是，我并没有比从前快乐。"

"将来我即使很快乐，也比不上跟你在一起的时候。在这事件里，最重要的不是我的决定；作为我个人来说是无能为力的。我不知道你是否明白我的话。总之我们大家都是受环境的支配的，只是一个棋子罢了。"

"我知道，莱斯多，"她答道，"我没有怨你，我知道那是不得已的。"

"人生是充满喜剧的味道的，"他沉痛地说，"这很愚蠢，人生是不完美的，人只能保全自己。"珍妮不怎么懂他的话。

"你不要替我担心，莱斯多，"她安慰他，"我没有什么，我可以自己过日子。孤独的生活好像很可怕，但是我可以继续下去的。"

他急切地继续说："我要你理解，我仍旧是关心你的。我的夫人也会谅解。等你定下来，我会再来看你。你知道，我心里是多么难过！"

"谢谢。"她说。

"不要着急。"他说，"我不想看着你着急。我会尽力帮你的。珍妮，你仍旧在我心里，我很对不起你，不过我还没有那么坏。"

"谢谢，莱斯多。我希望你过自己的生活，你的人生应该是快乐的。"

"哦，珍妮，"他打断了她，很亲热地捏捏她的手、胳膊、肩膀，"看在过去的情分上你亲我一下，好吗？"他微笑着问。

她听了，就看着他的眼睛，两手搂着他，跟他吻起来。他的嘴唇一接触到她的,她就不由得颤抖起来,莱斯多也有些失态。

最后,她说道:"天快要黑了,你早点儿回去吧。"

莱斯多人是走了,心却没走,因为她仍旧是他心爱的女人。珍妮呢,看见他仍旧关心她,心里觉得有些安慰。她对于他们的纠葛并不想去解释或整理,她不会想得那么复杂。他也喜欢他的新夫人,她是知道的。她不是他的唯一,他的爱情就是那么回事。关于这个简单问题,他们都不敢去细想。

六十

五年后，莱斯多和珍妮更加疏远了。开始，在旅馆见过几次，好像他们有一点感觉，后来，他们都在自己的环境里习惯起来，旧关系无法恢复。莱斯多的环境，是在社交商业事务的最忙处；他所走的路，都是珍妮那种心灵从来渴望不到的。而珍妮，也正在过着一种安静幽闲的生活。她在南区的公园附近的小房子里住下来，和一个领养的孩子在一起。那是一个褐色头发的小女孩儿，是她从孤儿院领来的。

在芝加哥的时候，莱斯多夫妇住的是一所美丽的大房子，总是举行茶会、舞会和宴会之类的。

但是，莱斯多是喜欢安静的。他看熟人太多，有时就把不太好的朋友去掉几个，暂不同他们往来。他担任着西部九个最重要的金融商业组织的经理，兼着几处理事会的主席。对于联合车辆公司的事务他从来不亲自过问，总派他的律师全权处理。他跟他的哥哥罗博特已经有七年多没见过。亚茉莉虽然也住在芝加哥，但也三年没见过。至于蕾丝姬、鄂莉，以及她们的丈夫都是陌路人了。

目前的莱斯多，对于人生的看法已经完全变了，他批判它。他不知道人生到底是为了什么。他只是知道，在遥远的过去，万物还没进化，一切都是细胞的形式，后来又因分裂而繁殖，和其他细胞相结合，渐渐组成了鱼类、兽类、鸟类、人。人和他那样，本来都是自由的个体，但如今却要跟其他人联合起来，为什么呢？他不知道。

如今，他是聪明的，富有的。这个是因为幸运才获得的。但是，他和别人一样地谨慎，不浪费，实事求是。

他也许是该贫穷的，那么也是知足的，不会抱怨担忧的，无论他愿意与否，世界是不以个体的意志为转移的。

这是确定不变的事实。他有时想，当初不应该有人类的，他的夫人也和他一样抱有相同的意见。

珍妮和养女住在南区，没有像莱斯多夫妇那样对人生有那么深刻的推理。她的知识是有限的，没有历史、化学、植物学、地质学、社会学等那么多的分类，没有固定的知识门类。她只知道世界始终是变化的，谁也不知道究竟是为了什么。有人相信世界是几千年前造成的，有些人说它有几百万年的寿命。她虽然不想相信，但是花、星、树、草是存在的，是一种高尚的力量造成的。人生似乎残酷，自然的美却始终不变。使她安慰的就是这种思想，孤寂无聊的时候，她就会有这样的思想。

珍妮是很勤劳的，她总喜欢找点事儿来做。这几年，她的身体已经发胖，但不臃肿，还肥胖适中的。脸上也没有很多的皱纹，她的眼睛还很动人，头发只有几丝灰白。邻居们都夸奖她脾气好、善良、好客。他们不了解她的过去，只知道她从前住过小镇，住过克利夫兰。她也没有对人说过自己的身世。

珍妮曾想要去当个看护，但是后来发现看护都是年轻的女子。她还想到慈善机构去服务，但那是需要一种所谓的资格，她每次去慈善机构打听，都受着冷淡的回应。

最后，她决计为了养女，再去领个孩子来，就领了一个四岁的男孩子，给他取名施笃佛。她的赡养费是稳定的收入，由一个信托公司付给她。她没有拿钱去做投机的事业，或是去做什么买卖。养养花草，教育孩子，做做家事，对于她已经足够了。

从宣读遗嘱那一天起，莱斯多和他的哥哥就没有见过面。罗博特时常想起他的兄弟，他从莱斯多与珍妮分离以来，一直都关注着他的行动。在报纸上，他看见他和莫可拉特夫人结婚的消息，心里很高兴，因为他一直都认为他们是理想的伴侣。自从父亲去世后，自从他全权管理公司，他就看出他的兄弟对他很不满了。但又觉得他们毕竟是有骨肉关系的，至少在经营意见上是有联系的。如今莱斯多已经发达，他也愿意对他慷慨，对他表示好感了。况且，他对于自己的兄弟本来就没有太多的恶意，一向都是尽心竭力帮他的。如果能重归于好，会很不错的。他总是想，不知莱斯多有没有和他和解的意思。

后来有一天，他在芝加哥，故意叫他朋友停车，他要去莱斯多的住处看看。原来他听别人说，他们住在那儿。

一到那儿，他就立刻感觉着当年自己家的那种空气。原来，莱斯多把那房子买下后，做了改造，造了花房，很像辛辛那提老家的旧貌。那天晚上，罗博特写信给弟弟，请他在俱乐部吃饭。他一两天后就要回去，盼望能跟他见一面。还说多年不见，很是想念，提议面谈的日期定在礼拜四，先给个回音他是否来。

莱斯多看见信，皱着眉头很不高兴。当初父亲那么对他，罗博特应该是有利害关系的，他那么决绝，没有顾及兄弟的情分。如果是自己，是不会那样做的。如今，罗博特要见他，怎么办呢？

莱斯多开始不想回这信，或者写信回绝。但他忽然又想要跟罗博特见一次面，看他到底要干什么。因此，他回信答应去了。他想那没有什么不好，但也明知道见一次面也不会有什么结果的。他们也许会把以前的事情一笔勾销，但是却无法弥补损失。覆水难收，想了过后，他就写信通知他，他愿意去。

到了礼拜四那天，罗博特又打电话提醒他。"好的，"他说，"我一定来。"中午，他就在俱乐部和他的哥哥见面了。罗博特比以前瘦了一点儿，头发也有点儿白了，眼睛仍旧明亮锋利，举止行动还是很敏捷、刚劲的。

罗博特那双敏锐的蓝眼睛丝毫不能打动他，不能引起他对任何方面的感动。罗博特却看不准莱斯多怎么回事。他窥测不出他这几年来的变化，但是看见他真的不见苍老，反而很结实，气色也不错。莱斯多敏锐地看着他的哥哥，他的哥哥却觉得很不舒服。

"我很高兴和你见面，莱斯多，"他们照例握了握手，罗博特开口道,"多年不见了,差不多八年了吧,你说呢?"

"差不多是有那么长了吧,"莱斯多答道,"你还好吗?"

"还那样,你看起来不错呢。"

"是的,"莱斯多答道,"没有疾病,偶尔一点儿小感冒罢了。"

"你的孩子们还好吧,已经结婚了吗?"

"是的,我那几个孩子自从结婚以后就很少回来,只有我和夫人在一起。"

"我想你的夫人也很好吧?"他踌躇着问道。

莱斯多没有变化地看了看他。

"是,"他答,"她很健康,现在不错。"

此后,莱斯多就问起经营的情形,以及鄂莉、蕾丝姬和亚茉莉的消息。他说他近来没有看见她们,他把她们的住址告诉弟弟。

"我这次来有事情要告诉你,莱斯多,"罗博特说道,"是关于西部制铁公司的事。我知道你并不是亲自去那的,总是叫你的律师去当代表。他的确是一个好人,也懂管理,我们都知道的。我觉得律师的提议很对,认为有改组的必要。现在有个机会,可以把那投资方的寡妇那七八十股买过来。再加上你我现有的股权,我们就可以操纵那里的事务。你我是一家人,我愿意把那七八十股让你去买。"

莱斯多微笑了,他知道这个提议。律师曾经告诉他说罗博特想要同他合作,他也早知道哥哥罗博特是要同他和解的。自己的一百五十万左右的财产支配权,就是罗博特向他求和的最好证据。

"你真热心，"莱斯多严肃地说，"你很慷慨，怎么想起这事来的？"

"哦，老实和你说吧，莱斯多，"罗博特道，"我对于父亲的遗嘱是不赞成的，后来你又辞职了，我很过意不去。我并不喜欢旧事重提，但是我不能不把自己的真实感情告诉你。当时我是有野心的，当父亲死的那个时候，我怕你反对我。我后来也不想那么做，但是已经晚了。你愿意听这些过去的事情吗？"

"你是为了弥补自己的过失？"莱斯多问。

"不完全如此，莱斯多，只是一点那样的意思。八年之前，我就知道这样做事情了，而不是现在。可是我想你对这个提议应该很有兴趣的，它的作用是很大的，我希望这个提议可以弥补我们之间的感情，你我毕竟是兄弟。"

"是的，"莱斯多说，"我们是兄弟。"

以前，这所谓兄弟的概念是什么呢？实际上，他目前的处境都是罗博特造成的，珍妮的苦更是他的杰作，他很愤怒。罗博特没有想截留他父亲给他的财产，但他没有帮助他去取得，如今罗博特却跑来弥补兄弟感情了。莱斯多不免有点儿伤心，有点恼怒。

"我明白，罗博特，"他坚决地说道，"我要感激你的提议。我却不明白我为什么要接受。机会是你的，我不要施舍。如果把那些股份买过来，你就可以去改组。我现在已经够富有的了。过去的事情就让他过去吧，至于现在这个提议，只不过是用来黏合昔日裂痕的一种借口罢了。你需要的友谊我愿意给你，我并没有怨恨你。"

哥哥呆愣地看着他的弟弟，无论莱斯多以前和现在对他的态度怎样，他都要佩服他。

"你刚才说的话，我承认它是对的，"他最后道，"不过我的提议动机不是卑鄙的，我只想弥补我对你的遗憾。好了，不说这事了。你要去辛辛那提吗？"

"我想不一定。"莱斯多答。

"如果去，你要来我们家住，带你的夫人一同来。"

莱斯多暧昧地微笑着。

"谢谢。"他丝毫不为所动。

又谈了一会儿，最后，莱斯多记起自己另外还有约会。

"我要先走了。"他说。

"我也是。"罗博特说。

两人就都站了起来。

"哦，"他又说，"将来，我们一定不会和陌路人一样的，是吗？"

"当然，"莱斯多说，"我会去看你的。"

说着，他们就握手作别了。

罗博特看着他的兄弟的背影，心中涌起一种歉疚和懊悔。"莱斯多很能干，在珍妮没出现之前，他们的感情为什么就已不合呢？"他想。

莱斯多走着，觉得自己对哥哥还是有点儿反感，却又有点儿同情。他觉得他不怎么坏，和一般人差不多的。批评他干吗呢？自己如果是罗博特，又会怎样呢？罗博特和他现在都很好。至于当初他为什么那么选择，还有他哥哥为什么那样对他，他都看透了。

"世界就是这样的，"他想，"我又何必后悔呢？我现在也生活得不错。还去想过去的事干什么呢？"

六十一

按照所谓天命，或者某些固定的公式，一个人的寿命只有七十岁左右。这个公式经过验证，已成一种极精微的真理了。事实上，人虽然都是要死的，上帝却能让他活得久一些，而且如果知道精神永恒、寿命虚幻，灵魂是可以不死的。然而最终，人的死亡仍旧按照那个可怕的数学公式继续着。

莱斯多现在已经将近六十了。他想自己最多也不过再活上二十年，或者还活不到那么远。是的，他的一生是舒适惬意的。他没有埋怨的地方。如果死亡要来的话，就让它来吧。他都准备好了。他不会怨忧，不会抵抗。人生不过是一场愚蠢的戏剧罢了。

他认为很容易证明，人生的幻觉多一点。他认为的真实，只是他平常所接触的种种实质的事务、交际的人、公司里的会议、一些计划，还有他夫人的种种社交任务。她所以爱他，就因他是一个懂人生的哲学家。她和珍妮一样，佩服他用那种强硬、坚决、漠然的态度对待烦恼。无论幸运或是不幸运，都不能激动他或是扰乱他。

他有时受情势的逼迫不得不放弃自己的想法，但是他的信心仍旧坚定。他的人生信条是"正视事实，沉着应对"，他一生做事都是在实践这个信条，都是在奋斗。

一旦受到欺凌，他就马上就要奋斗，一奋斗起来，他就是顽强的，抗拒性的。他就是要同那欺凌他的力量对抗到底。如果他会让步，也一定是要等到最后的时刻，他认为不让步，始终是值得的事情。

他信仰物质主义的人生观，追求舒服，凡事都力求尽美尽善。家里的东西稍稍有点儿陈旧，他就要换掉它，重新再来设计。外出旅行，也是带足够的钱，不会受一点儿委屈。

他不喜欢辩论和无谓的闲谈；不喜欢他所谓的愚蠢的空论。跟他谈话，一定要谈有趣味的事情，否则他就不愿意，他的夫人很能了解他。早上起来，她会托托他可爱的下巴，或者双手捧住他那的大脑袋，开玩笑似的说他是动物，一种很漂亮的动物。

"是的，没错，"他咕哝着说，"我知道，我真的是一种动物。"

"哦，瞎说！"她很难为情，他说话总是刀般地锋利伤人。然后他又要对她表示一点疼爱，他心里明白，她虽然心气高傲，多少还是有点儿依靠他的。她也很明白，他可以没有她，但他唯恐她难过，竭力掩饰自己，总是装出没她不行的样儿，事实上，他是很容易不要她的。

如今，她确实是靠莱斯多了。因为在这个变化的世界里，这是个熊一般的男人，能拥有他是最具意义的。就像黑暗中一盏温暖的明灯，或是寒冷中一炉熊熊的旺火，莱斯多无所畏惧。

这些，自然都要有它实质性的、具体的表现。他把一切财政权操纵在自己手中，执有很多大公司的股票，有自己的经理人，生活有余暇。他们常到美国和欧洲各处的海水浴场去玩。他有时还赌赌钱，觉得那样的冒险是一种人生的消遣。

他的酒兴长了，但并不酗酒，不过是用酒助兴而已。他喝的都是醇美的威士忌，上好的香槟、白兰地，贵重的白葡萄酒。他不饮则已，一饮就海量，食量也很大。

他吃的都是好的，非上品不要。汤、鱼、冷盘、烧烤、野味、点心，什么都要精美；他的厨师长都是高价雇来的。他家里曾经有个名厨，叫路尔多，他要求莱斯多每礼拜给他一百元的薪水，但他也不嫌贵，认为是值得的。

莱斯多的人生态度存在一种问题，他不肯去整理事情，求得事情的进步，只是让一切事情自然发展。假如当初和珍妮结婚，接受每年区区万元的收入，他也会把那样的生活继续下去。他还会对社交界抱着冷漠的态度，只同少数朋友来往。

他的生活，却因为迁居纽约而有变化。原来她的夫人跟东部名流中一些时髦女人成了知己，她听从她们的劝告搬到了纽约。到纽约后，就在繁华之地上租了房子。她换了新排场生活，效仿英国人用起全班制服的仆役，并且把各房间按节令安排起来。他对于她那样爱好虚荣和排场，只是微笑不语。

"你总是在谈平民主义，"他埋怨道，"我看你也跟我的宗教信仰一样，根本就是不存在的。"

353

"什么，这是什么话！"她否认他，"我是平民主义的，你也是这样，我不过是采用这局势中的普通逻辑罢了。"

"是你祖母的逻辑吧！一个穿红制服的仆役长和厨师是很必要的吗？"

"确实如此，"她道，"也许不一定是一种必要，可一定是一种精神。为什么来同我闹呢？你不是追求完美的吗？"

"我同你闹？"

"不，我不是真说你闹。你总该理解的。"

"我的完美和你的平民主义有什么一样呢？"

"我就是平民主义的，我一定要这么说。我同任何女人一样都是平民主义的。但我喜欢实事求是，为了自己舒服，我们是一样的。你可别拿石头来砸我的玻璃心，我的上帝，我是看得很清楚你的心的。"

"我才是平民主义的，你不是，"他故意撩拨她，但他实际上是赞成她的。

他整日除吃喝之外，就是到各处旅行，安闲舒适地过着闲荡的生活。不费一点儿力，没有任何的运动，于是，他的身体退化了，他的肝、脾、胰脏都不正常了。

过去七年中，他的身体早就不舒服了。肾脏和脑血管都衰弱了。如果运动得当，他是完全可以活到八九十岁的。事实上，他的体质被他自己糟蹋了，即使有一点小毛病也扛不住了，结果，他的病就来了。

起因是这样的：因为他没有重要事务，他和朋友一起去游北极角，决计11月下旬回芝加哥，和夫人在圣诞节前在纽约相会。他写信给律师，叫他在芝加哥替他定好房间，因为他在两年前把芝加哥的房子卖了。

一天，他把事务料理好后，觉得有些不适，就请医生来，医生说他的肠内着了凉。他当时觉得很痛苦，医生就用寻常的治疗法给他诊治：先用红法兰绒敷着芥末来包扎，同时给他服用特效药。

他暂时觉得好了些，不知为什么，他感觉仿佛危险就要到了似的。他叫律师打电报通知他的夫人，不说病势严重，只说他病了。又特地雇经过训练的看护，叫一个仆人守住门口，以防外面的吵闹。他的夫人三周内是不会赶到芝加哥的，他就认为自己不能跟她见面了。

奇怪得很，这时候，他一直都想着珍妮，不但是因为他们都在芝加哥，只是因为内心中他始终没有和她分离过。他得病前，本来想要去看她的。他曾经向律师问起她的近状，律师说一切都很好，说她的生活很安静，健康。现在他病了，就很想见她一见。

后来，日子一天天地过去，他的病却没有起色，他就更想见她了。他时时觉着绞着一样的腹痛，仿佛内脏都在打结；痛过后就觉得特别虚弱。有几次，医生用可卡因替他止痛。

经过如此几阵剧痛之后，他就把律师叫到身边，要他先把看护支开去，这才对他说道："我想托你一件事。你去替我问问格哈德夫人，肯不肯来我这一趟，你最好是带她一起同来。你叫看护和那个跟班的今天下午不要来，她来的时候暂时回避一下。不管她什么时候到，马上叫她进来见我。"

律师懂了,他很赞成莱斯多的举动,他很替珍妮伤心,也替莱斯多伤心。他认为他们的浪漫史是很感人的。莱斯多一向对律师很好,律师是靠莱斯多高升的。所以他让他做什么事,他都是满口答应的。

他快速雇了辆马车赶到珍妮的住处,珍妮见他突然造访,很是惊异。

"我有一件为难的差事找你来,格哈德夫人,"他用她的娘家的名字叫道,"主人病得很厉害,他叫我来问你肯不肯去一趟。我们一同去,可能的话。现在你能去吗?"

"哦,可以,"珍妮的脸上现出沉思的样子。两个孩了都在学校,一个管家的瑞士老太婆在厨房里。她本来是可以去的,但是她忽然想起前些天的一个梦,她梦见自己大概是在一片黑暗而神秘的水里,水上罩着一团雾一样的东西。她先听见那水微微地在响动,一会儿,就看见黑影里现出一只船。

那船很小,没有桨,也不移动,船上坐着的是她的母亲和女儿,还有一个人却看不大清楚。母亲的脸苍白而悲惨,跟活着时一样。她严肃而同情地看着珍妮。忽然,珍妮认出那个人就是莱斯多。他看着珍妮,那种表情她从来都不曾看到过。

一会儿,她母亲就说:"好吧,我们该走了。"于是那小船就开始移动,当时,珍妮感到一种难舍难分的悲痛,就大叫:"哦,不要离开我啊,妈妈!"

她的母亲用她悲惨而沉着的眼光对她看了看,小船就消失了。她大惊而醒,以为莱斯多就在她身边。她伸出手去摸他的胳膊,摸了个空,她一个人在黑暗里坐起来,擦擦眼睛,才知道只是自己一个人。她满腹惊疑恐惧，两天都还排遣不去。现在她已经忘记了，律师送来这不祥的消息，才又使她想起来。

一会儿，她进去穿好衣服，出来时，现出非常慌乱的神色。她的相貌仍旧很动人，依然是个衣衫整洁、温柔美丽的女子。她同莱斯多一样，两个人内心上不曾分离。

她内心上一直没忘记莱斯多，如同在一起的日子。她最难忘记的，就是在克利夫兰，他初次向她调情的时候，他如同野蛮人一般把她劫持而去。现在，她一心想着自己能够替他再做点儿什么。这次的召唤说明他还是爱她的，他毕竟真的是爱她的。

马车匆匆驶过长长的街道，进入繁杂的市中心，一会儿就到达那地方了。珍妮被送到莱斯多待的房间里。律师一路上很谨慎，他没怎么说话。

许多年后，珍妮走进这个大旅馆里，已有点羞怯了。一进房中，她就用一双充满同情理解的大眼睛看向莱斯多。他躺在那儿，靠着枕头，他那褐色头发的脑袋已经有点灰白了。他用他智慧的眼睛看了看她，眼神有些儿疲倦，却充满同情和爱情的光。

珍妮看见他，禁不住一阵心酸。他那瘦削而苍白的脸如同一把刀似的刺痛了她的内心，她把他伸在被外的手紧紧地捏着，又弯下身去亲他的嘴唇。"你怎么了，莱斯多，"她喃喃地说，"告诉我，你的病并不严重，是吗？你一定会好的，亲爱的，马上就会好的！"

"是的，珍妮，我对不起你，"他说，"我觉得我错了，我始终都不能安心。告诉我，你好吗？"

"哦，我很好，亲爱的，"她答道，"真的，你别多想了，你会好的。"

他问："你真的这么想吗？"他摇摇头，他自己觉得那是不可能的了。"坐，亲爱的，"他接着说，"我不着急的，我只是要同你谈谈，你和我靠近些。"他很累地叹着气，闭了一会儿眼睛。

她拉了把椅子紧靠着他床边坐下，把脸向着他，握着他的手。她觉得他叫她来，很感动她。她眼中流露出许多复杂的心绪。同时，她又感觉到一种恐惧，看他的神色，病很严重的了！

"事情是不可预料的，"他继续说，"我的夫人现在欧洲，我早就想去看你。我们现在住在纽约，我看你的身体很好呢，珍妮。"

"是的，我老了，亲爱的。"她微笑着说。

"哦，你还不老呢，"他呆呆地看着她，"我们大家都一样。"

停了一会儿，他的眼睛看着天花板。腹中一阵微痛，他很不好受，像上次那样的剧痛，他已经不会忍受几次了。

"我觉得一定要跟你再见一面，"他痛过后就又继续说，"我早想对你说，珍妮，我和你分离，其实，那是不对的。我并不比从前和你在一起的日子快乐，我很抱歉。早知我这般不能安心，就不会等到现在才知道对你懊悔了。"

"快别那么说了，"她说着，脑海中顿时浮现出他们在一起的一切事情。直到现在，她才知道他们在精神上是融洽相通的。"现在不是很好吗？我看没什么两样。你待我已经很好了，再让你失去财产，我就真的不能安心了。现在这样，我觉得很满意。开始是有点儿难受，亲爱的，可是这是最好的办法。"

"不，"他说，"是不对的，一开始事情就做错了，不是你的过失。我真的抱歉。我早就想要对你说了。"

"快请别那么说吧，莱斯多，我不要你那么说，"她央求他，"我很好。你不用这么抱歉。你没有什么不对的，你待我一向都很好的……"她停住了，因为她说不下去了，她激动得有些哽咽起来。她握住他的手，她想起他替她家里人找房子，想起他待父亲和女儿的好处……

"好的，我见到你了，话都对你说了，心里也宽畅些了。你是好女人，我的珍妮，现在还肯来看我，我爱你，现在仍旧爱你。你要知道我一生真正爱的只是你。我们是应该永远在一起、永不分离的。"

很久，珍妮才回过神来。他的这几句话是爱的证据，她等了许多年了。如今，听了这些，她很满意，她现在就是死都甘心了。

"啊，莱斯多，"她哭着说，抓着他的手。莱斯多也一样没放开她的手。 沉默一会儿后，他又问："那两个孤儿呢，好吗？"

"哦，不错，他们都很可爱。"她就把两个孩子的事情详详细细地和他讲了一会儿。他很愿意听，因为她的声音是他的安慰，她的整个人都是他快乐的源泉。后来她该走的时候，他好想要留住她。

"你要回去了吗，珍妮？"

"我回去没有什么事情的,莱斯多,"她说,"我在这里开个房间,留下来陪你,我只用写个条子给家里的佣人,就可以了。"

"不要那样了!"他道,但她看出他的真实意思,她也就不说什么了。

于是,一直到莱斯多死的时候,珍妮一步都没有离开过那个旅馆。

六十二

  四天后，莱斯多死了。在那四天里面，珍妮寸步不离他。那雇用的看护很是高兴，她很欢迎她，医生却很反对，莱斯多却很固执。"我要死了呀，"他带着一种最凄惨的幽默说道，"我现在真的要死了，你们难道不能听我的一次吗？"律师见他这样，不由得露出笑容。

  那几天，朋友们都来看他，报纸上也在登载。罗博特看到报上的消息，就亲自到芝加哥来了。还有亚茉莉和她的丈夫也来了，莱斯多叫珍妮先出去一会儿，容许他们进房来坐几分钟，莱斯多并没有多说什么。看护预先警告过，病人不能多说话。他们走了后，他对珍妮说："亚茉莉变了。"

  莱斯多死的那天下午，他的夫人正在大西洋的船上，离纽约还有三天的路程。临终之前，他曾想还要帮珍妮一点儿忙，可是他终于想不出好方法来。再多给她钱也是没用的，因为她并不需要钱。

  他最后发作那阵剧痛时，想着他的夫人不知在哪里，不知她何时会到。但是没等到医生施用止痛剂,他就没命了。后来,医生查出,他致命的地方并不是肠病,而是脑中大血管的损伤。

侍候了几天病人,珍妮已经是心力交瘁,现在一悲恸她就更加不能自持。莱斯多一向都是她的一部分,如今他死了,仿佛她也死去了半个。她是一心一意爱着他的,他也一直都有几分顾念她。她感觉不能用眼泪表达她的沉痛,一种似乎使她失却一切的麻木。

她看看她的莱斯多,他安静地躺在那里,依然是那么刚强。

他脸上的表情也没有丝毫的改变,倔强、坚决、平和。那时他的夫人打来电报,说她礼拜三赶到。因此,大家一致决定暂时不入殓。珍妮曾听律师说,遗体是要送到辛辛那提去安葬的,因为那里有墓窖。一会儿,他们家族的人先后都到了,珍妮只得回避,进了自己的房间。

最后的仪式,颇有些不伦不类,足以显示他们家族的内部关系不那么和睦。原来他们和那夫人通电商定,把遗体移到他的妹妹亚茉莉的住宅,将来出殡就从那里发送。

罗博特是在莱斯多死的那天晚上赶到的,加上其他几位先生,以及其他几个地方上有声望的人士,就算是执绋人了。蕾丝姬和她的丈夫从法布罗赶来了,鄂莉和她的丈夫从辛辛那提赶来了。满屋子挤着吊唁的客人,有的诚心来吊唁,有的是虚应事故罢了。由于莱斯多和他的家族都自命为天主教徒,所以请的都是天主教的神甫,用的也是天主教的仪式。

于是,莱斯多停灵在异姓人的客堂,身边点着阴惨惨的蜡烛,胸前放着一个银质的十字架,由死者自己白蜡般的双手捧着，看起来有些怪，就是死人自己来看也会失笑的。但他家是拘泥古礼的，无法叫他们轻易改变，所以他们都不觉得奇怪。至于教堂也没人反对，他们要怎么样谁敢同他们争呢？

礼拜三，莱斯多夫人到了。她非常悲痛，因为她对他的爱也同珍妮一样，是真实的。那天，夜里没人的时候，她从房间里出来，弯着身子，凭烛光把莱斯多的面目细细看了一会儿。不由得泪流满面，痛哭失声，因为他们在一起的日子是快乐的。

她亲着他那冰冷的面颊和双手。"可怜啊，我亲爱的莱斯多！"她低声哭着说，"可怜啊，多么勇敢的灵魂啊！"莱斯多把珍妮叫来的事，没有一个人告诉她，她也就不知道了。

这时候，在这个城市的一个人家里有个妇人，正在形单影只地在那里悲痛，悲痛着一种无可挽回的事实。许多年来，虽然时过境迁，她那一丝的希望始终存在，总希望他有一天会回到她的身边来。他的确回来了，梦里回来过了，但是他去了。去哪里了呢？她的母亲，她的父亲，她的女儿，都去哪里了呢？她现在不可能再见到他了，报纸上说他已经被移走了，是运回辛辛那提去安葬的。她听说在芝加哥，还要举行一次最后的仪式，地点在南区的圣彼得天主教堂。

珍妮的心灵受到很深的触动，她是很希望他葬在芝加哥的。那样，她可以常常到他坟上去看他，但那是不可能的了。她从来都不能主宰命运，什么事情都操纵不了。她觉得他这次被运到辛辛那提去，就是从此永别了；虽然辛辛那提和芝加哥距离不是很远，但她觉得那不一样。最后，她决定带上一个厚面纱，去参加出殡仪式。

报上说，仪式是在下午两点，四点钟移柩上车，又说家族的人都要伴送棺木到辛辛那提的。

仪仗还没有到礼拜堂，就有个带厚面纱的黑衣妇人从边门进入礼拜堂了，她在一个隐僻的角落里坐下。起初有点惊慌，因为那礼拜堂里黑洞洞、静悄悄的。她怕自己弄错时间和地点，疑虑一会儿后，礼拜堂的钟就开始严肃地敲响了。

立刻，一个穿黑袍白袈裟的小教徒从里面走出来，他点起了几簇蜡烛。琴台上有轻轻的声音发出，这次仪式是用音乐的。一些被钟声引来的闲游人，一些不在邀请之列的熟人和居民，也都陆续地进来坐下了。

珍妮惊异地看着这一切，她从来没进过一个天主教堂。那阴森的气氛，美丽的窗户，白色的讲坛，摇曳的蜡烛，都使她印象深刻，她的悲哀在漫延。

钟声之中，走出一个值坛童子的队列。最小的是个十一岁的天使般的少年，他高擎着一个华丽的银十字架走在最前面。后面的人两个一排，手里都拿着长蜡烛。神甫在最后，穿着黑袍，左右各一小僧徒陪伴。那行列走进礼拜堂的走廊就不见了，要等到乐队奏起哀乐才会再出现。

哀乐过后，行列又出现了，那脸色黝黑的神甫一路念念有词，引着莱斯多的黑漆银环大棺材出来，由执绋人抬着；他们的脚步很整齐。

一见棺材，珍妮浑身僵硬，仿佛电流通过她的每一处神经。那些抬棺材的人，她都不认识。后面跟着的一大群送丧人中，她只认识两三个，都是莱斯多从前告诉过她的。

他的夫人她当然认识。那时，她紧紧跟在棺材后面，有一个人在旁边搀着她。跟在她后面的是律师，一副严肃的样子，眼睛向两边一瞥，分明是要寻找珍妮，但没看见她，就还是低头前进。珍妮勉强地看着那一切，那颗心痛苦得不行。她似乎是这严肃仪式中的一部分，但却又是跟它绝不相关的。

到达讲坛的栏杆，棺材就被放下来了。随后一个绣着受难徽章的白材罩罩上去，又放上一个黑十字架，点着一对大蜡烛。接着就开始唱歌，在棺材上洒圣水，点香，扬香，吟诵祈祷文，呼告圣母，等等。

珍妮看见这严肃的仪式，不由得肃然起敬，但什么都不能够祛除那死所带来的伤痛。在珍妮眼中，蜡烛、香、圣歌都是凄美的。它们和她的悲哀的心弦一起在她的心灵深处颤动。她悲哀地哭了又哭。他的夫人也在那里不停地抽咽。

仪式完毕，大家都上了马车，棺材也出发去车站。客人和参观的人渐渐散去，礼拜堂中已经清静，她才站起来。她也要去车站，她还想看见棺材装上火车。她想他们一定会在月台上停一停，跟从前自己女儿的棺材一样。

于是，她雇车追去，一会儿就到候车室了。她先在人群里徘徊了一会儿，又去候车室里溜达了一会儿，最后，她看见他们家族的人都在那里等着了——他的夫人、罗博特、蕾丝姬、鄂莉、亚茉莉……还有其他几个人。

太忙乱了，大家都忘记那天是感恩节的前夕了。车站附近，许多的人都兴高采烈地准备着过节，还有一些人赶火车去过节。车站入口停着许多车辆。车将要开动的时候，都有人扯着高嗓

365

子在那报告路程,听那地名,大部分都是从前她和莱斯多屡次去过的,她不由得悲从中来。

有一次报到,"底特律,克利夫兰,法布罗,纽约"。又一次报到,"科伦坡,匹兹堡,费拉德尔菲亚"。最后才报到,"路易斯维,科伦坡,辛辛那提,以及南路各站"。过一会儿,报告开车的钟就敲起来了。

珍妮几次挤进候车室和轨道之间的人群中,想要趁棺材没装上车前,从铁栅栏里再看它一眼。现在她看见它来了,一个搬运夫把一部搬运车推过去,那搬运车上放着莱斯多的棺材。

那搬运夫,他是不会体会这种永久丧失的苦痛的。他不知道,一个女人的心里正把财富和地位看作是一种篱笆墙,一种使她和爱人永远分离的东西。就是如此的!她的一生就是始终受财和力所支配的!

自出生开始,她的命运就是顺从,不是有所求的。这一套东西,在她的儿童时期就已经摆在她面前了。

如今,她只有眼睁睁看着这些,没有任何的办法。这行列中的人,只知道尊重他。她呢,没有人知道。她继续从铁栅栏里看过去,那"路易斯维,科伦坡,辛辛那提,以及南路各站"的叫声开始了。

一列红色列车停下了,里面是行李车、客座车、餐车,以及半打普尔门式车。

当行李车移近那搬运车时,那蓝衣服的搬运夫就喊:"喂,吉米!下来帮我们一把,这家伙很沉呢!"珍妮,她离得远,是听不见的。

她看见的只有那口不久就要走了的大箱。她所能感觉的只是那列车马上就要离去，此后就一切都结束了。跟送行的朋友们告过别后，鄂莉、罗博特、蕾丝姬，都进普尔门式车厢里去了。几个助手下来帮了搬运夫的忙，一起把那大木匣子搬上列车去。珍妮眼见它上了车，心中痛得刀绞一般。

接着，还有一些箱子被陆续搬上车，然后那行李车的门关了一半，不等到机车上钟声响动，它就迅速关严了。有人喊了一阵"大家快上车"，那大机车就慢慢地启动了。它喷着汽，大烟囱冒出一道黑烟，这才被使劲拖到列车上。

珍妮硬邦邦地站在那里，眼看着这一切；脸色惨白，眼睛大大地睁着，两只手没有意识地相互扭放着，她只知道：他们把他带走了，从此他和她就是两个世界的灵魂了。

灰蒙蒙的十一月的天空在她头上，也是那么黑暗。她看着前方的火车驶去，直到车上的最后一盏红灯消失在远处的烟雾里。

"没错，是的。"一个正准备过感恩节的过路人说，"这里将有一段快乐的时光。你们记得爱丽姑娘吗？是的，山姆叔叔和安拉姑娘也都要来的。"

那几句话，和四周的一片嘈杂声音，珍妮什么都没有听见。迎接她的，将会是一个寂寞孤独的余生。

现在要做什么呢？以后会怎么样呢？她的年纪不是很老，她还要抚养两个孤儿。将来，他们也会结婚，也会离她而去的，那么又会怎么样呢？无非是时光一天天地过去，那么……她……？